愿我们都有挣脱地心引力的梦想和追求成龙的勇敢。
愿我们的光芒，都被看到。

没有名字的人 2

迷失之海

FOXFOXBEE ◎著

北京联合出版公司
Beijing United Publishing Co.,Ltd.

图书在版编目（CIP）数据

没有名字的人.2,迷失之海 / FOXFOXBEE著.—北京：北京联合出版公司,2018.8（2023.7重印）
 ISBN 978-7-5596-1920-4

Ⅰ.①没… Ⅱ.①F… Ⅲ.①科学幻想小说—中国—当代 Ⅳ.① I247.5

中国版本图书馆CIP数据核字（2018）第068083号

没有名字的人.2，迷失之海
作　　者：FOXFOXBEE
选题策划：雁北堂（北京）文化传媒有限公司
责任编辑：管　文
特约策划：罗　顿
特约编辑：高鸥迪
封面设计：蔡小波
版式设计：冉冉工作室

北京联合出版公司出版
（北京市西城区德外大街83号楼9层　100088）
天津雅图印刷有限公司印刷　新华书店经销
字数232千字　880毫米×1230毫米　1/32　10印张
2018年8月第1版　2023年7月第2次印刷
ISBN 978-7-5596-1920-4
定价：45.00元

版权所有，侵权必究
未经书面许可，不得以任何方式转载、复制、翻印本书部分或全部内容。
本书若有质量问题，请与本社图书销售中心联系调换。电话：（010）58301268

目 录 contents

001	楔子
009	第 01 章　奇葩社团
024	第 02 章　微能力者
040	第 03 章　暴雨将至
053	第 04 章　计算未来的公式
065	第 05 章　前进还是回头
078	第 06 章　当铁鹰飞翔之时
091	第 07 章　四个人的秘密
104	第 08 章　消失的吉米
112	第 09 章　最聪明的软体动物
124	第 10 章　错版的 25 美分硬币

138	第 11 章	被自动贩卖机压住的硬币
149	第 12 章	再见马修
161	第 13 章	海豚湾
174	第 14 章	生命的凛冬
188	第 15 章	时间的形状
198	第 16 章	你杀过人吗
215	第 17 章	回家
227	第 18 章	完美的案发现场
240	第 19 章	葬礼
253	第 20 章	破绽
265	第 21 章	贤者之石
278	第 22 章	荒原客栈
290	第 23 章	蜂巢
303	第 24 章	阿什利镇

楔子

德国褐官。

古典巴洛克风格的办公室。墙上挂着《自由引导人民》的大幅油画。

一名穿着笔挺军装的中年人坐在镀金雕花的椅子上,全神贯注地打理着办公桌上洁白的铃兰花。

他对金钱和财产只有一个模糊的概念,也许对他来说唯一的奢侈品就是真正的戈布兰尔地毯、古典名画和精心装饰的鲜花。

他仔细地修剪掉铃兰花的枯枝,手法娴熟得像一个艺术家。没有人能想到,他会在不远的将来,成为背负几千万人命的战争狂人。

坐在中年人对面的,是一个一脸病容的老年人,正恐惧地畏缩在凳子里。

周围的一切仿佛要把他吞噬掉,他甚至不敢直视前面那个手捧花盆的人,仿佛那人就是黑暗中藏匿的魔鬼。

老年人身旁站着的年轻军官从公文包里拿出两本书,扔在地上。

一本书叫作《在秘密的纳木托》(*In Secret Namtog*),另一本叫作《黑暗笼罩纳木托》(*Darkness over Namtog*)。

老年人盯着这两本书,全身像筛糠一样发着抖。

"西奥多·伊利恩[1],如果你不想让你的家人遭殃,就赶紧实话实说。"年轻军官不耐烦地说。

这名叫西奥多·伊利恩的老人霎时间脸色苍白,如果不是凳子两边都有扶手,估计他这时已经从椅子上摔下来了。

"克劳德尔,你先出去吧。"铃兰花后面的那个中年人终于抬起头,他摘掉手上的白手套,缓缓地把身体靠在椅背上。

"是,元首陛下。"年轻军官随即敬了个军礼,转身走出办公室。

剩下的两个人,沉默了很久。

"伊利恩先生,"名为阿道夫的元首率先开了口,"告诉我,您爱您的祖国吗?您是否深爱着您的同胞?"

伊利恩的身体就像被闪电击中似的剧烈地晃动了一下,良久后,他犹豫地点了点头。

"很好,很好。"阿道夫欣慰地点了点头,"那么你告诉我,我们为何而战?"

"为……为了自由而战?"伊利恩在极力回想着大街小巷贴着的新政府传单。

"您说得对。"阿道夫从镀金雕花的椅子上站起来,缓缓地走向伊利恩。

"我们为了自由而战!我们的民族是一个伟大的民族!我们流着同样的血液!告诉我,您愿意让它冷却吗?"

不知道是受到了阿道夫的鼓舞,还是恐惧的作用,伊利恩的头

---

[1] 西奥多·伊利恩(Theodore Illien):游记作家,曾出版《在秘密的纳木托》(*In secret Namtog*)和《黑暗笼罩纳木托》(*Darkness over Namtog*)。他强调自己曾到达过纳木托,并遇见一名自称为 Turgut(图尔古)的当地人。那人带他去过一个洞穴,据说是通往名叫香巴拉的地下城市的入口。由于伊利恩写的故事太过离奇,许多人都质疑他究竟是否去过纳木托。但阿道夫对他所写笃信不疑,以致间接影响了两次纳粹组织的纳木托考察。

摇得像拨浪鼓一样。

"我知道很多人在背地里叫我恶魔,可犹太人抢走了我们的尊严。"阿道夫痛心疾首地说。

"即使犹太人消失了,明天英国人还会来,后天那些该死的黑人也会来,我们的民族又该何去何从?如果今天我们不掌握力量,明天就只能在敌人的枪炮下失去自由!

"只有掌握力量的民族,才能屹立不倒。伊利恩先生,您说对吗?"阿道夫俯下身,在伊利恩耳边轻声说道。

伊利恩闭上眼睛,点了点头。

"您做得很好,现在我们来说说您的著作。"阿道夫从地上拾起其中一本书——《在秘密的纳木托》。

"这本书我拜读过许多遍,您说您在穿越纳木托的时候,见过一个垂直的洞穴——您把石头向洞穴中扔去,却久久都听不见石头落地的声音。您说它的深度无法估量,连接着另一个世界——一个更高级的世界,被您称为'香巴拉地下王国'。"

"很多人都怀疑您没去过纳木托,也认为它只是一本虚构的小说。可在我看来,您才是真正见识过这个世界终极奥秘的人。"阿道夫神秘地笑笑,"您说您进入了那个洞穴,却因为恐惧逃了出来——您究竟看到了什么?"

伊利恩痛苦地抱着头,像是陷入了某一段恐怖的回忆,他喃喃自语着:"黑暗……永无止境的黑暗……它们……在等待……没人能活着离开……"

"也许在您眼里的黑暗——"阿道夫挺起胸膛,他的眼睛里迸发出欣喜和疯狂,"在我眼里却是我们民族的曙光!那个带你去香巴拉入口的人,叫什么名字?"

"他没有名字……"伊利恩目光再次呆滞,抬起头缓缓地说,"他是神的子孙,只有神有名字……"

阿道夫皱了皱眉头:"那神叫什么名字?"

"清晨的时候它叫蒙,中午的时候叫拉,夕阳的时候叫陶瓦,凌晨的时候叫图尔古……"伊利恩喃喃自语,"凡人无法知道神真正的名字……"

"克劳德尔!!!"阿道夫大叫了一声,刚才出去的年轻人在几秒之内打开门跑了进来。

"元首陛下——"

"叫希姆莱过来!我们要找到香巴拉,找到阿格哈塔的入口!"阿道夫大吼着,声音里充满了狂热。

话音未落,伊利恩不知道哪儿来的勇气,竟然死死地抓住了阿道夫的手。

"不!别去!不能去……求求你,没有人能穿过迷宫!"

伊利恩瞪大了眼睛,绝望地看着阿道夫。

阿道夫一把甩开伊利恩的手——他有洁癖,厌恶地看着伊利恩,拿起手套使劲地擦着手,不耐烦地对秘书克劳德尔说:"快把这个人给我带走!"

克劳德尔架起瘫在凳子上的伊利恩,往门口走去。

阿道夫走到窗前,冷笑了一声,自言自语道:"我倒要看看,这个世界上有什么地方是我的军队进不去的……"

纳木托。

那是一座雪线之上的庙宇。

纳木托的六千七百座庙宇,绝大多数都是依村寨而建,靠近雪线的本身就少之又少，建在雪线之上的寺庙更是寥寥无几。

若不是有熟悉来路之人带领，任何一个普通人绝对无法找到这里。

这座寺庙孤独地隐藏在皑皑白雪之间的悬崖上，远看就像遗落在哈达上的玛瑙石。

此时，一个年轻的红袍僧人正站在这座庙门外的雪地里。

随着紧促的叩门声，一个老僧人推开沉重的木门。年轻僧人一个趔趄摔进木门，脸上写满了焦虑和不安。老僧人似乎早就预知了山下发生的事，他淡淡地转过头，眼神平静如纳木托的湖水。

年轻僧人跟着老僧人穿过一排排转经筒，夕阳的余晖越过屋檐落在地上的残雪上，融化了两串长长的脚印。

主寺的大殿中空荡荡的，并没有供奉任何佛像，一群面目平静的老僧人坐在地上，佝偻着身子，身边摆放着一些骨制的小碗，里面有七彩的沙。

在大殿正上方，端坐着一个很老很老的僧人。

他的皮肤就像风化的枯木一样干涩，没有人能看出他的年龄。他穿着颜色陈旧的僧衣，头戴通人冠，一手拿着一串不知名的念珠，另一手拿着铃杵，口中吟唱着生涩难懂的经文，声音悠扬，在大殿中回荡。

"上师——"年轻僧人扑通一声跪在地上，呜咽着说，"那些异教徒勾结了一些喇嘛，找到了阿格哈塔的入口，我们的人死了，血汇成了河……呜呜……"

"他们带来了铁做的车和武器，要用大炮强行炸开香巴拉的入口……他们带走了经文和法器，凿毁了神堆……他们很快就要进去了……"

"孩子……你来……"

上师伸出干枯的手,年轻僧人匍匐着爬过大殿,上师把手放在他的头顶上。

"你看到的那些人,还不是注定的人。时间还没到,就算强行进入香巴拉,没有地图,只会永远迷失在地底迷宫中。"

"上师,那迷宫的地图在哪里呢?"

上师缓缓抬起手,指着那一群坐在地上的老僧人。

他们中间,是一幅就快完成的曼荼罗沙画。

曼荼罗,又称坛城,由圆形包裹方形,象征着宇宙。

沙画的四角各有门,门口有梯,则象征着四个入口通向外部世界。

老僧人们身边的古碗装着不同颜色的沙子,每一种颜色的沙子都是用手工磨制的特殊的石头制成:红色的是玛瑙,黄色的是黄金,白色的是珍珠,蓝色的是青金石,黑色的是炭灰,绿色的是绿松石……总共分为七种颜色。他们用细勺舀出彩色的沙子,填充着曼荼罗中间最后的图案。

年轻僧人仔细地看着地上的沙画,这些僧人描绘的曼荼罗和他平日看到的有所不同。

圆形世界的四个入口后面,竟然是一个七重七层七障,看似无穷无尽的迷宫。而居于曼荼罗迷宫中间的,是一扇紧闭着的大门,上面画着一朵金色的莲花。

"这……这就是地图?"年轻僧人低呼。

上师摇了摇头。

"孩子,这只是地图的一部分。"上师缓缓地开口,"这是时轮曼荼罗,是香巴拉的平面图,是神的地下之国……也是我们来的地方……"

"那……另一部分的地图在哪里?"年轻僧人喃喃地问。

"看到曼荼罗外围的四个入口了吗?"上师说。

"那是香巴拉的四个入口,千万年之前,我们黄色的先知,带着时轮曼荼罗,从其中一个入口来到这里,从此守护着这个入口……

"而地图的另一部分,则由红色的先知保管,他们从另一个入口出去,在世界另一边的土地上,守护着迷宫的秘密……

"从此我们日月颠倒,他们的太阳是我们的月亮,我们的黑夜是他们的白天——从此我们不分昼夜地用心灵的力量,净化这个浑浊的时代……"上师昂起头,颤抖地说。

年轻僧人并没有关注上师的偈语,而是一言不发地盯着地上的沙画。

制作坛城的老僧们,没有在地上绘制草稿,而是像画过千万次一样一气呵成,就像将自己脑中烂熟的世界观默写出来一样。

最后一瓣莲花花瓣完成了。

年轻僧人看着看着就入了定,这是他有生以来看过的最华丽宏伟的曼荼罗沙画。

下一秒,一名老僧人站起来,打开原本关着的大殿的门。

"不——"年轻僧人大叫了一声。

外面的狂风夹着雪花吹进来,他的声音瞬间淹没在风声之中,地上的曼荼罗沙画顷刻被吹得一干二净,化为乌有。

"生命本是从无到无,无色无相,万法皆空。"

上师的铃杵,在他手中响起。

"一切繁华,不过一捧细沙。金钱、权力、地位,到头来都是虚妄,你还不明白吗?

"回去告诉派你来的人吧,香巴拉并不是称霸世界的工具,他们没有资格进入神的世界。"上师淡淡地说。

年轻僧人如五雷轰顶，脚一软趴倒在上师面前，额头一下下撞在地上，没两下就头破血流。

"尊贵的上师，原谅我的冒犯，我对他们说了，香巴拉只是虚妄的传说而已，可他们不信。他们……那些军人许诺我，若能把万字旗插在阿格哈塔的土地上，我的弟弟就能成为下一任的住持……"

"罢了……"上师摇了摇头，"当你为了金钱和权力出卖灵魂的时候，你已经不能再留下了。纳木托已经没有一寸土地容得下你。"

"我不能空手回去！如果我没带去他们想要的，他们就会到这里来，不会放过您的……"

"我活得够久了……"上师闭上了眼睛。

"我已经很累了，不想再等到预言实现的那一天了……"

与此同时，大殿中的老僧人们就像得到了上师的默许，纷纷盘膝而坐，紧闭双目，嘴里念着往生咒。

"当铁鸟在空中飞翔，当铁马在地上奔驰，就是末法时代的到来；突厥人将会流离失所，图尔古的子孙将会到达红人的土地，他们将再次回到神的国度[1]……"

上师重复着千年前曾有的预言，和老僧人们在大殿中坐化了。

只剩下那个流着泪的年轻僧人，跪在地上久久不起。

夕阳的最后一丝余晖，消失在雪线下。

---

[1] 突厥祖先曾在公元8世纪预言："当铁鸟在空中飞翔，铁马在地上奔驰的时候，突厥人民将会遍布大地，佛法将到达红人的土地。"而在公元2世纪，印第霍皮族（Hopi）也有相似的预言："当铁鸟飞翔，东方的红袍人将会出现，他是霍皮族人真正的兄弟（姐妹）。"

如果你手边有地球仪，可以试一下在霍皮族生活的印第安土地上凿一个洞，垂直贯穿地心，另一头将会从纳木托出来。

霍皮族的语言和突厥语有40%相似，只是发音或语义颠倒。霍皮语的"日"的发音是突厥语的"夜"，许多词诸如爱和恨、喜悦和悲伤等语义都是相反的。其他例子不一一列举。另外，两族的外貌、生活习性也十分相似。

第 01 章　　　　　　　　　　　奇葩社团

"今天的作业仍旧关于美国的南北战争,以'自由对黑人奴隶意味着什么'为题目,写一篇五页的论文……大家下礼拜见。"

随着下课铃响,我从飞行模式切换到日常省电模式。

半年前到美国,一下飞机,我就马不停蹄地跑去了脑科医院。

舒月说得没错,妈妈看起来气色好多了,身体的各种体征也恢复得七七八八,偶尔会迷迷糊糊地说话。

医生说,脑功能的恢复还要大半年,至于能不能完全康复,就要看她的意志了。

为了方便去看老妈,舒月给我联系了所私立高中,在离亚特兰大市中心不远的小镇上。周末坐两个小时的大巴就能到医院。

我们在小镇上租了栋房子,竟然和国内的价格差不多,唯一的缺点就是小镇子毕竟不如大城市,一到晚上七八点,路上连鬼影都没一个。

开始我还埋怨舒月找的地方太偏,后来发现电影里的高楼大厦都只是我一厢情愿的想象而已。美国除了大城市那几个固定景点之外,其他的地方就是赤裸裸的大农村,好多美国人一辈子连卡拉OK是什么都不知道。

有时候想想,大中国三线城市的"杀马特家族"都比这里的潮流人士前卫。

没有烧饼,没有烤羊肉串儿,没有珍珠奶茶,更没有沙县小吃,对我这种吃货来说,这才是最煎熬的。

方圆百里唯一的中餐馆是个黑大哥开的,只卖两种享誉美国的中国著名食品:左宗棠鸡和芝麻牛肉。

根据我几个月来的观察,左宗棠鸡跟左宗棠半毛钱关系都没有,芝麻牛肉里也没芝麻。

舒月给我买了一辆自行车、一部手机和一台电脑。

把我安顿好后,她就毫无征兆地在某一天早上消失了。

没有一点点防备。

我根据梳妆台上同时消失的四五十件护肤品推断,她应该是自己走的,不是被人绑架。

舒月没告诉我她去了哪里,也没说什么时候回来,只在桌子上留了一张字条。

骆川:4703887689。

骆川就是之前跟她视频的那个吴彦祖风格的帅哥。

言下之意,就是书还是要读,课还是要上,遇到问题了就找她的备胎解决。

幸好美国的高中不像中国高中一样压力巨大,只要每天准点出现在学校还是能瞎混下去的。尤其是数学,史前碰到的最难题目无非就是原来国内初二代数水平,老师还很忧心大家做不出来,给每个人发了个计算器。

语文课和历史课只要不让我当堂回答,回家查查字典也能凑出一篇狗屁不通的论文。幸好老师对我的语言能力有心理预期,被我忽悠一下也就让我通过了。

最难的还是交流。

半年里，无论是谁，跟我说什么，我都在靠三句话活着：

"酷！"

"棒极了！"

"太有趣了！"

翻译成中文都等于一个字——"哦"。

当然也没有人 care（在乎）我在想啥，我在干吗。

所以，我一个人自自由由的也挺好，早上在学校，晚上回家写写作业看看漫画，日子就过去了。

可是，今天无论如何也逃避不了跟别人交流了。

我挠挠头，向窗外看去。

教学楼外面人山人海，一个个小档口密密麻麻地挤在操场上。

没错，今天是报名社团的日子。

小镇高中有一个特奇葩的规矩，社团活动是必修课之一，算一门学分。

我记得类似的经历是小学时参加的第二课堂兴趣组，内容基本上就是织织毛衣、做做手工，一旦期末临近，第二课堂形同虚设，全被语数英老师霸占成模拟考试。

相比之下，美国学校的社团真是五花八门，什么名目的社团都有。我跟在人群后面晃晃悠悠地往操场走去。

第一轮被我淘汰的就是合唱团，别说唱歌了，我讲话都讲不利索，除非有人喜欢听带南粤地区海鲜味儿的碧昂斯歌曲。Pass（淘汰）。

棒球社、橄榄球社和瑜伽社我也快速掠过了，国内的十年寒窗苦读已经让我成了中级运动残障，身体素质跟五六十岁的老太太没啥区别，何必自己给自己找虐呢。Pass。

随即筛掉的是各种社工社团，主要就是帮贫困人士盖盖房子、做做慈善什么的。我不是不想乐于助人，只不过我天生手残，我怕盖出的房子把人砸死。Pass。

我的真爱是美食社和电影社，但这两个社团都以同样理由把我淘汰了。

"对不起，只有平均成绩在4.0（满分5.0）以上的同学，才能成为社团的候选人。"

好吧，我实在想不出来，吃吃看看和成绩好不好有啥必然关系。

转眼就到了四点半。要是五点收摊前还没找到合适的，留给我的唯一选择就是亚洲传统文化社了。

说得好听点是亚洲传统文化社，难听点就是一群老外穿着旗袍或和服耍功夫，为了一句"狗改不了吃屎"的俚语做四五百字注释的无聊组织，但凡黄种人来者不拒。

想到这儿，我叹了口气。

我没什么朋友，更不想参加什么社团，我宁愿回家待着。

突然，我听到一个低沉的声音："孤单……没有朋友，你现在想立刻回家吧？"

我浑身一颤。

"别问我怎么知道的，这个世界上有些人，能毫不费力地读出你的思想……

"他们的外表和你一样，却有你没有的特殊能力……"

我的心狂跳起来。

脑海里闪现的第一个名字——43。

他又复活了吗？

难道他还有同伴?

"他们就藏在这里,在我们中间……"

我深吸了一口气,慢慢转过身去。

然后,我看到了一个胖子。

他正汗流浃背地坐在一张桌子前,灌了一大口可乐,他对面坐着的是一个女生。

我走了过去:"你……你刚刚说什么?"

"这位同学,原来你也对特异功能感兴趣啊?请坐请坐!"胖子立刻从后面拿出一个凳子,同时塞给我一张传单:

××高中特异功能社团,专注穿墙术及其日常使用

其他培训项目包括:人体自燃、凭空消失、读心术、灵魂出窍等

社长:达尔文·陈

…………

"这位同学,我还没说完呢,这些人就在我们中间,无处不在——但他们掌握的特异功能,普通人也可以通过后天的练习达到,这就是我们社团的伟大目标……"

坐在他面前的女生一头黑发,看起来应该是亚洲人。她的尴尬都写在脸上了,下意识地一直点头:"呀……好厉害……"

原来是个日本妹子,我终于明白为啥她能听那胖子瞎白话这么久了。

真实的日本妹子都是非常有礼貌的,她们几乎不会在别人没说完话之前打断或离开。她们的三大口头禅包括:

"好可爱啊！"

"好厉害啊！"

"好好吃啊！"

翻译成中文都等于一个字——"哦"。

眼前这个日本妹子，我打包票她在十分钟之前就想走了，一直憋着没走，真的只是因为教养好而已。

"你会读心术？"我问胖子。

"读心术我倒是不会——"胖子还没说完，我站起来就要走。

"这位同学！你等一下！"胖子一看我要走就急了，"虽然不会读心术，但我真的有特异功能！"

"哦？"我转过身看着他，"那你会啥？"

"等一会儿你就知道了……"胖子神秘地冲我笑了笑，"先回来坐……"

"两位女同学怎么称呼？"胖子一边问，一边从桌子底下掏出了两瓶冰镇可乐，他先把一瓶塞到日本妹子手里。

妹子的脸一下红了，这下她更不好意思走了。

"Sa……Sayaka……"

原来日本妹子叫沙耶加，和我一样都是十一年级生。

"哎呀，你是第一个对我们协会感兴趣的日本人！"

沙耶加非常尴尬地笑了笑。

"那你怎么称呼？"胖子转头问我，把另一瓶可乐递给我。

"正黄镶白旗瓜尔佳氏容嬷嬷。"我翻了个白眼接过可乐。

"％＆＊％￥……么么？"胖子的舌头都绕不回来了。

"嗯，我的名字比较长。"

才不要告诉你我的名字，你当我傻啊，被你认识多丢人呀。我心里想。

"正式介绍一下,我叫 Dick Pound(迪克·庞德),是特异功能社团的心灵导师……"胖子摸着心口自豪地说。

"噗。"

"噗。"

沙耶加脸一红,和我同时露出了匪夷所思的谜之微笑。

在英文里,Dick 是"鸡鸡"的意思,Pound 是捣烂的意思。

不知道别人叫他的时候,他的下体会不会跟着痛。

胖子没理我们,而是在旁边的笔记本电脑里输着什么。过了一会儿,他大功告成地出了一口气:"好啦,两位的名字我已经登记在学校社团档案里了,恭喜两位正式成为我们的会员。"

我和沙耶加同时瞪大了眼睛:谁说我们坐下喝瓶可乐就要入社团了?

幸好我说的是假名,无所谓。想到这里,我站起来就要走。

"Wang Wangwang 同学,你的名字也登记了哟,如果退出社团会影响年度考核和信誉的哟。"迪克一脸贼笑地看着我俩,"我们学校没多少亚洲人,在花名册里找到你的头像不难哟。"

还没等我的眼睛里喷出火,迪克赶紧一脸讨好地说:"本社团不用绩效考核,不用擂台比赛,不用写报告。每次聚会,比萨饮料沙拉热狗管够。夏季每月两次泳池派对,冬季每月一次滑雪,学期末免费参加社团旅游。"

听起来还是有点吸引力的。

我看了看沙耶加,她也看了看我。

"不要走,我们今年再招不到人,社团就要解散了……"迪克使劲挤着眼睛,一脸悲伤。

我叹了口气,和沙耶加又坐了下来。谁知道屁股还没坐热,迪克又把我们震了个跟斗:"既然大家聊得这么开心,那就先把社团年费交了吧,女生打五折,一人280美元。"

还要交年费?

不是说没人加入快要倒闭了吗?你怎么还敢要年费!

"280?隔壁美食社才150!"

"这位同学,科学是无价的!"

我从书包里掏出零钱包,扔了一张10块在桌上:"就这么多钱了,两个人。"

迪克想都不想就把钱收下了,又从桌子底下掏出两袋薯片递给我和沙耶加。

"你们这种伪科学还能成立社团?"我咬着薯片,一脸鄙夷地问道。

"这位同学,你这样说就不对了。"迪克指了指旁边摊位一个身穿白袍、手拿《圣经》、头戴光环的学生说,"基督教都能成立社团,为什么特异功能不行?"

"迪克的老爸是这个学校的荣誉董事,他想干吗都行。"一个戴着黑框眼镜的亚洲男生从后面走过来打断了我们,一屁股坐在迪克边上。

他瞅了我和沙耶加一眼,哼了一声,问:"中国人?"

沙耶加没反应。

"呃,嗯……"我不自觉地点了点头。

"我叫陈毅,你可以叫我达尔文。"他用标准的普通话对我说。

原来,他才是主席。

"准备好了吗?"迪克问达尔文,达尔文点了点头。

迪克突然从书包里拿出了一个大喇叭，刺耳的声音差点把我和沙耶加震翻在地上："女士们、先生们！为了欢迎我们特异功能社团的新成员，我，迪克·庞德，决定今天放学后，在大礼堂向大家展示我的特异功能！"

操场上的所有人都朝我们看过来。

我觉得我像个弱智。

不得不说，迪克吼这一嗓子还是有点效果的，大礼堂来了七八十人，大多数是低年级生。

迪克朝舞台一侧的两张凳子指了指："新成员要坐到那里去。"说完就跑进后台了。

沙耶加从坐到舞台上开始脸就涨得通红。日本妹子其实不像漫画书里那么开朗，她们日常极其拘谨，一般都属于慢热型的。现在，迪克让她坐到舞台上，还要她面对这么多人，这跟要了她的命没两样。

"沙耶加，你一直都在这个学校读书吗？"我想帮她放松一下情绪，没话找话说。

"我是去年秋天9月6日入学的。"沙耶加马上一本正经地回答我的问题。

"……"

"……"

我也不知道该说什么好，两人又陷入了尴尬的沉默中。

"那你喜欢吃日本料理吗？"我又憋出一个问题。

我真是个傻子，这不就跟问一个中国人爱不爱吃饭同样道理吗？

"……嗯。"

"那你都喜欢吃什么呢？寿司吗？刺身吗？拉面吗？"我在内心对自己翻着白眼。

"……嗯。"

好吧，我已经把我毕生积累的日文单词全说出来了。Sushi，Sashimi，Ramen，都是我爱吃的。

"……汪桑，你是中国人？"沙耶加犹豫了半天，问我。

"是啊，难道我长得像日本人？"

"我很喜欢中国文化……"沙耶加突然用中文跟我来了这么一句。

虽然她的发音不标准，但我还是震惊了："你怎么会讲中文？"

"对不起，我初中开始上中文补习班，还有西班牙文和拉丁文补习班……"沙耶加脸又红了，"周末会去市区上音乐课和绘画课……"

"学霸啊！"我又一次震惊了，"那你每天得学到几点啊？"

"嗯，我一般凌晨两点才睡觉……我的志愿是考上哈佛大学……"沙耶加小声说。

要申请常春藤（美国一流名校统称），除了日常的在校成绩，特长都是加分项。

"沙耶加，你太厉害了。"我由衷地感叹道，"要是让我每天这样学，我早就累死了！"

"对不起……"沙耶加立刻不好意思地把手捂在脸上。

"各位朋友！欢迎来到特异功能协会的主场！"

礼堂一下暗下来，一束追光灯打在迪克身上。他竟然换了一身中国的道袍，头上戴了顶道士帽，出现在舞台中央。

"一切特异功能都有一种神秘力量在背后起作用，这种力量来自浩瀚的宇宙，在地球上存在了亿万年。今天，我会和大家一起见证人类的奇迹！"

难道这小子真的有特异功能？

我咽了一口口水。

沙耶加有点害怕地朝我这边靠了靠，无意识地攥紧冒汗的手。

"各位请看我手里的扑克牌，"迪克拿出一张红桃K，"当我发动特异功能——"

迪克合上手一顿猛搓，再摊开手，红桃K变成了黑桃K。

"当人类掌握了宇宙的奥秘，"他随即又掏出一个橘子，"就能释放能量操控外界事物，包括用意念使物体移动——"

迪克手里的橘子缓缓离开了他的手，悬浮在空中。

"使物体从我们的空间消失……"迪克话音未落，橘子骤然消失在空气里。

"好厉害！"沙耶加难以置信地瞪大了眼睛。

"这种能力，并不是永远没办法攀登的高峰，通过日常练习，就能够——"迪克在众目睽睽下，从舞台中升了起来，"摆脱地球自身的引力，成为更高级的生物……"

"咣当。"

我听到一声巨响，脚底下的地板震了一下。

迪克仰面朝天地跌到地上。

"你们知不知道在这里吊钢丝很危险的？"教导主任从后台冒出来，"我就知道你今年又会跑进来，才特意来看看——去年你假装'万磁王'，还嫌被电得不够惨？"

迪克揉了揉屁股站起来，他的屁股下面除了一堆扑克牌，还有一个被压瘪的橘子。

台下人的表情像吃了屎一样，看着我们三个人。

我的脸啊，再见了。

我的智商啊，再见了。

我在夕阳下奔跑的青春啊，再见了。

各位同学！我真的不是神经病！

现在假装自己在梦游还来得及吗？能不能伪装成我是自己的双胞胎妹妹？有没有地缝可以钻进去？

什么自杀方法最快？

如果人生能够重来，我宁愿选择死……也不会进什么鬼社团！我还是个纯洁的孩子啊！！！

"趁你爸爸还没发现之前，快回家吧。"教导主任叹了口气。

台下的几十人像躲瘟疫一样以迅雷不及掩耳的速度离开了礼堂，剩下的几个人都是前排还沉浸在惊吓中没反应过来的。

我绝望地闭上了眼睛。

"沙耶加，这只是我们为了招募社员的权宜之计，相信假以时日我们一定能练成超能力的……你不会抛弃我们吧？"在我抬头的时候，迪克拉着沙耶加的手真诚地说。

"呃，不会……"

我对日本女生是很服气的，在这种情况下换成我，早就一个拳头抡过去了。

"我智商有限，够不到贵社的认知门槛，今天天气不错，我有急事先走了。"我头也不回往外走。

"旺旺同学，你等一下啊，现在走了会费不退的！"

"10块钱就当我为这个社会的弱势群体做贡献了，不用找。"

"现在退社团会扣学分的——"

"我明天退学,拜拜。"

"再等等——"

"有空还是去大医院看看,保重。"

"再给我一次机会!我真的有特异功能!一次!"迪克跑到我面前竖起一根手指。

"求求你放过我。"我都快给他跪下了。

"迪克,今年横竖是招不满了。"达尔文·陈从后台走出来,懒懒地说,"走吧。"

"我不走。"

敢情这胖子也是个倔脾气。

"汪桑……要不再让迪克试试吧。要是这次没有成功,我就跟你一起走……"沙耶加一脸请求地看着我。

我叹了口气:"你还有什么本事?快使出来。"

"我会隐身术。"

胖子跑回舞台上面坐在,眉头拧成了一个"川"字形,也不知道他是热的还是因为意识太集中而汗流浃背。

台下,坐着我和沙耶加以及几个心理承受能力巨大的吃瓜群众。

时间一秒一秒过去了,一分钟,十分钟……

半小时后,吃瓜群众也全走了。

我应该好好地检讨一下自己,too young too naive(太年轻太天真了)。

脑子是个好东西,真希望每个人都有一个,这样世界会更加美好。

我拉起沙耶加:"女人的青春很有限的,别浪费时间了。"

沙耶加点点头,跟我走出礼堂。

"同学，不要自暴自弃，你们还是有机会得到救赎的。"那个穿着白袍、拿着《圣经》的哥们儿看到我们一出来，立刻凑上来。

"同学，还是加入我们计算机小组吧，C 语言、B 语言和 P 语言在未来世界都比英语好用——"另一个哥们儿拿着传单向我俩扑过来，"女生额外享受系统免费升级和防火墙维护……"

"Interesting（有趣）。[1]"

在这个时刻，我连白眼都懒得翻了。

"你俩……不会真的进那个超能力社团了吧？"基督教社团的哥们儿像看智障一样看着我俩，"迪克要不是因为老爸是校董，早就被开了，只要智商高于室温的人都能看出他是傻子。"

"我每次看到迪克，都以为自己在动物园——听说去年他用他的'超能力'跟持枪匪徒干架，结果屁股上挨了一枪，在医院躺了半个月……"计算机小组的哥们儿也凑上来吐槽，"他们社团今年连五个人都招不满，只是出来刷刷存在感而已……"

"用超能力跟持枪匪徒干架？"我疑惑地问，"为什么？"

"去年有个低年级生，在学校外面被人打劫了，对方吸粉儿吸过量了，还拿着枪——没人敢过去，迪克非说自己有超能力，子弹打不穿，要做英雄去救人——"计算机小哥哼了一声，"结果成了阿甘[2]，说起来，他们的智商也确实比较接近。"

"难道看到自己的同学被人拿枪指着头，你们都不帮忙？"

"我们会报警，以及为他祈祷……"基督教哥们儿在胸口画了个十字。

不知道为啥，我突然对迪克有了一丝好感，下意识地转过头往

---

1 这里是反语，表示一点都不有趣。
2 电影《阿甘正传》里，阿甘在救战友时屁股中弹。

礼堂里看了一眼——

迪克还满头大汗地坐在舞台上。

唉,要是他不那么傻,或许我们还是可以成为朋友的。

我正这么想着,迪克突然消失了。

一瞬间。

我使劲眨了眨眼睛。

他还坐在舞台上,下面空无一人。

我刚刚眼花了?

"你看到了吗?"沙耶加睁大眼睛看着我。

"你也看到了?"我和沙耶加四目相对。

"感谢主,你们终于感觉到了神的召唤——"

基督教小哥还没说完,我就拉着沙耶加跑回礼堂。

"迪克消失了将近半秒钟……"沙耶加跟在我后面轻声说。

第 02 章　　　　　　　　　　微能力者

"我是不是成功了？"迪克使劲擦了一把汗，站了起来。

"你……刚刚好像消失了将近半秒……"

沙耶加话还没说完，迪克就跳起来一声高呼："哈！成功了！我就说了我有超能力！"

迪克一脸兴奋，转头问坐在台下摆弄摄像机的达尔文："录下来没？录下来没？"

"摄像机的储存卡好像满了……"达尔文皱着眉头说，"刚才没录进去……"

"啊！不会吧……"迪克顿时满脸沮丧，像死猪一样瘫在地上。

"不会这么巧吧？"我也替迪克有点不甘心，赶紧跑过去，看到达尔文似乎迅速地在摄像机上执行着什么操作。

他正在抹去最后一条视频！

为什么啊！

这不就是迪克有超能力的证据吗？如果这条视频发到"脸书"上，还会愁没有人加入社团吗？

"你……"我刚想阻止，达尔文一把捏住我的手，意味深长地看了我一眼。

他用非常轻微的动作对我摇了摇头，压低声音用中文跟我说：

"别说话。"

"你干什么？为什么要删掉？"我用中文不解地问。

达尔文没有回答我，而是转头看向另一边。

迪克听不懂中文，还躺在舞台上哼哼唧唧地抱怨着。

沙耶加偷偷地看了我一眼。我朝沙耶加耸了耸肩，意思是我也不明白。

达尔文收起了摄像机，走到迪克旁边，拍了拍他的肩膀说："哥们儿，虽然摄像机没拍下来，但她们俩都看到了，我们都相信你。"

"好吧——I am just fine……你懂的，就是有点小遗憾……"迪克叹了口气，"可是这么一来，我们无论如何都凑不齐五个人了，今年的特异功能社团又开不起来了……"

我这才想起来，学校规定新社团的最低人数是五人。

我、沙耶加、迪克和达尔文，加起来只有四个人。

迪克默默地摘掉了脑袋上的道士帽，从裤兜里掏出10块钱："会费还给你们……"

一时间我也不知道该说什么好，犹豫了半天，拍了拍迪克的肩膀："下次别再搞那些骗人的把戏了，好好练习你的隐身术，我们明年还来参加。"

迪克憋出了一个比哭还难看的微笑。

"请问……我能不能参加……"空旷的礼堂里，一个怯生生的女声从角落里传来。

我在心里反应了五秒，才听懂对方说什么。

坐在角落里的是一个特别瘦的小个子女生，不得不说，她实在太不起眼了。

不知道是因为紧张还是其他什么原因，她前后晃动着身体，显得极不自然。

她穿着一件大号灰色T恤衫，用皮带扎进蓝色短裤里，几乎完美地融进礼堂的灰蓝色凳子里。如果不是她说了一句话，我估计再看两圈也找不到她。

红发白皮肤，一脸小雀斑，绿色的眼睛闪烁不定地往地上看，好像说出刚才那句话已经用完了她所有的勇气。

最突兀的是她剪了一个和男孩一样的短发。如果不是因为她的声音，我百分百以为她是男生。

"Oh——老天保佑祖先显灵阿弥陀佛！"

迪克像打了鸡血一样从舞台上弹起来，我还没反应过来，他就抢过了我手里的10块钱跑到"T恤衫"旁边，从口袋里掏出一张皱皱巴巴的纸："社团费用280美元，在这里签个名字，你就是我们的人啦！我叫迪克·庞德！"

"我，我，我没有钱……""T恤衫"连正眼都不敢瞧迪克，一直盯着地面。

"嗨，我是社团主席，你可以叫我达尔文。"

达尔文显然没想到还有人会加入社团，他两三步拦在迪克前面，有点不客气地说："事实上我们社团只招十年级以上的人，你几年级？"

我算是看出来了，达尔文的种种表现，都表明他其实根本不想成立社团。

既然不想成立社团，为什么要做社团主席呢？我和沙耶加疑惑地对视了一眼。

眼前这个"T恤衫"，站起来还没有我高，要知道我以前在中国都算矮的了。横看竖看，她最多也就十三四岁。

可能是感觉到了来自达尔文的恶意，"T恤衫"的磕巴更严重了："十，十，十一年级……""T恤衫"又指了指我，"同班……"

啊？我怎么完全不知道我们班有这么个人？

难道她也会隐身术？

达尔文转过脸看着我似乎在求证。

"呃，似乎可能也许大概……见过。"看着"T恤衫"，我一脸茫然，使劲挠了挠头，"同学，你千万别介意，其实我从小就有脸盲症，医生说多吃点药还是有机会治愈的……"

"同学，钱不在多，意思意思，少出钱多出力也行——"迪克一边摊开手，一边扒开挡在前面的达尔文。

"T恤衫"犹豫了半天，从口袋里摸出几枚硬币。

"欢迎你！"迪克一把把硬币抢过去，不知道从哪里掏出来一罐可乐递给"T恤衫"。

"你刚才不是说科学是无价的吗？把我的10块还给我！"我感觉智商受到了侮辱，冲过去掏迪克的口袋。

"旺旺同学，大家都是斯文人嘛，就算你很崇拜人家，也不能这样摸人家呀——"迪克骚了吧唧地冲我眨眨眼睛，"你的钱，我放在小裤裤里了。"

"不会吧！"我立刻弹开两米远，一口老血差点没喷出来，"10块钱不够你治病吧，要不要这么拼！"

"你叫……Mabinda？"胖子看着"T恤衫"写在纸上歪歪扭扭的字。

"美年达（Marinda）……""T恤衫"不好意思地说。

原来英语烂的不止我一个。

"欢迎加入！M！从今天开始，特异功能社团成立啦！以后逢周一、三晚上聚会，周六校外活动！这是我和达尔文制订的日程安排——"

迪克从道袍里摸出一张卡片，我凑上去看了一眼。

特异功能起源与分析，团队合作培训，冥想与初级特异功能练习，心得分享大会，大雾山校外考察……

看起来竟然还挺有几分条理，莫名有点小期待呢。

从礼堂走出来，天已经快黑了，竟然下起了大雨。

"实在抱歉，我要先走了。"沙耶加又鞠了一个日本式的躬，"我还要去补习班……"

美国的高中生，16岁就会开始陆陆续续买车，倒不是说美国家庭都有钱，而是地广人稀，没车几乎寸步难行。

除非家里特有钱的，高中生的第一辆车一般都是二手车，价格从五百美元到几千美元不等，买车在美国小孩看来就像成人礼一样，有了车就代表有了自由。从此，爸妈就不管接送了。

沙耶加开着她1994年的二手尼桑摇摇晃晃地出了校门。

"你俩怎么走？"达尔文问我和M。

我瞅了瞅雨里被打湿的自行车。

"走路……"M晃着头小声说。

"我送你们！"迪克拍了拍胸口，得意地指了指停车场剩下的唯一的车——崭新的骚红色道奇。

校董儿子果然是喝酸奶不舔盖的·终极·豪·二代。

达尔文把我的自行车扔进迪克车后备厢后就跳上前座，我钻到后座后，才发现M还在礼堂屋檐下站着。

"M，上来啊！"我摇下窗户叫她。

M在屋檐底下瑟瑟窣窣地发着抖，眼睛盯着地面，说什么也不肯上车。

"M，你怎么了？"我只好跑下车，可是我一碰到她，她就像触电一样抱着头躲开了。

这姑娘是不是脑子有什么问题？

第一眼见她我就有这种感觉，她跟我一个年级却还没有我高，普通美国女生这个年纪早就人高马大了，她的小身板就像没发育一样，连胸都没有。

而且她一直摇头晃脑，眼睛都不敢盯着人看，说话吐字不清，有点像是……智障。

M真是个累赘，别管她了。

我被自己的这个想法吓了一跳，为什么我会这么想？

我的脑海里浮现出那个连铅笔都不愿意借给我的同桌的脸，还有连我消失了几天都没发现的其他同学。

难道我也变成跟他们一样的人了吗？

M还是站在屋檐下的一角，一言不发。

我使劲摇了摇头，把这些自私的想法从脑袋里抛出去。

"嘿，这么大的雨你走回去会生病的！"我继续劝道。刚想再上去拽她，一只手拉住了我。

是达尔文。

"她不愿意上车，也许她有不能说的理由。"达尔文用中文压低声音跟我说，"既然她不想说，你应该尊重她。"

达尔文看了看天，用不经意的口吻说："雨快停了，一会儿一起走回家。"

他没问原因,也没有责怪,更没说什么"天黑了你一个人走不安全"之类的套话,而是轻描淡写地提出一个解决方案。

他的语气就像他住在 M 隔壁一样。

听到达尔文的话,M 竟然露出一个大大的笑容,使劲点了点头。我这才看清楚,她发音不准是因为戴了牙套。

我看着眼前这个毫不起眼、戴着黑框眼镜的男孩子,这家伙冷冰冰的外表下,竟然有一颗很能为别人着想的心。

很多年后我才逐渐懂得,无论是对朋友还是对陌生人,真正的关心,不是刨根问底地分析利弊,不是无限夸张自己的圣母心和对方的弱势,也不是站在道德制高点的说服,而是平平淡淡的一句"雨快停了,一会儿一起走回家"。

驾驶座里的迪克耸了耸肩,把车停在了一边。他似乎很听达尔文的。

果然没多久雨就停了,迪克在车上睡觉。我和达尔文跟着 M 从学校往北边走了十来分钟,就来到了小镇边上。

这里稀稀疏疏地散落着几个年久失修的窝棚,一些拖车停在树林里。公路旁边一栋破烂的木屋外面,抱着孩子的黑人大妈警惕地看着我们。

如果非要用一句话来形容这里,我会说,在这里看不到希望。

没有自来水和煤气,地上扔着沃尔玛的廉价罐头盒子和纸皮箱,衣服乱糟糟地晾在树丛里,偶尔能看见废弃的摩托车扔在杂草里面。

我有点害怕,紧跟着达尔文,M 在前面驾轻就熟地穿过荒芜的小路,停在了一辆拖车前面。

坐在门口烤火的或许是 M 的妈妈,她手里拿着一根烟,既没有跟我们打招呼,也没有说话。只是看了我们一眼,便继续呆滞地望着远方。

"明……天见。"M朝我们挥了挥手。

我和达尔文走上大路,他打了个电话。没过多久,迪克就开着他的道奇出现在我们面前。

回家的路上,迪克听说我一个人住,顿时两眼放光:"那以后我们社团聚会,可以去你家了!"

"你把你的车送给我,我就考虑一下。"我翻了个白眼。

聊起来我才知道,迪克的校董爸爸是上校,是美国陆军的高层干部,因为几年前调到佐治亚州任职,所以举家搬了过来。

"我爸可是参加过'越战'的英雄!我的偶像就是我老爸,所以我以后也要做英雄,就像'美国队长'一样!"迪克激情澎湃地说,我真看不出来他是十二年级生,智商跟他的体形一点也不匹配。

他爸平常都在部队执行任务,所以家里只有他和他老妈。

因为部队待遇好,他爸不但捐了一笔钱给学校,还买了一栋连体复式大别墅——他们家主要住在前院,后院空置的一间就分给达尔文住了。

达尔文算是第三代移民,爸妈在亚特兰大开中餐馆,不怎么管他。他是迪克从七年级开始的唯一的朋友。

"我能不能也成为你的好朋友?我也想住豪华别墅。"

"如果你把你的会费能从我这里拿回去,我就考虑一下。"迪克露出一个很猥琐的笑容。

我吃了一瘪,英文又不好,只能暗戳戳地诅咒迪克人如其名。

别人都说好事多磨，没想到，特异功能社团的九九八十一难还有一难在前面等着我们。

第二天一到学校，我就被叫到了教导主任办公室。

一进门，就看见迪克、达尔文和M像鹌鹑一样缩在墙角。

沙耶加眼睛通红地站在教导主任旁边，和她一起的还有一对日本中年夫妇。

目测是她的老爸老妈。

"我不明白学校为什么会容许这种社团存在？难道社团不是为了帮助孩子提高成绩的吗？特异功能可以帮助我女儿上大学吗？难道斯坦福会因为她会穿墙术而特招她吗？"

沙耶加的爸爸义正词严地噼里啪啦说个没完。

"也不是没这种特招的可能……"迪克话还没说完，教导主任的一个白眼让他吞下了要说的话。

"我们把孩子送进贵校是为了让她好好读书，不是去做一些没有意义的事！"

教导主任是一位名叫戴西女士的中年妇女，她表面认真地倾听着这对日本夫妻的抱怨，其实在桌底不耐烦地抖着腿。

一个五十岁的大妈，每天还要处理校董儿子和奇葩家长之间的矛盾，换成谁不得高血压啊！

纵横沙场多年，戴西早已对这种家长的招数了然于心。她默默含了口真气，使出毕生绝学："亲爱的，冷静点，calm down——我很理解你（经典美式套路一），我也非常同情你的遭遇（套路二），作为父母总是非常希望孩子得到良好的教育（套路三），这也是我们学校多年的教学思想（套路四）——"

"哦，但我觉得沙耶加已经十七岁了，她作为一个成年人可以自主地决定她的兴趣爱好,而不是由父母去替她选择……"

苦练四十余载,戴西的拿手绝活美国公民经典套路之"人权自由",已经练至天人合一、手到擒来的地步。这一招又快又狠、弹无虚发、百发百中,硬是逼得沙耶加的妈妈倒退一步。

但明显对方也不是省油的灯,只见沙耶加的妈妈气运丹田,倏地,第二招已经杀到戴西面前。

"我女儿说了,是这个小子——"沙耶加妈妈随即反手一指,"诱骗她参加的社团,她自己根本不想参加!"

迪克莫名躺枪。

"宝贝,你是被强行拉入社团的吧?"妈妈转攻为守,将自身受到的伤害反弹给他人,这一招可谓阴损至极。

沙耶加泪眼汪汪地看了看站在角落的我们,硬是接下了这一次攻击,半声没吭,伤害 +1。

"沙耶加,说话!"爸爸神助攻。

沙耶加浑身一抖,在父母的夹击下迅速掉血掉智商,过了一会儿,只好点了点头。

"估计要团灭。"我在心里暗暗地说。

"您看到了吗?我女儿不是情愿的。"妈妈厉声说,"我现在有理由怀疑我的女儿在学校被人胁迫,我甚至怀疑您对我们的请求一再推诿,是因为要维护校董的儿子!这已经构成种族歧视了!"

敌人在我们还没反应过来的时候,竟然续了一个大招!

而且一下放了两个夺命连击——校园欺凌和种族歧视!

在美国这片神奇的土地上,这两招简直是各路家长乃至任何有色人种行走江湖的夺命绝杀,能够绝地反攻、一招制胜。让对方根本没有还击的能力!

"种族歧视"这四个字,在美国的厉害程度已经可以杀人于无形之中。

"这位女士,我想我们必然是有些什么误会。"这两招震得戴西吐了一口老血,可算是千年道行一朝丧,彻底败下阵来,"我们尊重沙耶加的选择,如果这不是她的意愿,她当然可以退社。"

"您不知道我们为了培养这个女儿,付出了多少心血。"沙耶加妈妈就差声泪俱下了,"她从小一直成绩优异,五年级时还跳了级。她 SAT 考了满分,精通三门外语,不但是学生干部,还能弹一手好钢琴。我敢说,即使她现在去申请常春藤,也有机会被破格录取……"

"她应该加入一个对未来的发展有帮助的社团,而不是被一个不入流的社团和一群……毁了前途!"沙耶加的妈妈坚定地说。

沉默。

我想除了我之外,大家也都能听明白,沙耶加的妈妈没说出来的那一群人,是什么意思。

"OK,OK。我现在帮她办退社手续。"戴西显然不想再继续这个话题,直接就跳过了争辩的环节,"沙耶加想转去哪个社团,才会对未来的发展有帮助呢?"

传统白人大妈都这样,话不投机半句多,但我誓死捍卫你瞎"哔哔"的权利。

戴西还是暗戳戳讽刺了这对日本夫妇一把,她说这句话时,根本没看沙耶加,而是看着她的父母。

她饶有暗示地把重音放在了"对未来的发展有帮助"这几个字上。

老太太没白活这么多年,这种家长见得多了,心里跟明镜似的。

"沙耶加至少应该加入常春藤学校里面流行的那些社团,比如说金融社或者戏剧社……"沙耶加的妈妈并没在意戴西的尖酸,而是一本正经地阐述着自己的观点。

"当然社团成员也应该和她一样成绩优异,社团的导师最好也来自名校,如果是知名人士就更好了……"

老太太从档案柜里拿出一大沓社团资料,一边抖脚一边翻着。

我偷偷拽了拽迪克,纵使再不甘心,这时候我们几个悄悄出去才是正路。

"所以你们只是要沙耶加加入名校流行的社团,对吗?"一直沉默的达尔文突然来了一句。

"看来你听懂我们的意思了。"沙耶加的妈妈转过头看了一眼这个华裔男孩,声音里竟然有几分挖苦。

"您说的名校,是不是指斯坦福大学、哈佛大学、康奈尔大学或者杜克大学之类的美国 Top10?"

达尔文,不如咱们土遁算了,难道还要再被人家讽刺一下才开心吗?

"你就是这个社团的社长?"沙耶加的爸爸除了刚才的神助攻,一直没有再说话。这时候却打量了一眼达尔文。

和沙耶加的妈妈不一样,她的爸爸让我想起了武侠小说里那种沉默的隐士高手,通常用杀气就能震翻敌人。

"孩子,我觉得如果我们是你父母,现在一定会非常担心你的前途。"

"我的父母在亚特兰大开中餐馆。"

"那我就可以理解了。"沙耶加的爸爸依然怜悯地看着达尔文,"这些学校似乎对你来说确实有点遥远。"

"您并没有回答我的问题。"达尔文竟然不依不饶地继续问,"您说的名校到底是什么学校?"

"是的,你说的没错,哈佛大学或斯坦福大学就是沙耶加未来会去的地方。"

"那我觉得,您一定对名校有什么误解。"达尔文竟然笑了。

"哦,愿闻其详。"说这句话时,沙耶加的爸爸的表情变得更嘲讽了。

我已经靠近门缝了,迪克一把抓住我低声说:"中尉,难道你要做逃兵?我们到底是不是一个战壕的战友?"

"你以为我们在太平洋战场(美军胜利)上吗?这明显是欧洲西线战场(美军失败)啊!上校,我请求撤退!"

大哥,你放过我吧,打嘴仗我真不擅长,我连斯坦福的英文怎么拼都不知道。

"你看着吧,我们达尔文将军会打一个漂亮的反击战的!"面前这个胖子信心十足地说。

"这位先生,如果您稍微留意一下科学期刊,就会知道斯坦福大学从1972年开始就成立了美国第一个'超感官知觉(ESP)和念力(PK)'的研究机构,对特异功能展开探索;

"杜克大学超能力实验室从1935年开始,即列为全国第二大正式的超自然研究课程机构,直到现在还在对预知力和念力进行研究;

"普林斯顿大学1979年成立的超自然现象研究所培养了至少五位诺贝尔奖获得者。"达尔文不紧不慢地说。

"至于杜克大学著名的莱因超感实验——当然我不认为在您的日常生活中会听说过这个学术名词,但您如果想了解这个实验和爱因斯坦的关系,我愿意为您找些资料。"

"抱歉,我并不是在嘲讽您的学识,但您对这些著名大学的美好想象,真的让我有点忧心。我十分庆幸您刚才的那番话是在这里对我们说的,而不是在斯坦福或杜克大学的面试中。"达尔文耸了耸肩,"否则您的女儿就算连跳十级,他们也不会招收的。"

我得说明,以上这段话是后来达尔文翻译给我听的。

现场他的语速非常快,我只能听到"斯坦福噼里啪啦吧啦吧啦,普林斯顿叽叽呱呱么么哒哒"之类的话。

所以大家还是要好好学习英文,以后就算别人显摆,你也不会不懂。

就在我还没搞明白发生了什么事的时候,就看到沙耶加的爸爸脸一下憋得通红,转头对戴西说:"这就是你们学校培养出来的学生?这么不尊重长辈?"

"您去过斯坦福大学吗?"没等戴西做出反应,达尔文又问,"请问您知道这些常春藤的招生标准吗?"

"他们考核的恰恰不是一个学生的绩点高低,而是观察力、想象力、思维力和创造能力——当然,也许您还需要一些时间去接受这个残酷的事实。"

这句话我听明白了。

日本人很喜欢吃芥末,因为够呛。但明显他们并不太习惯在现实中被别人呛这么一下。

怪不得,迪克不是社长。

我不管用 A 眼、B 眼还是 C 眼看,迪克的平均成绩都不可能超过 3.0。

哪怕他爸是校董,都不能破了社团社长绩点要高于 4.0 的规定。

没有一个开了挂的队长,怎么可能带一群猪一样的队友。

"沙耶加,既然你的社长这么优秀,你还愿意去别的社团吗?"

不得不说,姜还是老的辣,戴西趁热打铁,把决定权抛回给沙耶加。

沙耶加用力摇了摇头:"我留下……"

"不行。"沙耶加的爸爸斩钉截铁地说。

"他成绩再好,也只是学生而已。我跟你说过多少次,站在巨人的肩膀上才能看得更远。"爸爸哼了一声,"别的社团都有各种导师带领,他们的推荐信就是你去常春藤的敲门砖,你能指望一个高中生给另一个高中生写推荐信吗?"

迪克没料到敌人的炮台早就布下了天罗地网,颓然坐到了沙发上。

"呃,不知道我们导师如果是,呃……麦,麦克阿瑟的获奖者,他的推荐信管,管用吗?"我结结巴巴地说。我想起舒月走的时候,给我留下的骆川的电话。

戴西一脸震惊地看着我。

从教导主任的办公室出来,我们几个长长出了一口气。

"爸爸……"沙耶加跟在后面轻轻地叫了一声。

"不要叫我爸爸。"沙耶加的老爸站在门廊下面,言语中透露着冰冷,"你自己好自为之吧。"

说完后,他们就离开了。

沙耶加又超级抱歉地看着我们几个:"我给大家添麻烦……"

"啥都别说了!停!停!"迪克立刻开始手舞足蹈,"把会费补齐就行了。"

"我还有课。"达尔文啥也没说,和迪克优哉游哉地走了。留下我们三个十一年级生在走廊里。

沙耶加又转过头向我拼命鞠躬:"汪桑,我麻烦你……"

"哎呀妈呀,求你别鞠躬了,我们不都没事儿吗?"

"我十分过意不去……"

"沙耶加,其实你不用在意我们啊,我们终究是外人。"我挠了挠头,"但你爸爸妈妈对你希望这么高,你不累吗?"

沙耶加并没有回答我,而是把头扭到另一边:"我没想过……"

"没想过就不要想了,去喝汽水吧!"我一手拉着M,一手拉着沙耶加,走出了教学大楼。

第 03 章　　暴雨将至

我一脸迷茫地看着身边熙熙攘攘的人群。

没有人看向我,也没有人留意我。

我曾经看过一本书,里面说我们每一个人生来就在高空钢丝上行走,许多人因为看到了脚下的真相,心中的恐惧绝望让他们失去了平衡,最终跌入万丈深渊。

命运之神对凡人心生怜悯,所以蒙住了我们的眼睛。我们没有看到"真相"的能力,反而在钢索上走得平坦。

可仍有无数人想透过眼前的面纱和命运之神的指缝,窥探"真相"。

就像现在的我,试图透过眼前的浓烟和拥挤的人群,看到对面的……印度薄饼铛。

"目标已经靠近了,你还在发什么呆!快点'叫'啊!"迪克一边满头大汗地烤着鸡肉串,一边推了我一把,"我们今天的目标是 50 盒肉串啊!"

"咕咕咕咕——"我喉咙里发出老母鸡的叫声。

"中尉!你的任务是招揽生意,不是吓跑客人!"迪克把肉串翻了个个儿,我才想起来,英文里"招揽"和"叫"是同一个词——"Yell"。

"上校，请问哪个编制里的中尉穿成这样？"我扇着两个大白翅膀，翻了个白眼。

"可是达尔文说，今年是中国的鸡年啊！这衣服我们跑了很远才租到的！"

"可是你们做的也不是中餐啊！"我顶着一个大鸡冠和毛绒玩偶套装，被走来走去的人群撞得眼冒金星。达尔文在后面摆弄着一堆烧烤酱料，沙耶加和 M 在卷饭团。

"这是根据老外的口味改良的，你以为他们会吃凤爪和猪蹄吗？"达尔文头都没抬地回了我一句。

我想起加入社团时，迪克给我们看的神奇的社团日程安排：

每周三天，社团聚会内容包括特异功能起源与分析，团队合作培训，冥想与初级特异功能练习，心得分享大会以及各种校外考察。

除了第一周的特异功能起源与分析——我们去迪克家看了一晚上超级英雄电影之外，所有的团队合作培训就是在各种校园集市和社区活动里卖烤串。

"社团将把团队合作挣得的钱，用于校外考察——至于冥想、特异功能练习以及心得交流，将在校外考察时同时进行。"这就是迪克在摆摊的前一天告诉我们的话。

"那也不用卖烤串吧？"我气呼呼地说，"我丢不起这个人！"

"你看旁边基督教社团都能丢这个人，为什么你不能丢？"迪克把烤好的肉串条件反射地塞进自己嘴里。

不知道为啥每次我觉得心里不平衡的时候，基督教社团就会自动出现在我旁边。上次试图说服我和沙耶加入会的哥们儿，正背了个加大号十字架在卖番茄汁。

我不擅长烹饪,也算不明白账,似乎除了扮演成一只鸡也没什么别的选择了。

"汪桑,加油。"沙耶加做了一个加油的手势。

"来自中国的中式烧烤——来自中国的肯德基——"我有气无力地喊着,"咕咕咕咕——"

社区集市持续到下午五点,人群才陆陆续续散去。

我瘫倒在草地上:"做鸡好累……"

"汪桑,你好厉害啊,大家今天都好厉害啊,我们卖掉了54盒!"沙耶加摘了围裙和我一起躺在草坪上。

"你们都弱爆了,我今天烤了几百串鸡肉,这辈子也不想吃鸡肉了!"迪克开了一瓶没卖完的可乐灌了几口。

还在整理东西的达尔文看着我们三个,有点轻蔑地笑了笑:"体力劳动怎么会有脑力劳动辛苦?"

"切鸡肉需要啥脑力劳动啊!"我嗤之以鼻,达尔文一直在后厨切肉和调酱料。

"我不是说我,我是说 M。"达尔文捧着一大箱水,用下巴指了指在旁边认真收东西的 M,"我们都太小瞧她了。"

"啥意思啊?"

"我们社团成立到现在,总共出来卖过多少次烤串、卖出去多少东西?"

我想了想,每周两次,除了节假日之外,怎么也卖有二十几次了。

"一盒鸡肉能做 5 串左右的烤串,每天平均 30 盒,还有沙耶加的饭团和汽水,偶尔会卖的水果杯……"迪克掰着手指头数了半天也没数明白。

"我们总共卖过24次东西,平均下来鸡肉每天31盒、饭团14个、可乐20罐、水果杯4个。鸡肉串每串含税五块四毛二、饭团六块七毛二、可乐一块九毛九、水果杯五块六毛七。"达尔文一边收东西一边说,"所有钱都是收的现金——M一直负责收钱和算账,24次她没算差过一分钱。"

我和迪克同时瞪大了眼睛。

"M从来不用计算器的。"沙耶加小声跟我说。

我来美国快一年了,能认出来的硬币只有Quarter(两毛五)。

而对那些一毛、五毛、一分和五分的硬币,则从来傻傻分不清楚。

美国买东西加上税之后一定会精确到分,所以平常如果是现金付账,每天找零的硬币就能塞满整个钱包,这也是为啥老外喜欢用信用卡的原因。谁都不愿意带着一堆钢镚儿到处走。

我对这些零钱的处理方式就是每月存下一大包带去银行,再换整钱出来。

就算去超市付现金,我也会从口袋里掏出一堆硬币让收银员大姐自己选。

不单是我,好多来美国生活了一辈子的移民都分不清楚这些钱,更别说算清楚了。

看着默默忙碌的M,那一刻我只是认为她算术比较好、心比较细而已,如果当时我能早点留意到她的特殊,也许最后M就不会死了。

"无论怎样,"迪克兴奋地说,"我们社团的经费算是攒够了,下周劳动节放假,我们这个周末就出发去大雾山!"

"预言术是最早出现在各种历史记录中的特异功能。最早的记录能追溯到《创世记》中以诺的预言,以及挪亚对他三个儿子闪、含和亚佛的预言……"

迪克喝了口可乐,神秘地说道:"我相信现在仍旧有许多有预言能力的人生活在我们周围,他们只是很少将自己的能力公之于众而已……你们知道达伦·布朗吧?就是英国那个'预测'六合彩中奖号码的魔术师。他在直播里当着现场和全国观众,在乐透开奖前一天把预测号码写在乒乓球上……全中!号码是在直播的前一天写下来的,开奖全过程没人走近过那些乒乓球。这已经不是他第一次预测成功了,他在之前至少中了240万英镑,目前英国彩票当局明确规定不准他再买乐透。他是如何做到的?难道是普通的障眼法而已?Come on!只有特异功能才能给他的能力做出合理的解释……"

"那你到底会不会预言术?"我问。

"我正在练习啊,普通人最开始都要借助道具才能发动超能力,比如你们中国的摇签卜卦和我们西洋的水晶球……"

"那你这次出门前到底摇了没?"我翻了个大白眼,瘫倒在地上,"你预言出来这几天的黄色暴雨没?"

"其实就算发动不了预言术,也可以先查一查天气预报……"沙耶加坐在旁边小声说。

帐篷外面,倾盆大雨。

此刻,我们五个人正在距离佐治亚州六小时车程的田纳西州。

三顶帐篷被风吹倒了两顶,现在五个人都挤在迪克带来的军用防水营帐里。

迪克参加童子军的时候校董老爸送给他的军用帐篷,是军方从哥伦比亚户外用品公司定制的,质量杠杠得好,没有个十级台风吹不倒,配备防蚊内帐和加厚防潮垫,顶棚拉开就能透过透明塑料布看到星空。

然而现在棚顶除了被暴雨打掉的树杈,什么都没有。

回到 48 小时之前。

还在床上做着美梦的我被一阵急促的敲门声吵醒。

"汪桑,我们要出发了!"我蒙蒙眬眬地听见沙耶加在外面叫我。

迪克和达尔文的车已经在家门口等着了,那辆红色的道奇后面,竟然挂了一辆小小的拖车。

我还以为去野外考察怎么着也得租一辆房车。

"我们都没满二十一岁,租房车算上保险太贵了。"达尔文说,"但露营需要的物资我们都配齐了。"

沙耶加背着一只"极度干燥"的防水包,里面的衣服、洗漱品和药品,工工整整地用防潮袋分门别类地区分开来。

"汪桑,这个给你……"沙耶加说着把两样东西分别塞进我和 M 的手里。

一个精巧的多功能手电,前面半段是手电筒,后面拧开则是简易螺丝刀、镊子和剪刀。在手电的把手中间,还有校准好的电子表和湿度器。

沙耶加递给我和 M 的手电,外观都分别有磨损的迹象,应该是有些年份了。

"爸爸妈妈在昭和 60 年来到美国的时候,从日本带来的。"沙耶加不好意思地说。

"这玩意儿逆天了啊!"我按了一下按钮,手电亮了起来。

日本昭和60年就是公元1985年,没想到这么久前的老东西到现在都没有半点问题。有时候日本人的严谨我还是很佩服的,他们喜欢把事情做到极致,甚至会把这种对细节的执着带到日常生活中。

沙耶加就是一个很好的例子,我偷看过她的课堂笔记,有密集物体恐惧症的估计会疯掉。

M依旧背着上学的书包,外面挂了雨伞和水壶。

我不知道美国社团的野外考察应该是什么样子,想象中应该跟小时候春游差不多。

所以临走前,我把床底下的干货全塞进书包里:盐焗鸡翅、真空鸭脖、鱼皮花生和红烧牛肉面——在美国尤其是我住的小镇上,这些零食绝对是珍贵得不得了的宝物,给我美金我都不换。

一路上我的嘴就没停过,除了达尔文偶尔接过我的鸭脖之外,其余三个人都礼貌地拒绝了来自中国的神奇食物。

我们的目的地说白了没什么神秘的,是田纳西州号称拥有"全世界最大地下湖泊"的天然洞穴,叫作迷失之海(The Lost Sea)。

直到19世纪以前,迷失之海都只是当地印第安原住民的传说而已。

众所周知,田纳西是美国的一个内陆州,它在地理位置上相当于中国的贵州省。两个地方的地貌也非常相似,山谷和岩洞特别多,气候也比较湿润。

可偏偏这个内陆州的人口口相传他们的祖先从海里而来。据说这个海存在于他们居住的岩洞深处——那是他们起源的地方。

这听起来就跟《天方夜谭》没什么两样。

所以最初到达田纳西的西班牙人对这段传说嗤之以鼻，只是把它当成谈资而已，没人真的去探寻过。

直到 1905 年，一个叫本（Ben）的熊孩子，在洞穴玩耍的时候偶然发现了这个巨大的地下湖泊，神秘的迷失之海才被公之于世。

我曾经问过迪克，去迷失之海和特异功能社有什么关系。

"你看看旁边基督教社团，他们社团考察去的是华盛顿，四天三夜游。华盛顿和耶稣也没关系啊，为什么他们能去华盛顿，我们就不能去田纳西？"

反正我们社团只要出了任何问题，基督教社团都会莫名出来躺枪。

"人家去的是圣保罗教堂啊！怎么说也是美国国家大教堂！"这次我不得不为基督教社团说话了。

"圣保罗大教堂和我们镇子的教堂有什么区别？十字架还不就是那个叉？《圣经》还不就是那一本？"迪克哑吧哑吧嘴说道。

好吧，我再次无言以对。

据我所知，生物社的期末考察会去塔希提采标本，天文社则是去 NASA 美国国家航空航天中心参观。

但特异功能社应该去哪里，我也说不清楚，总不能去外太空观摩伽马射线吧？

一路上睡了醒、醒了睡，我没话找话地问达尔文："你之前去白宫的时候，总统都跟你说什么了？"

"什么都没说啊，他有点慌张。"达尔文漫不经心地说，"因为我没预约。"

"你不是说，你是受邀去白宫的吗？"我有点迷糊了，沙耶加也把耳朵凑过来。

"你还真信啊？"他和迪克两人对望了一眼，随即哈哈大笑起来。

"什么意思啊！你不是说你参加过什么斯坦福实验，在TED（环球会议）做过演讲，还受邀去过白宫吗？"

他俩笑了半天，达尔文才跟我说："你知道我在TED演讲的内容是什么吗？"

我摇了摇头。

"如何用黑客思维构建网络防火墙。"

接下来的半小时，达尔文向我们讲了两个故事。

第一个故事，就是哥俩去华盛顿旅游，因为买不到白宫参观的门票，其中一个熊孩子一怒之下，侵入了白宫的访客系统，把他俩的名字加在了当天总统的会见日程上。

第二个故事，则是同一个熊孩子，为了和哥们儿证明斯坦福的人工智能实验室并没有传说中那么智能，用了一个礼拜的时间黑掉了安保系统，在众目睽睽下打开了实验室的大门。

"你是黑客?！"我的三观又被震碎了，"总统竟然没有抓你去坐牢?！"

"他听完这两个故事之后，就推荐我去TED演讲了呗。"达尔文轻描淡写地说，"至少我真的去过斯坦福AI实验室和白宫。"

我这才明白为啥学校没有大肆报道，这种事确实也不怎么值得鼓励。

"可是黑入国家系统也很困难啊，达尔文好厉害啊……"沙耶加还是露出一脸崇拜，"就像动漫《攻壳机动队》里的情节一样。"

"在我认识他以前，电脑就是达尔文唯一的朋友。"迪克说。

"那你能不能黑进学校的系统，帮我改改成绩啊？"我可怜巴巴地问。

"这不可能。"

"为什么?"

"学校系统的防火墙是我建的,任何人都不可能黑进去。"达尔文竟然有几分自豪。

我翻了翻白眼,怪不得教导主任这么袒护他。

M似乎很疲惫,从上车开始就一直在睡觉,汽车转弯的时候她惯性侧靠在我的肩膀上,她的红头发有好闻的香皂味。

我看着M,虽然她是个白皮肤姑娘,可她的小鼻子和单眼皮并不像传统意义上的美国人,尤其是这瘦弱的小身板,要知道大部分美国人都是大骨架。

我一时也说不出来M像哪里的人。

24小时之前。

"欢迎来到迷失之海!"

我们跟随着向导通过了20世纪80年代修建的防坍塌隧道,往洞穴深处走去。和我们一起的还有一堆白人大爷大妈。

向导是个棕色头发的壮小伙子,他告诉我们,虽然以前田纳西州的原住民是印第安人,但因为1830年美国国会颁布的《印第安人迁移法》,使得许多原住民被迫迁往西部,剩下的顽强抗争的人也陆续被驱逐。

后来美国联邦政府在离这儿不远的大雾山附近,建立了一个印第安保护区,让剩下的不到一千名原住民在那里生活,一直到今天。

"你们怎么能这么对待原住民?"我忍不住吐槽了一句。

人家在这儿好歹也生活了几千年,凭什么要人家抛弃自己的家园,就为了你们这些"开化民族"的利益?

向导小哥无奈地摊了摊手,表示自己真的只是来打份工而已。

本来我还想再吐槽几句,但是立刻被洞穴里的奇景吸引了。

不得不感叹大自然的鬼斧神工。

洞穴内部非常空旷,目测有十层楼高,洞壁上石笋丛生,借助美国旅游局安装的照明灯的微弱灯光,能看到洞壁上到处布满了蜘蛛网的洞口,俨然一个扑朔迷离的迷宫。

时间凝固了,空气也凝固了。

我记得以前看过一本叫《地心游记》的小说,书里说几个探险家从冰岛的一个坑口进入地下,走了很久,来到一个地下海洋。那里雷电交加,天空布满阴云,巨大的恐龙在海中浮游。

我眼前的这个洞穴,就像是《地心游记》中过了千万年之后的残像一般。

虽然没有恐龙、没有声音,可是我的面前,有一片一望无际的碧绿色大海。

对,是大海。

湖泊有尽头,而大海无边。

旅游局在水下安装了昏暗的照明灯,我们借着微弱的光登上了船。

迷失之海的海水清澈透明。至少我能一眼看到五米以下的地方。水里有黑色的鱼,最小的至少五十厘米长,大的将近一米。

这些鱼在船旁边跟着我们,一点也不怕人。

"这些彩虹鳟鱼是我们为了吸引游客放养的,因为工作人员整天喂它们吃饲料,所以不怕人。"

向导小哥估计是个直男，在这么神秘美丽的天然洞穴，冒出了一句干巴巴的毫无悬念的解说词，顿时全船人都集体沉默了。

"对不起，为什么这里叫作迷失之海呢？"船开了半天，沙耶加小声问道。

"因为发现这里之后，国家派了许多专业潜水员来寻找水的来源，可是一直也没有找到。"向导小哥撒了一把鱼饲料到水里，顿时有几条一米多长的大鳟鱼浮了上来，把我吓了一跳。

小哥又接着说："这里的水虽然没有流向，却是活水。我们在这里放养了许多鱼，也是希望它们能够找到水源所在——彩虹鳟鱼并不是田纳西州的原生物种，如果某天它们能出现在附近的地上湖泊里，就证明这里的水是从那个湖泊而来——但这些笨鱼被我们饲养习惯了，哪里也不想去，每天只会守在这儿等船出现。"

小哥打开电动船船头的探照灯，向洞壁上照去。

洞壁上竟然开着两朵粉红色的花！

它们像雏菊一样伸展着花瓣，孤零零地开在洞壁之上，娇艳欲滴，却没有枝叶。

"这才是最罕见的洞穴之花，'安琪的礼物'。"小哥把船靠近岸壁，"这种洞穴之花只存在于迷失之海，别的钟乳石平均一百年长一毫米，可它每七百年才生长一毫米。"

"好美！"沙耶加赞叹道，忍不住伸手去摸。

"别碰！"向导小哥大叫一声，洞里的回音差点把我的耳膜震破。

"实在是对不起……"沙耶加又开始拼命鞠躬。

"它和其他钟乳石不一样，它是活的。"向导小哥叹了口气，"它不但生长得很缓慢，而且非常娇弱，只要碰到我们手上的细菌，它就会变成灰白色,不再生长了。"

果然,我看到比那两朵低一点的位置,有几丛已经石灰化、变成像死珊瑚一样的洞穴花。

"随着游客的增多,这里活着的洞穴花已经没剩下几朵了,这两朵算小的,都长了两万年。"

原来这两朵小花这么珍贵!

我下意识地屏住呼吸,朝 M 的方向靠了靠,却感觉到 M 在发抖。

地下洞穴的气温确实比地上低了 10℃左右,所以进来的时候我们都加了一件外套,所以我的第一反应是 M 冷了。

"你是不是穿得太少啊?我的外套给你穿。"我脱下外套披在 M 身上。

M 抬起头看着我。

她在流泪。

第 04 章　　　　　　　　　　计算未来的公式

"M，你怎么了？"我被她吓了一跳。船上的大爷大妈也都回过头来。

M 灰绿色的眼睛突然变得有点陌生。她昂起头看着黑漆漆的洞顶，自言自语："暴雨将至……"

"这位女士，请不用担心。"向导小哥刚才被 M 吓了一跳，听到她这么一说，松了一口气，"即使外面真的下雨了，我们在这里也感觉不到的……"

话音未落，突然整个洞穴里响起了咕嘟咕嘟的回声。

"你们看，那里在冒泡！"迪克是最先发现迷失之海不太对劲的。

顺着他手指的方向，我清晰的看见湖中心浮起了一个巨大的气泡。

一个泡泡、两个泡泡、三个泡泡……

迷失之海逐渐沸腾起来。

"快掉转船头！"迪克喊了一句，向导小哥才反应过来。

"各位少安毋躁，这种现象也很常见的，除了岩壁上，湖下也有很多洞穴彼此相连，会导致一些空气从湖底灌进来……"向导一边发动马达，一边安抚着我们。

大爷大妈们似乎还是对 M 的失常有所顾忌，其中一对立刻往船头靠了靠，以便离 M 远一点。

毕竟在一个漆黑的洞穴里，出现任何一点怪事都足以让人的恐惧翻倍。

船上装的是环保的电动马达，就算全速前进也只是一小时五公里的速度，和公园里的脚蹬游船差不多。

更多的气泡从忽明忽暗的湖底浮了上来。

"暴雨将至……暴雨将至……" M 靠在我身边，不停地发抖。

船上的人都没说话，整个洞穴里只听见电动马达和气泡的声音。

一个老大妈哆哆嗦嗦地从皮包里掏出一张纸巾擦了擦汗，人在密闭的空间里很容易出现幽闭恐惧症。

"孩子，现在是田纳西的旱季，不会下雨的。"一个白人大爷有点不耐烦地说，也不知道是为了安抚 M，还是安抚他自己。

"汪桑，鱼没有跟上来。"沙耶加小声地对我说。

我看了看周围的水面，发现原本跟着船的鱼都不见了。

它们就像是被催眠一样朝着周围的洞壁游去，贴着岩石争先恐后地浮出水面，张大嘴巴一呼一吸，就像它们想从水里逃出来一样。

船不知道开了多久，终于靠了岸。

走出洞穴那一刻，雨水倾盆而下。

"这鬼天气……真是奇了怪了。"白人大爷疑惑地看了一眼 M，摇了摇头，最终还是走进了雨里。

"M，你怎么知道要下雨了？"所有人走光后，达尔文才开口问道。

M 摇了摇头，还在重复那句话："暴雨将至……"

"暴雨不是将至,是已经下起来啦。"迪克调侃了一句,"各位还是想想我们怎么在雨里露营吧!"

M没有再说话,而是低下了头。

时间回到现在,五个人坐在唯一没被风吹倒的帐篷里,就预言术大侃特侃。

"既然你说预言能力可以通过后天习得,那你能不能现在练习一下,然后告诉我们这雨啥时候能停?"我瘫在地上呛迪克。

"我帮你预知一下你的未来吧。"一直没说话的达尔文开口了,"百分之百准确。"

"别告诉我你有超能力,我才不信!"我哼了一声。

"打不打赌?"达尔文问我。

"赌……我的最后一包鸭脖子!"

"我赌明天雨停,你会走出帐篷。"

"你看我长得像傻子吗?如果明天我就是不出帐篷,你是不是给我一百万?"

"呵呵,其实我在说出这个预言的时候,你已经输了。"达尔文笑了笑。

"预知未来分为相对未来和绝对未来,相对未来就是你可以通过我的预言改变未来。

"比如说,我告诉你,你明天会走出帐篷,你为了防止这件事成为事实,就不出帐篷,那么你已经根据我的预言改变了你的未来,我的预言就会进入了平行宇宙,在另一个宇宙里这个预言仍然会实现。

"绝对未来是世界的规律,无法因为预言而改变——比如说四季变换、生老病死。

"就算你不走出帐篷,明天我们也会把帐篷打包上车,把你从里面扔出来——那么我的预言还是实现了。"

达尔文说完,从目瞪口呆的我的手里,抽走了最后一包鸭脖子。

"你,你这个是偷换概念!"

我反应过来自己被耍了,气鼓鼓地说:"你用常识偷换了预言这个概念!那你为啥不预言我明天会拉屎?这些不是常识嘛!我说的不是常识呀!是精准的预言!"

"我想汪桑指的,是类似'几岁会遇到白马王子这种预言啦'!"沙耶加捂着嘴笑起来。

"预知未来本身就是个悖论,试问如果有两个预言者猜拳,他们彼此都能看见对方会出什么,那么谁会赢?"达尔文反问。

达尔文呛得我和沙耶加说不出话来。

"不是的……"一直沉默的M突然轻声说,"有一方会输的,因为'输'是他的宿命,神让他输,他就必须输。"

"M,你相信预言术吗?"沙耶加问道。

M点了点头,又摇了摇头:"计算未来的公式,就是神的名字。"

不知道为什么,她突然蹦出一句莫名其妙的话。

神的名字?

听到这四个字,我全身一颤。

"M,你知道神的名字?"

M摇了摇头。

迪克已经睡着了,我和沙耶加一脸迷惑。

"我不太同意,未来是不可能计算出来的,变量太大了,哪怕和宇宙一样大的计算机也不行。"达尔文反驳道。

迪克已经打起呼噜，我把袜子扔在他脸上，他迷迷糊糊地翻了个身。

达尔文和沙耶加也躺下了，露营区里面只有我们一顶帐篷和稀稀疏疏的几辆房车。

我从睡袋里探出头，看到 M 还坐在帐篷一角发着呆。

她穿着一条不合身的灰色衬裤，已经洗得很旧了，膝盖上还破了几个小洞。

M 抬着头，透过帐篷顶上的透明防雨布看向天空，似乎在寻找着什么。

"M，你要不要和我一起睡？"我轻声问。

"我……很害怕……"不知道 M 是在回应我，还是在自言自语。

"你别害怕啊。"我以为她只是怕在营区睡觉不安全而已。

其实我心里也一直毛毛的，不知道为啥这些老外就能这么"大安主义"地睡过去。如果晚上来了熊什么的咋办啊，我们连篝火都没有。

"我们俩一起睡就不怕了。"我从睡袋里腾出一块地方，让 M 挤了进来。

"暴雨将至，周而复始……"

在我睡得迷迷糊糊的时候，我似乎听到 M 在我耳边说。

不知道睡了多久，我听到沙耶加的声音："汪桑，汪桑，醒醒……"

我揉了揉惺忪的眼睛："怎么了？"

"M 好像不见了……"沙耶加慌张地说。

我才发现我睡袋的另一边空了。

睡意顿时没了大半，我发现迪克和达尔文也不见了。

"他俩担心M去上厕所遇到什么事，就去外面找她了。"沙耶加说。

我们的帐篷搭在迷失之海旅游区的营地里，虽然四周都是树林，但营地范围内很空旷。周围除了营区配备的烧烤架，还有公共淋浴间和厕所。

沙耶加话音刚落，帐篷的拉链就被打开了。

迪克穿着塑料雨衣，脸上沾着雨水："我和达尔文把厕所和垃圾场都找了，隔壁两台RV（房车）也去敲过门了，没有。"

M失踪了。

我立刻穿好外套，沙耶加检查起了M的书包。

"她应该不是去厕所了。"沙耶加忧心忡忡地说。

M的书包里，还躺着沙耶加给我和M的日本手电。

现在时间是00:30，我和沙耶加穿上雨衣，从帐篷里钻出来。

"她没有带手电筒，应该走不了太远。"沙耶加从书包里拿出指北针。

"问题是她没穿雨衣，也没有带手电，她会去哪里？"达尔文一边说着，一边从车里拿出探照灯。

"报警吧！"我说着拿出手机，却发现一格信号都没有。

我们的营地，在迷失之海和大雾山中间的半山上，面朝奇尔豪伊湖，背面是森林。

和所有国家公园的露营区一样，这里为了保护生态环境都没有建设信号塔。如果我们要打电话报警，就必须开40分钟车到最近的镇子上。

"你们谁知道M是几点出去的？"我问。

达尔文和迪克都摇了摇头，睡在最外侧的沙耶加想了想，说："我迷迷糊糊看到 M 拉开帐篷出去了，当时我以为她只是去厕所……"

"那她拉开帐篷的时候你有没有注意，营区的照明灯关了吗？"

"当时……外面应该是全黑了。"沙耶加回忆了一下，说道。

"营区熄灯的时间通常是 10 点，那也就是说，M 是在 10 点之后出去的。"我想了想。

"迪克，拿营区地图出来。"达尔文一边说，一边从书包里掏出笔，"成年人平均每小时步行三公里，那么她在两小时之内能去到的地方是这个范围——"

迪克摊开地图，达尔文在平路上画了半圆，又在有森林的区域画了另一个稍窄的半圆："在森林里徒步的话，会更困难些，每小时只能走一公里。"

"可这个范围还是很大！我们没能力搜索这么一大片区域……"迪克皱了皱眉头。

"我们可以先用排除法——"沙耶加拿过笔，把围着营区的森林线画出来。

营区是一块和足球场一样大的空旷地，上面铺着易于扎营的细沙和石子，周围环绕着树林。

"现在正在下雨，如果 M 真的往森林里走了，就一定会在营区边缘的任意树林入口留下脚印。"

雨越下越大，我和沙耶加一组，迪克和达尔文一组，打着手电，沿着营区两边的森林边界线搜索。

森林里的泥土十分松软，因为吸收了雨水，即使轻轻一踩也能留下清晰的鞋印。

"没有脚印,也没有别的痕迹。"和达尔文碰头的时候,我们异口同声地说。

"M没往树林里走!她沿着大路走了!"迪克边说边发动了车。

迪克一脚油门踩下去,不一会儿,车拐出营地,却在大路的交界口停下了。

我们面前有两条路,往上走是大雾山,往下走则回到山脚的迷失之海。

雨打在玻璃窗上,除了车头灯的照射范围外,周遭一片漆黑。

"往哪儿走?"迪克回头看看达尔文。

"你们听见什么声音没有?"打开车窗,雨水溅在脸上,我打了个哆嗦。

"嗒……嗒……嗒……嗒……嗒……嗒……"像是什么动物在雨里奔跑时踩着松木发出的声音,从大雨里隐隐约约地传来。

"有动物在跑……"

我的话音未落,达尔文就冲迪克喊:"往山下开!"

"难道森林里有马吗?"我不解地问道。

"恐怕不是马……"迪克皱着眉头说,"但这不科学啊……"

"到底怎么回事?"

"你们知道山脚下的湖吧?"迪克问我。

我点了点头,就是那个什么奇尔豪伊湖呗,名字拗口得要死。

"据说奇尔豪伊(Chilhowee)这个词是从早期印第安原住民的称呼中音译过来的,意思是'鹿王的山谷'。"迪克沉吟了片刻,"但那已经是一百多年前的事了……"

"刹车!!!"

沙耶加一声尖叫,迪克嘎地急刹车,我整个人差点飞出去。

一头、两头、三头……无数头雄马鹿，跨过灌木和松针，从森林的四面八方冲出来，穿过公路往山下跑去。

在离汽车不到十米的地方，是一头通体雪白的雄马鹿。

这头白鹿的体形比一般的马鹿更大，头顶有两个巨大的角。

它没有显出一点恐慌的样子，不紧不慢地向前走了两步，回过头来看了一眼。它的眼神没有一丝畏惧，而是从容不迫地凝视着我们。

它就像代表了这片森林一样，站在这片宽阔宁静的大地上，让我们彼此以平等的身份相视着，而不是人和动物。

一时之间，它的气场竟然压得我说不出话来。

过了几秒，它向前一跃，消失在黑暗的森林里。

"鹿王的传说竟然是真的……"迪克过了半分钟才回过神来，"普通马鹿的角最多八个叉，刚才的白鹿，起码有二十个叉……"

"我以前有个印第安同学说过，在北美印第安文化里，鹿象征着'信使'。"达尔文望着远去的鹿群。

所以"鹿王的山谷"，也可以叫作"信使的山谷"吗？

我在心里默默地想。

"幸好它们是素食主义者……"迪克没头没脑地呵呵了一声。

"你现在还有心情开玩笑！"

"我觉得我们应该回迷失之海看一下。"达尔文突然说。

"现在园区早就关门了，她也进不去啊！"迪克皱了皱眉。

"昨天我们进去观光的时候，M在里面一直表现得很害怕，她似乎有幽闭恐惧症……"沙耶加也不太赞同，"人会对恐惧的事物本能地逃避，所以我觉得她回去的可能性不大……"

"你还记得吗？"达尔文转过来问我，"我们第一次见到M的时候也在下雨,当时你邀请她坐车,只是十分钟的路程,她却宁愿走路。

"这一次我们出来旅游,要开六个小时,她想都没想就上车了——我觉得她的害怕并不是来源于对事物本身的恐惧,她针对的不是车,也不是洞穴。"

我突然想起来那天 M 死活不肯上车,缩在屋檐下的场景。

当时我还以为她怕坐车,但这几天她表现得非常正常,完全没有表现出任何抗拒。

"难道说 M 害怕的不是所有的'车',而是某个特定时刻出现的'车'?比如,她害怕的是'第一次见到我们时晚上 6 时 35 分出现在礼堂门口的车'?"我问。

达尔文点点头:"所以我觉得沙耶加的理论不适用于 M,她昨天对洞穴感到恐惧,但不代表今天也会。"

我们把车停在景区外面,然后从收费栏杆下面钻了进去。走了一段路,就到了洞穴入口。

外面锁着的玻璃门被砸开了,旁边还扔着一块大石头。

"哦,天哪!没看出 M 才是真汉子!"迪克观察了一下地上那块比板砖还大的石头,回头问我,"我之前应该没得罪过 M 吧?"

玻璃门里面是一个等候大厅,旁边有个卖纪念品的橱窗,收银台在另一侧,正中间则是进入洞穴的金属隧道。

"等一下,都先别进去。"达尔文抬起头警惕地看了看四周,"你们找找监视器在哪个位置。"

我们在门外观察了一圈,等候大厅并没有监视器,但细心的沙耶加发现洞穴入口处和收银台各有一个。

"迪克,去车上把我的电脑拿来。"达尔文吩咐我们在外面候着,他拿着电脑走进收银台鼓捣了十几分钟,冲我们招了招手,"进来吧。"

"美年达!!!"洞穴里面漆黑一片,只有我的回音。

"我记得昨天来的时候,向导开灯的位置。"沙耶加示意我们跟着她。

洞穴内部都是节能灯,每个开关控制一片区域,并没有中控电路系统。沙耶加带着我们开了三个开关,好歹岸上的照明灯算是有了。

从入口到码头有将近十分钟的路程,会经过一些洞穴和岔路。我们几个人叫着M的名字,一直走到码头。

因为找不到水底照明的开关,岸上除了码头上的一盏照明灯之外,湖面上一片漆黑。

观光船总共有三条,都停在岸边。

"船都没开出去,我们应该往回找。"迪克说,"M会不会钻到某个溶洞里面去了?"

我们又走了一个来回,可无论怎么喊,都没有任何回应。

也许是因为下雨的关系,岩洞里又湿又冷,只有我们的回音在空旷的洞穴里盘旋。

第三次快回到迷失之海码头的时候,沙耶加突然停下呼喊。

"不对。"

"沙耶加,你这时候吓人不合适吧⋯⋯"迪克被沙耶加吓了一跳。

"有问题!"沙耶加看着我,说道。

"汪桑,我们第一次从入口走到这里的时候,用了将近十分钟……"沙耶加看了看我,又看了看表。

"可我记得,我们昨天来的时候,观光时间是一个半小时,有半个小时用在走路上……然后我刚才用表计了一下时间……这次我们走下来只用了 8 分 57 秒……"

"沙耶加,你到底想说什么?"迪克问。

"她的意思是,我们每次走到码头的时间,在变短。"达尔文警惕地看着周围。

第 05 章 前进还是回头

"所以我们昨天单程用了 15 分钟……刚进来的时候只用了 10 分钟,现在只需要不到 9 分钟了?"我咽了下口水。

沙耶加点了点头。

一个初中物理的公式告诉我们,"距离=时间 × 速度"。

时间缩短了,那只有两种可能:我们的速度在变快,抑或两地的距离在变短。

可是路不可能变短啊,昨天进来观光的时候人家向导都说了,这个洞穴在几万亿年前就一直是这样,直到被发现都没有变过。

难道我们的速度变快了?

"也有可能是洞穴在变小。"达尔文说,

"怎……怎么可能?"

"我们都学过宇宙大爆炸的理论吧。大爆炸源于宇宙膨胀——假设宇宙一直在膨胀,那么世界上所有事物,包括我们也会同比例变大。因为没有参照物,我们本身是不会发觉自己在变大的。但如果我们身边出现一个不会膨胀的参照物,我们就会发现之前的物理定律都不好使了。"

"你不会是想说……这个洞穴就是我们的参照物吧?"我冷汗都冒出来了。

如果我们一直在膨胀,而只有这个洞穴没有变化,那它对我们而言其实是在缩小。

当我们在一个相对越来越小的洞穴里行走时,路对我们而言就会变得越来越短。

洞穴本身并没有变,而是我们在变大。

我裹了裹身上的外套,靠近沙耶加:"那现在我们应该怎么办?"

"现在我们首先该做的事,"达尔文突然严肃地对我们俩说,"是嘲笑一下你们俩的智商——"

"宇宙膨胀所影响的只有星系间的距离,我只是随便开开玩笑,你们就信了。"

"……"

我和沙耶加双双石化。

你开心就好。

我们就静静地看着你装。

就这么,静静地看着。

终于知道达尔文为什么没有朋友了。

在这种情况下还能说冷笑话的人,应该回火星。

"喂,你们过来看一下,迷失之海是不是在涨潮啊?"迪克一直没听我们说话,而是自顾自地蹲在码头上。

"你能不能有点地理常识,潮汐是特指海水受月球引力形成的周期性运动。"我翻了翻白眼,"迷失之海不是真的海好吗,是地下淡水湖,就算有潮汐也不可能用肉眼观察到——"

"我没骗你,真的在涨潮,我刚才站在岸边没动,在你们说话这几分钟,水已经没过脚背了。"迪克一脸无辜地指着自己的脚。

迷失之海确实在涨潮。

之前我们没发现,是因为在地下没有参照物。

泡沫板做的浮码头和观光船都会顺着海水上升,而洞穴本身又黑灯瞎火,我们很难看出水位的变化。

"15 减 9 是 6,也就是说,涨潮淹没了 6 分钟的路,那么 M 有可能还往前走 6 分钟。"迪克掰着手指,"但是她能去哪里呢?"

我举起探照灯,迷失之海深处的岩壁上,有许多天然洞穴。

"上船!"达尔文率先跳上了船,打着发动机。

船在黑暗的海上以龟速前进着。

观光的时候我还没觉得有什么,现在这个速度我恨不得下来走路。

"将军,我们能不能开快点?"迪克被这龟毛船气得直翻白眼。

"现在已经是全速了,涨潮带来的海浪增加了行驶的阻力,毕竟这是节能马达,不是快艇。"达尔文无奈地说。

"你们看……"沙耶加打开手电往水里照去。

昨天观光的时候,明明有很多彩虹鳟鱼跟在我们旁边游来游去,现在竟然一条都没有了。

"沙耶加,你要干吗!"我看到沙耶加半个身子探出船身,把手往水里伸。

她蹙眉看着我。

我也赶紧挽起袖子,把手伸进水里——

水温变了。

昨天来的时候,我和沙耶加贪玩,偷偷把手伸进水里去摸浮上来的彩虹鳟鱼。

当时的水冰凉刺骨。

向导小哥还向我们解释,这里的水温常年在 5℃ 左右——由于被厚厚的地层阻隔,地下水不能直接吸收地面上的热量,所以迷失之海的水温几乎是不变的。

可今天再摸,水竟然透出了丝丝暖意。

我把沙耶加给我的日本手电掏出来,后面掰开有温度计。我把温度计插进水里。

"14℃!"

"怪不得昨天那些鱼表现得不正常,它们是感觉到水温的变化了!"我想起昨天那些鱼儿四散而去,拼命地用身体去贴着冰冷的洞壁。

咕嘟。

一个阴沉的声音,从迷失之海的深处传来。

咕嘟、咕嘟。

两个气泡,从海底冒出来。

就像是有什么东西,潜伏在前方黑暗的水下,等着我们。

按照一般常识来说,前面的海域是密闭的。

可我们听到隐隐约约的声音——像是风声,又像是某种生物的叫声,从洞穴深处传来。

"你们听见了吗……"迪克咽了口口水。

回头,或往前继续走。

我努力回想从帐篷里出来到现在的每一个细节,希望找出 M 不会在迷失之海里的哪怕一丁点儿证据,我很想说服我自己,不如回头吧。

一片漆黑中,恐惧迅速在船上蔓延开来。

也许就算我们再往里走,也找不到 M。

也许外面的玻璃门不是 M 砸烂的。

也许她去了别的地方。

也许她已经出事了。

…………

沉默中,沙耶加犹豫着开口了:"我……我想说……"

沙耶加一直以来都是我们当中最胆小的。

我想起那天在教导主任的办公室里,她连说出自己的意愿都不敢。

甚至在社团招募的时候,被迪克强行拉进社团都不敢拒绝。

她这会儿连声音都在发抖,一张脸被吓得惨白——虽然我也比她好不了多少。

"沙耶加……"我刚开口,就被达尔文用眼神打断了。

"让她把话说完。"

"各位……我……"沙耶加吸了口气。

"我……小时候在日本,有一个叫鹤子的同学。有一天她不见了,后来大家去找她……学校旁边的每一个地方都找了,都没有找到……一个月之后,警察在桥底的下水道口找到她的时候,她已经死了。那座桥在我们那里有不祥的传说,所以大家都没有去那里找……大家都很怕去那里……"

每次沙耶加一紧张,说的话就容易让人抓不到重点。

"可是鹤子她……她是我的好朋友啊……我很后悔,如果当时我能勇敢一点,哪怕勇敢一点点……鹤子也许就不会死……求求大家,不要扔下 M……"沙耶加捂住脸,轻轻地哭了。

"拜托大家了……"

"沙耶加……"我没想到,沙耶加鼓足了勇气,竟然是为了让我们继续去找 M。

"喂,别哭了,这个世界上哪儿有什么鬼。"达尔文明显不会安慰女生,竟然有点束手无策,"跟你们说了多少次,要相信科学……"

"中尉,全速前进!"迪克重新拉动了电动马达。

观光船慢慢驶进黑暗,朝刚才发出声音的地方开过去。

咕嘟。

又一个气泡冒上来。

我们把手上所有的光源都对准了气泡冒出来的地方。

一分钟过去了,两分钟过去了。

什么都没发生。

达尔文突然把手伸进水里。

过了两秒,他长长呼出了口气:"这里就是水温升高的湖水源头。"

我立刻把温度计插了进去,水温竟然高达45℃。

"迷失之海的水温变化是因为地裂,你们记不记得昨天向导说,这片海域是活水,但一直没找到源头。也许这片水域的源头根本不是来自地表河流,而是来自地下。"达尔文看了我们一眼。

"这里的溶洞岩石密度并不高,也许是某种原因导致了地裂,所以更下层的地下水涌了上来——理论上来说,地下水越深就越接近地壳,水温则越高。"

"嗯,我记得地理课也说过,地面往下每深100米,温度会增加3℃……"沙耶加也点头表示认可,"现在我们测量的温度是45℃,不计混合了湖水本身的水温,这裂缝下面的热水,至少来自1500米或更深的地下……"

"会不会这下面有火山啊?"我想起日本的温泉。

沙耶加摇摇头:"田纳西州不位于火山带上。"

"那是什么？"迪克突然看向靠近冒泡口的一处岩壁，上面是一个狭窄的洞穴入口。

如果不是因为海水上涨，这个洞穴相对我们来说应该会在头顶五六米处。但现在只比达尔文的身高高一点。

洞穴外凸起的石笋上，挂着一件衣服。

"是 M 的外套！"我惊呼道。

"美年达！！！"我踩在迪克背上，把头探进洞口大喊道。

"有没有回音？"迪克快托不住我了，不耐烦地问。

"上校，你给我托好，你一晃我就提不上气。"

又叫了几声，还是没有任何动静。

"只能爬进去看看了。"达尔文想了想说。

我看了看洞口，几乎只比我的肩膀宽一点儿，达尔文或许能勉强试试，但迪克的体形绝对过不去。

"你们不会是想把我一个人扔这儿吧？"迪克露出了一个比苦瓜还苦的表情。

你平常一人吞一张比萨的时候，怎么没想到会有这么一天？

我抑制住了翻白眼的冲动，拍了拍迪克的肩膀，做出了一脸认真的表情："上校，后勤工作在成功的战略部署中非常重要，一场没有后勤的战役是不可能取得成功的……"

好说歹说，迪克才同意留在外面。

达尔文把锚抛进水里："关掉马达，探照灯亮度调到最低保留电源。如果我们两小时内没出来，你就出去报警。"

我从书包里拿出手电筒，往洞里面照去："这个洞好像是朝下走的。"

沙耶加颤抖着把船上的一捆绳子背在身上，又把我们带来的探照灯递给达尔文。

"你要是害怕就别进去了,在外面等着吧。"达尔文看了看沙耶加,说道。

"我……我没事……"沙耶加咬了咬嘴唇。

达尔文在前面,我在中间,沙耶加在最后。

一开始还算好爬,洞穴的内部比较光滑,氧气也十分充足。

然而很快洞口就收窄了,石笋也变得越来越多。只有达尔文在前面打着手电,黑暗中,我觉得我的手和膝盖都磨破了。

在完全幽闭的空间,心态一定要好,千万不要去想那些有的没的,否则很容易就会产生幽闭恐惧症。

达尔文爬得不快,也许是为了照顾我们两个女孩子,也为了稳定心态,和我们有一搭没一搭地说着话。

"达尔文,你作为一个学霸,是怎么看待学渣的?"我一边爬一边问。

"我不喜欢学霸这个词。"过了一会儿,前面传来达尔文的声音,"每个人都有属于自己的天赋。"

果然是话题终结者,他这么一说,我似乎接什么都不对了。

又爬了一会儿。

"汪旺旺,你为什么会加入特异功能社团?"达尔文问我。

"我……"我一时语塞。

其实我从来没想过这个问题。

以前我一直没什么朋友。而且大多数时候,都是在充当别人的笑柄。

"喂,你看那个女的,她名字叫汪旺旺哦!"

"哈哈哈哈哈,那不是狗的名字吗?好好笑哦!"

从上小学开始，也许我在大多数人眼里看起来就是一条狗。

记得我第一次去电影院看《大话西游》，结局的时候夕阳武士和紫霞仙子的对话。

"那个人的样子好怪啊。"

"我也看到了，他好像一条狗啊。"

电影院里的人都在笑，只有我莫名其妙地哭了。

几乎从小到大，每一个认识的人，对我的记忆都是从狗而来，也从狗而结束。

我决定加入社团，也许是在礼堂回头看到迪克的那一瞬间。

他也有一个蠢名字。

当所有人都觉得他是个笑柄的时候，他满头大汗地坐在台上，仍要努力证明自己的那一瞬间，我突然就认定他能成为我的朋友。

还有达尔文，虽然他说话尖酸，开玩笑的点只有自己才能感觉到，不会讨好任何人，甚至还有点刻薄。

但无论迪克做什么荒唐的事情，他都不会去嘲笑他，而是默默地陪他一起做。

我很羡慕他们的友谊。

"你……和迪克怎么成为朋友的？"我一边往前爬，一边反问达尔文。

"我忘了。"他淡淡地说。

果然聊不下去。

又爬了一会儿。

"达尔文，你有交往的女朋友吗？"沙耶加问。

"没有。"

"那……你喜欢什么类型的女生？"沙耶加小声问。

"沙耶加,你觉得有女生能受得了他这种性格吗?"我翻了翻白眼。

沙耶加竟然没说话。

达尔文也没说话。

我爬在中间,一时间竟然有点尴尬。

"噗。"

我刚想缓解一下气氛,突然不由自主地、很不争气地放了一个屁。

我错了。

黑暗中,我感觉到达尔文开始全速前进。

又爬了一会儿,洞穴突然开阔起来,我们改为猫着腰行走。

有水的声音。

我明显感觉到周围的温度和湿度都变高了。

有光。

蓝色的光。

在我们面前的,竟然是一个更大的洞穴空间。

一望无垠的地下湖面,泛着微弱的蓝色的荧光,就像银河一样星星点点、忽明忽暗。

周围的石壁上,长满了一丛丛鲜艳的洞穴之花,在盈盈波光中盛开着。

我们带的探照灯照射距离可达2000米,此刻用探照灯四处照去,光柱所及,却茫然无物。

"M!"我大吼一声。

没人回应,只有回音绕梁。

达尔文没理我们,而是盯着电子表说:"你刚刚吼的这一嗓子,回声经过大约 15 秒才消失。声音在空气中传播的速度是每秒 340 米,那么这里至少有 1200 万平方米。"

"我的天哪!"沙耶加惊呼,"这才是印第安传说中真正的迷失之海!"

原来真正的迷失之海,还在地下更深的地方。

"好热……"

也不知道是因为紧张,还是洞穴气温的上升,我的汗把衣服都浸湿了。

"这里的水是从更接近地壳的地方涌出来的,就像温泉一样,所以整个洞窟的温度都比外面高。"达尔文小声说。

我和沙耶加根本没听他在说啥,各自翻出手机准备拍照。

"喂,你们俩不要作死!"达尔文低声喝止了我们,"还不知道这里面什么情况呢。"

"这是地理学界的重大发现啊!是我们三个人发现的!搞不好以后就会用我们的名字来命名这里了!"我抑制不住内心的兴奋,"现在不拍点照片,以后怎么证明我们来过啊!"

沙耶加也拼命点头。

达尔文眼看拦不住我们,叹了一口气:"把闪光灯关了。"

我的手机还是"摩托罗拉"的第一代彩屏手机,没有闪光灯,200 万像素照出来的照片只有屎一样的漆黑。沙耶加的手机也好不到哪里去。我俩拍了一会儿就放弃了。

达尔文脱了外套,观察了一下岩洞内部,就熄灭了手电筒。

剩下唯一的发光源就是湖里泛出来的幽暗蓝光,我们借着光线,顺着洞穴外的钟乳石慢慢往下攀爬,大约爬了 15 米的高度,终于落到了地面。

地面上长着厚厚一层苔藓类植被,踩上去松松软软的。靠近湖岸我才发现,这蓝色荧光竟然是从水底而不是水面发出的,每一个光点都在缓慢地移动。

"水里放光的是鮟鱇鱼!"我终于看清了一个光点。

鮟鱇鱼就是我们俗称的灯泡鱼,它们的牙齿非常恐怖,头顶却有一个萌萌的小灯泡——其实是上百万个发光菌——以吸引其他小鱼做食物。

"好可爱!"沙耶加也立刻认出来了,因为鮟鱇鱼在日本也是一种普遍的食材。

"这些鱼应该在黑暗中生活了很多代,眼睛已经完全退化了。"

除了鮟鱇鱼之外,水里还有许多只有拇指长短的透明小鱼。这些小鱼不会发光,也没有眼睛,通体透明,能看见血液在皮肤下流动。

我们蹲下来仔细看着围绕在岸边的鮟鱇鱼,它们别说眼窝了,两腮上平滑得连一个坑都没有,就像从来没有过眼睛这个器官一样。

"盲鲴……"沙耶加果然是刺身国的,对鱼类简直是了如指掌。

"这是什么鱼?"我问沙耶加。

"盲鲴是一种鲶鱼,每年可以产好多次卵,繁殖非常快,而且是腐食性动物……"

一说到鲶鱼我立刻就懂了,不就是我们南方人的常备食物塘鲺嘛。

记得有一期《走进科学》节目,还介绍过一家人的厕所连续发出怪声,后来发现是掉进茅厕的鲶鱼发出来的。这种鱼适应环境的能力已经达到逆天的水平了。

"从这些鱼眼的完全退化来看,它们至少在这里生活了二十万到四十万年。"达尔文说。

"你怎么知道?"

"我猜的。"

第 06 章　　　　　　　　当铁鹰飞翔之时

"但不会比二十万年更短了，"达尔文补充道，"毕竟感光器官在单细胞生物里就有了，甚至早于大脑的出现。如果现在让你退化到没脑子的状态，你需要几年？"

我感觉我的脑子已经跟没有差不多了……

"这里是个天然形成的封闭生态系统！"沙耶加赞叹道。

确实，这个洞穴里有一条完整的生物链，大鱼吃小鱼，苔藓通过大鱼群发出来的光进行光合作用，产生氧气。小鱼靠吃苔藓使劲繁殖。

数千万年以来，它们就在这个封闭的洞窟中，一代又一代地生存至今。

"我同意你的说法——"达尔文难得对沙耶加赞许地点了点头，"但只同意后半段，这个生态系统在我看来，不是天然的，而是人为的。"

人为的？！

我和沙耶加同时瞪大了眼睛。

"咦，怎么可能……"

"你们记得吗，昨天我们坐游船的时候，向导说迷失之海的彩虹鳟鱼是旅游局放养的，最初那里并没有鱼，这点提醒了我。"达尔文边想边分析，"灯泡鱼本身是海鱼，但这里是淡水——如果它们是因为巧合被风暴或潮水带到这个洞穴里的，绝对会因为受不了淡水里的盐分浓度而死去。既然巧合论说不通，那就只有人为论了。这里的灯泡鱼是被人逐渐驯化的。比如说一代一代培养，逐渐让它适应淡水里的盐分，最后再放养在这里。"

"人类不是在十几万年前的非洲出现的吗？"沙耶加问。

"所以你是说，这些鱼都是猴子在这里放养的？"我努力抑制住翻白眼的冲动，但一时间竟然无法反驳。

达尔文刚想说话，在洞穴的深处突然传来了一声闷响。

是岩石跌落的声音。

"美年达！！！"我大叫一声。

我们三个立刻沿着湖岸往更深的洞穴内部爬去。

爬过几个巨大的石笋，我们听见了水声。

"为什么会有水声？这里不是全封闭的吗？"我转过头问达尔文。

达尔文也一脸疑惑地摇了摇头。

越往里爬，温度越高，水声也越来越明显。

"好热，受不了了……"

我们几个就像是从游泳池里刚上来的一样，全身湿透，沙耶加从书包里掏出两瓶水递给我们。

水声越来越大，鮟鱇鱼的光芒也越来越稀疏，我们不得不继续打起手电筒和探照灯。

随着继续深入，岩壁上出现了越来越多的人工开凿痕迹，甚至是一些模糊的划痕和雕刻。

我开始暗暗相信达尔文的话，我们不是到达这里的第一批人。

"M在那里！"沙耶加突然惊叫一声。

我们脚下是一个更大的溶洞空间，所有的湖水都从四面八方朝它的中心涌去。

我这辈子没见过如此壮阔的景象。

溶洞的底部，竟然裂开了一条巨大的地缝。

地缝的宽度有一两百米，地下湖水从四面八方涌来，顺着裂缝边缘朝地底流去，形成巨大的瀑布。

达尔文举起探照灯向瀑布照去，借着幽暗的灯光，我看见瀑布下好像有一个建筑。

那是一座沿着地缝岩壁建造的古老神坛。神坛四边分别有四座雕塑，中间是一个用石头垒起来的圆形祭祀台。

M就呆呆地站在祭祀台上。

"美年达——"

无论我们怎么喊，她就像着了魔似的，连看都不看我们一眼。

"现在怎么办？"

"我们先想办法下去再说，我觉得这里不对劲！"达尔文的话音未落，就听见下面发出轰隆一声巨响。

"那个裂缝好像在闭合！"沙耶加紧紧抓住我的手臂。

"什么情况，赶紧把M先带上来啊！一会儿被夹死了怎么办？"说完我就把手电筒别在腰上，顺着石笋往下爬。

三个人都没戴手套，扒着石笋的手已经磨得呼呼往外冒血了。我们用了将近10分钟才爬到底。沙耶加把背下来的绳子拴在其中一根石笋上，我们三个拽着绳子往地缝中间的神坛爬过去。

"汪桑，那些雕塑不对劲啊……"

我艰难地爬上神坛。神坛的四面有四个石窟，依岩壁而建，里面有四尊高达 3 米的人形雕塑。它们盘膝而坐，形态各异，外部却似乎已经风化，四周太黑我也看不清楚。

"汪桑……"沙耶加抖着声音跟我说，"我觉得这些雕塑不像是岩石……好像是真人……"

"怎么可能有这么大个儿的真——"

我话音未落，达尔文就把探照灯朝其中一尊雕塑照了过去。

顿时我整个人都不好了。

"雕塑"的外壳披着风化的铠甲和布料，乍一看以为是一尊雕像。

但卡在石窟顶部的，分明是一颗已经石化了的灰色头骨。

雕塑的头骨和人类的十分相似，唯一区别是，比正常的人类头骨大几十倍。

大概有一辆甲壳虫小轿车大小。

"汪桑……这是雕，雕塑……"

"沙耶加，你，你赶紧用相机照下来……"我已经语无伦次了，站到神坛上之后，我明显感觉到大地在抖动，手一软，手电就掉在地上，转眼滚进了万丈深渊。

趁着沙耶加掏手机拍照的当口，我和达尔文扶着石壁往祭祀台走。

"美年达！"我终于走到祭祀台，一把抓住 M。没想到平常一向瘦弱的她竟然稳稳当当地站在祭祀台上面，我拽了好几下都没把她拽下来。

M 的嘴里还念念有词。

"暴雨将至，周而复始……第一次被洪水吞没，第二次被雷暴击落，第三次被大火烧光……循环反复……以至无穷……"

地面的震动越来越厉害，M忽然抬起头，看着漆黑的洞顶，自言自语喊着："当铁鹰飞翔之时，东方的守护者会回到这片土地……"

"天！"达尔文的声音颤抖起来。

我抬头看去，岩壁上一丛丛大大小小的、七百年才会增加一毫米的洞穴之花，在以肉眼可见的速度盛放。

"当铁鹰降落之时，他们在沙漠中找到过去……"

洞穴之花迅速布满了所有石壁，这些古老的植物竟然像发了疯一样到处蔓延。

"当暴雨来临之时，神会再一次撼动地球……选中的孩子穿过门回到故乡，剩下的羔羊在雨中永远沉睡……"

随着M的声音，洞壁之上的花朵就像耗尽了所有的气数，迅速枯萎，化为齑粉，坠入迷失之海……

洞穴之花用它几千亿年的生命，在不到半分钟的时间里，展示了生命从起始至衰微的缩影。

这是自然界的缘起缘灭、聚散无常。

缘起缘灭，转瞬即逝，一切有为法，如梦幻泡影，如露亦如电，终归于虚无。

一股陌生的情感从我心底涌了上来，那是一种澎湃的共鸣，仿佛我的生命和自然界的循环融为一体，成为雷暴远去的海面，又化为滚烫的泥浆堵在胸口。

一眨眼，一滴泪流下来。

悲伤。

我不知道为什么会有这种感觉，但我很悲伤。

"扑通"一声，M从祭祀台上摔了下来，掉到旁边的石堆上。

我一下回过神来，赶紧去拍 M 的脸，她似乎已经筋疲力尽，无论我怎么喊，她都没什么反应。

"走啊！再不走就来不及了！"达尔文蹲下来把 M 背在身上，推着我往外走。

走了两步，我突然好像瞥见了什么熟悉的东西。

"等，等一下……"我不由自主地转身走回祭祀台——刚才 M 一直站在上面，我也被洞穴之花吸引了，所以根本没注意这上面有什么。

"笨蛋！你干什么啊，快来帮我啊！"达尔文吼了一句，他本来就瘦，爬到这里也累坏了，有点托不住 M。

"我……这个图案我见过……"我指着祭祀台上刻着的花纹，"时轮曼荼罗。"

时间回到半年前，在从中国飞往亚特兰大的飞机上——

"……时轮曼荼罗……怎么可能……给了她？"

舒月看到从我口袋里掏出来的那块丝织品，惊讶地捂住了嘴。

"什么是时轮曼荼罗啊？"我看着这丝织品上的花纹，觉得莫名其妙。

但舒月并没回答我。

这要是平常，她遇到不想回答的问题，要么借尿遁走，要么就用零食分散我的注意力。

但当时是在飞机上。一架用时将近 18 小时的长途客机上。

在我软磨硬泡和死乞白赖的威逼利诱之下，舒月投降了。

据她所说，这东西的来历她也不知道，但很多年前见过一次。

和广大普通老百姓一样，老徒家和老汪家，每年也总有这么几天，要焚香沐浴整衣敛容，携大量金银倾巢出动——嗯，不是年终扫货，是清明祭祖。

两个家族自从几百年前结盟之后，在清明时都会一起祭拜祖先。

老汪家，也就是完颜家族，毕竟是游牧民族，历史上的祖先已不可考。所以他们祭拜的还是泾川的九鼎梅花山、芮王完颜亨之墓和家族长老之墓。

而老徒家，也就是图尔古一族的祭祀习惯，就比较奇怪了。

首先，老徒家并不是每年都拜，而是十年一次。其次，老徒家的祭祀必须长男长女都在场。

舒月十五岁那年，就参加了这么一次祭祀。

当时舒月还挺纳闷的，因为我爸那会儿刚去了美国，这长男长女必须在场的规矩也就破了。这件事在城市人眼里看起来没啥，但在山沟沟的老农村，是跟老爸死了儿子不回来披麻戴孝一样的事。

火车把舒月一家从南方带回泾川老家，这也是她作为一个南方长大的姑娘第一次回乡。

据说，我爷爷当时带着那个新娶的十九岁汪家媳妇——舒月的姨妈，已经和其他老一辈在车站等了。新媳妇的怀里还抱着一个刚出生没多久的男孩子。

这次祭祖，我爷爷没少受家族的白眼，毕竟怀里的儿子不是名正言顺的长子，自己的老婆看不住，带着大儿子和外国人跑了。这在农村人看来是极其丢脸的事。

两家人从甘肃出发，坐火车到青海，然后乘车进纳木托。

三天后，两家人到达一个突阙族村子，村子里的一个老僧人带着他们进了山。

一路跋涉，很多具体的细节舒月都忘记了，只记得漫长的脚程后，老僧人带着他们到了一座非常破烂的寺庙。

那是一座雪线之上的寺庙。

这里终年积雪，在海拔 4500 米以上，极度缺氧，不适合人类生存。汪家的许多人都出现了高原反应，包括舒月的姨妈和那个小婴儿。对一个这么小的孩子来说，简直是太折磨了。

可徒家人并不愿意就此折返，而是坚持到达了寺庙举行祭祀。

就在那里，舒月看到了时轮曼荼罗。

印有时轮曼荼罗的丝织物，作为拜祭的主要物品之一，悬挂在一堆元宝、香烛中间。

舒月的奶奶特意嘱咐她，要好好认清那个图案。

她还告诉舒月，那是"宇宙的中心"，图尔古的故乡，神居住的地方。

"这张时轮曼荼罗，据说是图尔古一族走出纳木托的时候，就带在身上的。"舒月盯着曼荼罗，看了半天说。

时轮曼荼罗由七个大小不一的环组成，花纹错综复杂。四角有四个看起来像门一样的东西。

曼荼罗中间，印着一朵金色的莲花。

"故乡应该是一个具体的地方吧？可我横看竖看，都没看出来这图是城市还是乡村……"我嘟囔了一句。

"曼荼罗本身就是个象征，不是物质世界存在的，算是精神的道场。"舒月把丝织品折了折，"最让我感到奇怪的是这张曼荼罗为什么会出现在你的口袋里。即便你说的那个小姑娘没死,她也不可能得到的。"

"为什么?"

"徒家的规矩,时轮曼荼罗只传和汪家通婚生下的长男。就算是你爸都没资格拿到。"

"可你不是说,我爷爷当时还生了一个小男孩吗?会不会是那个小男孩……"

我还没说完,舒月就摇头否定了我的猜测。

"上山的时候那孩子就已经有了高原反应,祭拜的几天,又错过了最佳的抢救时机……"

死了?

为了祭趟祖就死了?

"就死在我姨妈的怀里……"舒月叹了口气。

"爷爷一定很后悔把他带着……"听完舒月的回忆,我喃喃地说。

舒月竟然摇了摇头。

"你爷爷只说了一句话,'他不是命定的人选,不救也罢。'也就是那时候,我突然理解了你爸不愿意恪守家族祖训的原因。他们的传宗接代,是没有感情的繁衍,是一个器官和另一个器官的结合,不是一个灵魂和另一个灵魂的结合。"

我看着手上的时轮曼荼罗,陷入了沉思。

"别发呆了!快走,这里要塌了!"达尔文的声音把我拉回了现实。

"哦哦,马上马上……"我掏出手机随便拍了两张模糊的照片,就跑回去帮达尔文抬着 M。

这片海域其实是一个葫芦形的洞穴，算是我们最初到达的荧光海的前厅，现在所处的地缝算是后厅。

后厅的地下湖水已经顺着地缝全部流干，相应的前厅的湖水也开始减少。用不了几个小时，真正的迷失之海将不复存在。

然而我也没心思矫情了，再不走连我都要得幽闭空间恐惧症了。

从前厅走过来的时候，我们用了将近半小时，不算太困难。可从后厅往回走，则艰难得多。

达尔文背着 M 本来就走不快，一路上大家也都精疲力竭。

爬上拴着绳子的石笋后，我们三个人都蒙了。

眼前的路，和来时相比发生了翻天覆地的变化。

由于水位降低，水下的岩石和淤泥都露了出来。如果一脚踩进淤泥里，就很难爬上来了。

进来时鮟鱇鱼群在湖水里发出的荧光，为我们提供了基础照明。只要有光线，找到方向其实不难。

可现在大部分鮟鱇鱼都顺着水流被冲进地缝里去了，洞穴又恢复了几乎伸手不见五指的黑暗。

探照灯的电快用完了，光线黯淡了下去。手电筒虽然还能撑一个小时，但光照范围实在太小了。

艰难地爬了半小时，我们并没有回到洞穴前厅，依然在葫芦形洞穴的接壤处打着转。

"我不行了，休息一下。"

达尔文把 M 放下来，瘫坐在地上，大家都累坏了。

沙耶加从书包里拿出一小包巧克力豆，分给我们吃："这是最后一点食物了。"

每年全球都有平均五到十人死在地下洞穴,百分之九十以上是因为迷路被困,最后耗尽口粮而死。

"怎么办?"

就在大家都一筹莫展的时候,我突然发现,身边的石笋上隐隐约约有个标记。

那是一个很淡的箭头符号,如果不把脸贴近都看不出来。

我在内心翻着白眼,这谁留的记号啊,这是给人看的吗?尤其是在黑咕隆咚的洞穴里面,留这种记号一点作用也没有啊。

达尔文把脸贴过去,用鼻子闻了闻,说:"是磷。这应该是古代人用含有磷光的矿物做的记号。"

磷?

含有磷光的矿物有二三十种,厕所读物里高频出现的就是夜明珠了。

这些矿石里的稀土元素经过光照后,在黑暗中还能持续发光。但凡稍微有点化学常识的高中生都知道,想让含磷的矿物发光,必须让它先吸取能量(比如暴晒或加热),发光时间是不能永久持续的,通常几天后就要拿出去晒太阳补充能量了。

而我们所处的洞穴常年漆黑,哪怕是夜明珠都不会发光,别说我们面前用磷粉做的记号了。

"没有吸热,这些标记也是废的,别浪费时间了,咱们再往前摸吧。"我擦了把汗。

"我觉得,我们很难出去了。"

达尔文说出了大家都不愿意承认的事实。

早在十分钟前,我们就已经彻底迷失方向了。

"我们有没有可能用探照灯照到这些标记？"沙耶加还抱着最后一丝希望。

达尔文摇了摇头："含磷的矿物在普通日光灯下和其他石头没有区别，除非有紫外线灯，否则根本找不到……"

说了等于白说，谁到洞里来救人还带着紫外线灯啊！又不是去验钞票……

紫外线灯！

我灵机一动，凑到沙耶加旁边，把她书包里的东西翻出来。

"沙耶加，你做指甲的 UV 灯呢？"

祖先显灵！沙耶加还没回答我，我已经从她的书包里摸出了一盏迷你 UV 灯。

留意过日本流行文化的人，肯定知道日本女高中生一般都离不开美甲。

日本东京的大部分女生，平均每星期都会去一次美甲店，哪怕她们的指甲再朴素，也会涂一层颜色。

沙耶加作为一个典型的日本女生，对美甲的日常需求，相当于中国女生对"美图秀秀"的日常需求。

所以，她会无时无刻不带着修甲工具套装。

我们从营地出发的时候，我无意中看到她把修甲工具套装拿了出来，又犹豫着放回书包里了。

UV 灯，也就是紫外线灯，是帮助甲油速干的一种工具。

幸亏当时我没嘴欠让她不要带。

谁能想到一盏小小的 UV 灯，可以救我们的命呢！

在 UV 灯的照射下，钟乳石上的记号清晰可见，我们跟随记号很快回到了前厅。

记号消失在岩壁上的一个洞穴前,这个洞穴比我们来时钻的那个大多了。达尔文把手伸进去探了探,里面的气温比外面低。

"这里应该能回去!"

沙耶加率先进了洞,接着是背着M的达尔文。

我帮着达尔文把M推进洞里,UV灯掠过M的手。

M的右手,竟然发出了和沿途记号一样的磷光。

我愣住了。

M手上有磷光矿物的粉末!

难道,刚才的标记,并不是古代人留下的,而是M留下的吗?

可是,M为什么会用磷光矿物留下出洞的记号?

第07章　　　　　　　　　　　　　四个人的秘密

一个可怕的想法从我的脑袋里冒出来。

这一切都是设计好的。

M知道我们会来救她，而且知道我们会带着紫外线灯来救她。

我摇摇头，这不可能。

从刚才湖水流逝的速度来看，地裂并不是存在了很久的地貌——不然水早就流干了。

地裂应该是突发的。

M作为一个连手机都没有的人，不可能精准地预测到地裂会在今天发生。

除了上帝，谁能够精准地预测出，我们进洞之后，地裂会让迷失之海的鮟鱇鱼流失，导致我们失去光源？

可还是不对。

太巧了。

在没人知道的地下溶洞发生地裂的某夜——几个高中生碰巧发现了一个洞穴——又刚好见证了迷失之海从地球上消失的瞬间——其中一个还碰巧带了紫外线灯。

听起来就像是连中"六合彩"和"大乐透"接着被雷劈死的巧合。

亿万万分之一的概率之下才能产生的巧合。

哪怕是厕所文学,这样编我都觉得假。

只要这里面有任何一个环节出了一点小纰漏,要么就是我们会被困在地下洞穴,要么就是营救失败。

"怎么又发愣?"达尔文不满地吼了一声,"你在后面看什么呢?"

"哦……哦……"我赶紧关掉 UV 灯,"没什么……"

达尔文并没有急着往洞里钻,而是背着 M 站在洞口,正色说道:"有一件事希望你们能答应——这个洞穴里面发生的事,只能成为我们四个人的秘密。"

"啊?"

"你们刚才用手机拍下来的照片,不要发到社交网站上,也不要和别人说,可以吗?"

"为什么啊?这是本世纪最大的地质学发现呀,要是发上网我们就火了……"沙耶加完全不能理解,"如果你之前的假设成立,这个洞穴的生态系统真的是人为的,我们就能把智人的历史至少再往前推几万年……"

"沙耶加,你相信我吗?"达尔文沉声问。

沙耶加看向我,无声地征求着我的意见。

如果换作平常,我一定站在沙耶加这边。

但祭坛上雕刻的时轮曼荼罗让我隐约觉得,这里和我的家族有着某些关联。

如果把这个洞穴贸然公之于众,会不会给我和舒月带来什么影响?

"我觉得……我相信达尔文,他肯定有他的道理……"我想了半天，支支吾吾地说，"毕竟 M 用石头把人家景区的玻璃全砸烂了，而且我们还盗用了别人的观光船……要是真的被深度曝光，被学校处分事小，M 的家庭状况估计很难赔出这么大一笔钱……"

"好吧……既然汪桑也这么说……"沙耶加没有再坚持。

幸好这个洞穴比之前进来时宽很多，起码不用匍匐前进，否则我们只能把 M 拖出来了。

看到观光船上的探照灯时，我真以为我做了个很长的梦。

"迪克！！！"我的眼泪几乎掉了下来。

迪克没想到我们会从另一个出口出来，连忙把船开过来。

"中尉，我以为你们全军覆没了呢，要是再晚十分钟，我就去请求支援了。"迪克使劲抱了我一下，我也一把抱住他。

嗯，有体温，活的，大家都活着。

"这里真的是太奇怪了，刚才上升的水位又神奇地下降了。我刚刚还没看到这个出口呢。"迪克哑吧哑吧嘴，指着我们出来的洞口。

一切都太巧了，时间也刚刚好。

随着真正迷失之海的消失，景区的水位又下降回原点，这个刚被淹没的洞口才显现出来。

晚一小时，早一小时，我们都不可能顺利地回来。

可越是巧合，我就越觉得蹊跷。

"M 究竟去哪里了啊？里面到底是什么？"迪克一边开船，一边问我们。

我和沙耶加还没开口，就被达尔文抢先了："里面就是另一个普通的溶洞，没什么特别的。M 在里面晕倒了，我们也不知道为什么她会进去，等她醒来再说吧。"

迪克狐疑地看着我们，良久道："你说谎。"

我心里一惊。

"被你发现了。"达尔文揶揄着说道，"其实我们去了地下世界，里面有荧光海和史前文明。M 其实是来自地底的女祭司，我们跟恐龙殊死搏斗了三百回合。"

"去你的。"迪克哈哈哈笑了。

果然，有时候说真话比说谎更令人难以相信。

M 在回程的车上睁开了眼睛。

"水……"

沙耶加赶紧喂她喝了两口水："M，你为什么不跟大家打声招呼，就自己跑了？"

"你为什么要去迷失之海？还要钻到别的洞穴里？"

"M，你……知不知道这么做很危险的？"我想问她怎么知道我们有 UV 灯，还用磷光矿物留下记号，可因为答应了达尔文不告诉迪克，只好硬生生憋了回去。

几个人七嘴八舌地问 M，但她比我们还迷惘。

"什么洞穴？"

"我们……现在在哪里？"

"我……我想不起来了……"

M 抱着头，似乎很痛苦。

"算了，人没事就行。"达尔文暗示我们别再问了。

无论是她真的忘了，还是有意隐瞒，毕竟我们都没事，再追问下去也没意思。

回到营地天还没亮。大家连脏衣服都懒得换，筋疲力尽地倒在防潮垫上。

没一会儿，就传来了此起彼伏的鼾声。

我闭上眼睛，就看到祭坛上雕刻的时轮曼荼罗，翻来覆去，还是睡不着。

走出营帐，雨还在淅淅沥沥地下着。我揉了揉眼睛，开始翻看手机里的照片。

照片模糊不清，只能看出个轮廓。

石刻上的曼荼罗，雕工并不太细，但结构和丝织物是一样的，从外延伸至内共有七层圆圈，在圆圈中心，是一扇刻着莲花的大门。

我仔细看，又有一些不同，石刻在每一层圆圈里，都有一个豁口。

豁口总共有七个，就像是……

七路迷宫！

我的妈呀，这不就是七路迷宫吗？怎么变了个形我就不认识了？七个豁口不就刚好能放下七颗珠子嘛！

"喂。"

一只手搭在我的肩膀上，差点把我吓尿。

是达尔文。

"谢谢你今天帮我说服了沙耶加。"他似乎完全没留意到，我因为这件事受到了一万点惊吓。

"你……你怎么不睡觉啊？"

"睡不着，出来转转。"达尔文从口袋里掏出一袋鸭脖子，递给我。

是昨天他赢走的那一袋。

算你还有点良心,我心里暗暗地想。

我叼着鸭脖子,跟他走了一段路。

"我有一个问题,憋在心里好久了,但不知道该不该问。"我终于可以不用说英文了。

"我喜欢胸大有脑颜值高的女生,所以你俩都没戏。"

"我不是要问这个……"

"那你别问了。"

"那我回去了。"

"那你问吧,但我不一定会回答你。"

"你为什么总瞒着迪克?他不是你的好朋友吗?"

达尔文停住了脚步。

"我们加入社团那天,我们都看见他消失了,摄像机也明明拍到了,可我看到你把视频删了……"我吞了口口水,"今天也是,那个洞穴里真正的迷失之海,为什么不能告诉迪克呢?"

"那你呢?为什么也不想把在洞穴里拍的照片传上网?你不想出名吗?那个时轮曼荼罗是什么?"

达尔文的问题一下噎得我说不出话来。

"每个人不是都有私心的吗?难道你没有?"他挑了挑眉毛,看着我,"所以永远不要把自己说得很无辜。"

我沉默了。

我想起我爸躺在医院里,冰冷的尸体。

我的生活发生了天翻地覆的改变,就是从那一天开始的。要不是有我躺在医院里面的妈妈,美国这个鬼地方,我根本不想来。

"以后窥探别人隐私的时候,先想想自己是否能回答同样的问题。"

"我没想要窥探你的隐私,我把你们都当成朋友才会问的……我没有什么好隐瞒的。"我的眼圈一下就红了,"时轮曼荼罗可能跟我爸爸的死有关,你懂什么!"

达尔文愣了一下。

我扭头就走了。

"喂,"达尔文在后面拽住我,"我很抱歉,真的。"

"抱歉啥,再拽我就一巴掌呼死你!"

"我以前有个哥哥,他也死了。"

达尔文的声音里带着哽咽。

四年前。

亚特兰大。

这里是美国东岸南部最繁华的城市之一,有世界上最大的水族馆和可口可乐博物馆,有奥林匹克公园和CNN电视台全球总部。

但这些跟年仅十四岁的达尔文·陈,似乎毫无关系。

他正坐在中式快餐馆里唯一的桌子后面,透过一次性饭盒和塑料刀叉,窥视着对面坐着的人。

达尔文的父母,典型的第二代福建移民,在市中心拥有一家小店,以美式华人中餐外卖为营生。

左宗棠鸡饭五块九美元,陈皮牛肉饭四块九美元,炒面两块九美元。

达尔文的妈妈把蘸了淀粉的鸡块滑进油锅里,用漏勺熟练地翻了几下捞出来,露出了满意的微笑。

她没有朋友,也不喜欢社交,除了进货和送餐,总喜欢待在厨房里。就连生下达尔文的几小时前,都还在油锅前炸着鸡块。

有时候达尔文甚至怀疑,他妈妈对炸鸡的爱,比对他的还要多。

爸爸坐在电话旁边看《马报》——据说他年轻的时候,在纽约的上海餐馆打过杂,看着大厨每日烧鸡,耳濡目染竟然也出师了。他的经验是西蓝花过沸水不要焯熟,因为老外都爱半生不熟。

此刻坐在达尔文对面的,是他的二哥吉米·陈。

达尔文上面有两个哥哥,下面有三个妹妹。

大哥高中毕业就去了威斯康星州种西洋参,偶尔打电话回来,总吹嘘自己又认识了香港来收参的某某富商。

三个妹妹从出生起就由达尔文照顾,父母显然没有对女儿们倾注过多的感情。即便偶尔提起,也是一带而过。

吉米此刻正津津有味地看着电视上播报的美国大选。

"吉米,把这四份外卖送到六街去。"爸爸从柜台里递出两个塑料袋。

"好的,爸爸。"

吉米从凳子上跳下来,拿过快餐,吹着口哨头也不回地走了。

直到餐馆的门关上后,达尔文才抑制不住地颤抖起来。

今天是"吉米"回来的第三天。

也许只有上帝知道,世世代代都平凡无奇的陈氏一家,为什么会生出达尔文这样的孩子。

达尔文的天赋是什么时候展现出来的已经无法考究,毕竟对于每天工作十六小时的父母来说,连睡觉前和孩子聊几句天都太过奢侈。

二年级的时候,他的老师偶然发现这个从小活在闽南语系中的黄皮肤小孩,只学了不到一年的英语,就能熟练地拼出类似

"Psychobabble（心理呓语）"这样生僻的英文单词。

三年级，老师推荐他参加了"WISC"儿童智商测试。无论是思维、逻辑和拼写的能力，还是常识竞答的能力，达尔文都远超同龄儿童。

在四年级开学前，学校老师找到达尔文的父母，表示愿意推荐他去霍普金斯创建的天才少年班。

达尔文的父母第一次露出匪夷所思的表情。

"既然我们的孩子很聪明，为什么还要去接受特殊教育？"

"陈女士，我希望您能理解，正因为达尔文是智力超群的孩子，才更需要特殊的教育。"

"我觉得我的儿子只需要做普通人。"达尔文的妈妈挺着大肚子回到后厨之前，看了看抱着妹妹的达尔文，"如果你走了，你的妹妹们怎么办？"

达尔文看着老师叹着气走出了门，又给另一个妹妹重新塞上了奶嘴。

"你不一定要去那种学校，都是政府骗钱的东西——报纸上说，公立学校也有很多人能考上名牌大学。"父亲在接电话的间隙，介绍着自己在《马报》上看见的报道。

其实达尔文也并没有很想去，他并不喜欢"天才"这个词，比起与众不同，他更喜欢和吉米待着。

吉米是所有兄弟姐妹里，和达尔文最亲的一个。

他比达尔文大两岁。他们除了是兄弟之外，还是十分要好的朋友——虽然他的性格和达尔文的天差地别。

吉米没有聪明的脑瓜，却长着一张少年老成的脸，和高年级那些大男生一样叛逆，总是露出愤世嫉俗的表情。

听着爸爸坐在柜台后面对《马报》上的政府阴谋论侃侃而谈，吉米鄙夷地哼了一声："一辈子待在锅炉边的鸡块，永远不会明白'德克斯特'是如何保护地球的。"

"德克斯特"是当年热门动画片里的主角——一个七岁的天才儿童，和实验室的宠物猴子一起打击坏人。达尔文虽然觉得拿鸡块比喻自己的父母有点过分，但吉米的安慰让他心里立刻舒坦了起来。

毕竟每天放学后和吉米一起玩陀螺，比做数独和门萨测试有趣多了。

然而，达尔文平静的生活在他十四岁那一年，被打碎了。

那天是星期四，八年级升学考试结束后的一周。

他和吉米就读的学校，在亚特兰大水族中心后面，离中餐馆不到一公里。吉米一放学就跑回去送外卖了，达尔文却总爱在图书馆坐上一会儿。

刚下完一场大雨，天阴沉沉的，达尔文从学校的图书馆出来，就听到有人在后面喊他。

"嘿，中国佬。"

一只手搭在了他的肩膀上。那人不由分说地拽着他的脖子，把他拉进了加油站隔壁的巷子里。

巷子背靠水族馆，里面布满了粗细不一的排污管道，一股夹杂着海腥气的臭味扑面而来。

"中国佬，你他妈的是怎么作弊的？"

达尔文终于看清楚了眼前的这个高个子。

乔治，班上的一个混混儿，据说和高年级的人打架赢过几次，从此没人敢招惹他，跟在他后面的还有两个不认识的男生。

达尔文从来没跟乔治说过话，只隐约记得他这次考得不好，基本上不用指望升九年级了。

这三个人把达尔文围了起来。

美国男生进入青春期之后，就像充了气一样长得又高又壮，连他们的影子似乎都比达尔文重。

达尔文再怎么样也就是个孩子，他咽了口口水，极力掩饰着自己的恐惧，一步步往后退。

"我不明白你说什么。"

"我问你——他妈的——是怎么——考的满分——听懂了吗？"

"我没作弊……"

"我爸说了，中国佬就是诡计多端的老鼠。"乔治哼了一声，"据说他们都没有体毛，所以可以把答案抄在大腿上。抓住他！"

另外两个男孩把达尔文的手拧到背后。达尔文吓坏了，徒然挣扎着。

"我听说你们中国佬什么都吃——狗、鸡的脚、蛇和虫子……"

乔治边说边把其中一个排水管道的地漏网拆开，顿时一股污水夹带着恶臭涌了出来。里面除了黑色的淤泥，还浮着一两条从水族馆冲下来的死鱼。

乔治从垃圾箱里捡了一根棍子，挑出一条死鱼。

"吃了它。"

达尔文的心脏剧烈地跳动着，恐惧让他连哭都忘记了，瘫软地坐在雨水还没干透的地上。

"吃了它，或者脱掉裤子让我看看你有没有作弊。"

乔治用沾着污泥和屎的棍子在达尔文的脸上拍打磨蹭。达尔文的嘴巴被木棍的倒刺磨破了，臭味熏得他头晕眼花。

"按住他，直到他吃完为止。"

两个男孩把达尔文的头按在地上，尽管达尔文拼命挣扎，但嘴还是贴到了那条酸腐的鱼的尸体上。

达尔文闭着眼睛，他想着他该早些回家，如果他没去图书馆，现在就会在店里给妹妹们喂奶，会换上他最喜欢的毛衣看《时间简史》。

"他尿了，他尿了，哈哈——"

"你们在干什么！"

吉米的声音。

达尔文晕过去之前看到的最后一个画面，是十年级的哥哥吉米冲进小巷，扔掉手里的外卖盒饭，一脚踹在乔治的身上。

迷迷糊糊，达尔文听到下水道发出轰隆轰隆的声音。

那群坏孩子似乎尖叫着跑开了。

隐隐约约的流水声，似乎有什么东西从下水管道滑了出来，滑过他的身边。

那东西碰到了他的手，黏稠的，冷冰冰的。

然后，他听到吉米的喘息声。

但达尔文已经耗尽了所有的体力，他虚弱得连眼皮都抬不起来了。

"弟弟，醒醒！弟弟！"

不知道过了多久，达尔文睁开眼睛，看到吉米在身边拍着他的脸。

"小毅！你肯定不会相信我刚才看到了什么！"吉米的脸上有抑制不住的兴奋。

陈毅是达尔文的中文名,他知道,哥哥只有在特别激动的情况下才会叫他的中文名。

吉米把达尔文扶起来,他甚至连达尔文裤子尿湿了都没发现。

"你不会相信的!什么上帝,什么进化论,都可以见鬼去了……"

达尔文环顾四周,乔治和那几个孩子已经不见了,天也黑了下来。

"你究竟看到了什么?"

"我看到了八爪鱼人!"

第08章　　　　　　　　　　　　消失的吉米

达尔文有点摸不透这个哥哥，虽然吉米平常也一惊一乍的，但还不至于这么疯疯癫癫。

"你……在哪里看到的？"

"就在那儿！"吉米指了指被撬开的排污管道，"它是从这里面游出来的！"

"乔治他们也看到了吗？"

"他们看见下水道往外喷屎的时候，就吓得落荒而逃啦！"

达尔文摇摇头："哥，没有什么外星人，你看错了……"

"我就知道你会这么说！"吉米从口袋里翻出手机，"我拍下来了！"

吉米的手机是两个月前买的，为了方便送餐的时候联系客户。为了这部最新款的手机，他求了妈妈两个月。

第一张有点模糊，或许是吉米吓坏了。照片里一个男人正从污水管道里爬出来。他没有头发，全身赤裸，两只手用一种诡异的姿势撑着地面。

"这或许……是某个活在下水道的疯子……"

达尔文还没说完，吉米就翻到了下一张。

男人已经从管道里钻了出来，站在昏倒的达尔文身边，朝镜头的方向看过来。

"他"没有嘴。有眼睛,有耳朵,唯独鼻子以下连着接近透明的皮肤。

"他"的腹腔上,有一道竖着的细长疤痕,疤痕附近长出很多肉芽,却没有缝合的痕迹。

"他"的四肢,长满了吸盘,像章鱼一样。

后面的几张照片都因为晃动模糊不清。唯一能看的照片,那东西贴着墙上的排污管道往远处爬去。

"他身上的吸盘贴在墙上,速度非常快,我还没反应过来,他已经不见了。"吉米遗憾地说。

达尔文倒吸了一口气。

"但这……这是什么?"

"无论是什么,都是本世纪最重大的发现!这绝对是另一个物种!兄弟,我们要出名了!"

吉米使劲拍了达尔文一下。

没多久,吉米在网上发布的照片点击量就超过了十万。在那个年代,十万点击量意味着起码十分之一的美国人对此产生了兴趣。

评论里说什么的都有,怀疑论者对照片的真实性评头论足,科学爱好者对物种的归类争来抢去,但更多的人表现出了恐慌。

这照片让吉米在学校一时风头无两,女孩子们在饭堂里将他团团围住,一遍又一遍地听着这个十六岁男孩吹嘘着当天的经历。

"乔治他们一听见声音,跑得比兔子还快,估计把当年冲破卵子壁的力气都使上了——"

每次说到这儿，吉米就会报复性地把声音提高八度。

随着大家哄堂大笑，那三个男孩又羞又气，坐在一边抬不起头来。

很快，就连当地媒体都找上门要采访吉米，甚至愿意付给他报酬。

某一天放学，达尔文和吉米正准备回中餐馆，校长带着几个西装革履的人迎面走来。

"吉米，这是亚特兰大生物监测局的威廉姆斯和他的同事们，他们有几个问题想问你。"校长笑着说。

几个人把两兄弟带到了一间没人的教室，威廉姆斯详细地询问了吉米当天的经过。

达尔文默默站在旁边，他发现这些人似乎并没有对吉米的回答做任何记录。

"很好，孩子，也许你立了大功。"威廉姆斯在询问结束时对吉米笑了笑，"最后一个问题，除了你，还有别人看到吗？"

"没有了。"吉米不假思索地说，这件事他早就说了不下百次。

"只有我和我弟弟在现场，可是他当时晕过去了，什么都没看到。"

"我没有问题了，很感谢你，小伙子。"威廉姆斯站起来和吉米握手。

兄弟俩一回到中餐馆，爸爸就从后厨拿出来四袋塑料饭盒。

"吉米，送去三街的写字楼——别再沉迷于那些神神鬼鬼的东西了。"

吉米的出名在父母看来不值一提，他们更关心这个月的收入税后还能剩多少钱。

可吉米已经快十七岁了,他想在放学后跟女孩子去电影院看电影,而不是提着左宗棠鸡和炒面穿梭在写字楼之间。

"该死!我就是你们生下来送外卖的机器。"吉米啐了一口,一脸不情愿地说,"总有一天我要离开这儿的!"

达尔文安慰地拍了拍吉米的肩膀。吉米骂骂咧咧地出了门。

半小时,一小时,两小时过去了。

吉米没有回来。

达尔文一家所住的华埠屋邨,是一间不到四十平方米的"雅房"。

"雅房"不过是好听点的叫法,其实就是一间大公寓被隔成七八个单间分租,几家共用一个厨房和两个厕所。

和他们一家住在一起的,还有大陆来的孕妇、留学生、骨妹(按摩女)和底层华工。

不是达尔文的父母没有钱,而是他们舍不得那张政府颁发的"白卡"。

买房子,就意味着要放弃这份政府给穷人的优厚的医疗福利。

他们更不敢跟美国人住在一起,法律规定十四岁以下的小孩不能单独在家——他们必须花几千美金请保姆看着达尔文和他的妹妹们,才能避免被白人邻居报警投诉。

只有和中国人住在一起,把现金放在床底下,才是最安全的。

一个简易衣柜和一张双人床已经占据了"雅房"将近一半的空间。房间另一边被挂帘隔开,里面是两张桌子和一个铁架床,吉米睡上铺,达尔文睡下铺。

饭都凉了,吉米还没回来。

达尔文的父母并没有表现出过度的担忧。父亲在统计着冷冻肉类的库存,母亲则在给两个妹妹洗澡。

"我要离开这个该死的鬼地方。"这是吉米这几年的口头禅。他确实也做到了。

吉米经常离家出走,直到花光送外卖挣的小费之后,才会灰头土脸地滚回来。

十七岁在国外已经不是父母能够管束的年龄了,和什么样的女孩约会,去哪家酒吧打台球都是他的事情,他能为自己负责,父母插不上嘴。

更何况达尔文的父母,他们已经被生活压得喘不过气来。

达尔文最初并没有在意,饭后和往常一样,看了会儿书就睡了。

迷迷糊糊,他看见吉米站在他们经常玩耍的运河堤坝旁边,把"枪炮玫瑰"的 Don't Cry 送给了他。那张签名摇滚唱片,是吉米的宝贝。

"小毅,Don't cry。"

吉米朝达尔文笑了笑,转身走进运河里。湍急的河水没过吉米的胸部。他朝远方游去。

达尔文沿着岸边追着吉米,大声叫喊着,跑得筋疲力尽,直到冷风把他从梦中吹醒。

达尔文心里突然涌起不祥的预感。

他的胸口剧烈起伏着,所有的焦虑和恐惧在黑暗中伸出爪子,扼住他的咽喉。

他偷偷爬上吉米的床,把手伸进床垫的缝隙里仔细摸索了一会儿,掏出了一沓钱。

那是吉米存下的小费,他没带走。

第二天是周末,清早达尔文就离开了家,先去了梦中的运河。

夏季即将来临，河水已经被抽干了，露出光秃秃的河床和绿色的淤泥。下游的桥洞里有一顶隐蔽的帐篷，那是只有他和吉米知道的秘密基地。

吉米不在这里，帐篷下面储藏的罐头都没有被动过。

达尔文又去了轮胎厂和电影院，也没有吉米的身影。

酒吧和台球厅都没开门，他甚至去找了吉米暗恋的那个啦啦队女孩。

"没有，我从昨天到现在都没见过他。"

无论是啦啦队女孩，还是吉米同年级的朋友，答案都大同小异。

达尔文的不安越来越强烈，他本能地觉得吉米出事了。

"他是我儿子，他会回来的——"周末的订单并不多，爸爸靠在凳子上一边看《马报》，一边说，"你忘了他上次搭车去了佛罗里达吗？"

确实，这一切都无法证明吉米出事了，哪怕去报警，也要48小时后才能立案。

"与其担心他，你为什么不照顾好你的妹妹们呢？小妹吃什么都吐，从早上哭到现在了。"妈妈也认为达尔文的担忧是多余的。

"但他连衣服和钱都没带走……"

"那就更加证明他很快就会回来了。"爸爸不耐烦地打断了达尔文的话。

虽然达尔文才十四岁，但他的智商一直在线。

冷静下来后，他想起了吉米的手机。

1997年之后，美国政府决定停止对民用GPS信号的干扰，汽车GPS导航将在未来逐渐普及，也许通过民用卫星信号能定位吉米的手机。

幸好学校的图书馆没有关门，达尔文忙活了一下午，终于把吉米的手机信号和美国三点定位导航系统连接在一起。

敲下回车键，就能知道吉米在哪里了。想到这些，达尔文的心快从嗓子眼里跳出来了。

电脑显示器上出现了一行字：

搜索结果被屏蔽//原因：没有权限//代码FUGNDO×××09SATL/

"这到底是怎么回事？"达尔文的心情就像坐过山车一样大起大落。

为什么会没有权限？！

不甘心的他又换了几组号码，从国务院的官方号码到班主任的手机，都可以轻易地通过这套程序定位。

唯独吉米的手机，因为查找权限不予显示。

达尔文能想到美国本土会被屏蔽的地区，只有战略要地、军事基地和政府。

为什么？

突然，那个自称威廉姆斯的政府官员，在达尔文脑海里一闪而过。

他们长途跋涉来学校专门找到吉米，却一个字的笔记也没做。他们的兴趣似乎根本不在吉米看到了什么。

达尔文想起他们告别的时候，一再问吉米是否是当时唯一的目击者。

难道这才是他们真正关心的？

他一边想着，一边用颤抖的双手，在键盘上键入"亚特兰大生物监测局BCSA"。

根本没有这个机构。

那威廉姆斯也是假的。

达尔文的脑子轰的一声。

必须报警！吉米的失踪九成和这几个人有关！

他连书包也忘了背，用百米冲刺的速度跑回家。

一路上，达尔文就像完全忘记了交通规则，灵活地在红绿灯和行人之间穿梭。有几次他几乎喘不上气来，他知道哪怕晚一分钟，吉米出事的概率就会成倍增加。

他的脑海里充斥着可怕的幻想——他只能拼命地晃动脑袋，似乎他的速度是为了摆脱这些消极的想法。

他甚至不敢去想"死"这个字——直到看到那栋熟悉的房子之前，他都以为自己再也没办法跑出地狱了。

达尔文撞开了家门。

第 09 章　　　　　　　　最聪明的软体动物

吉米正坐在客厅里。

"我就知道不应该给你买这么好的手机！你以为你是含着金钥匙生下来的二世祖吗？"妈妈站在一边喋喋不休地骂着吉米,"你就不配用好东西！"

"拜托,一部手机而已,多送几盒外卖不就回来了吗？"吉米摊了摊手。

他随意地把脚翘在茶几上,就像平时一样。

果然,一切都是自己想多了。

达尔文长长地出了一口气。

"嗨,兄弟。"

晚上,达尔文躺在下铺,还是没忍住问在上铺的吉米:"你昨天去哪里了？"

"拜托,难道你忘了吗？昨晚可是亚特兰大老鹰对热火队！"吉米翻了个身,"要不是因为你不喜欢篮球,我绝对不会让你错过这么棒的球赛。"

"噢,我都忘了。"达尔文不好意思地笑了笑。

吉米一直喜欢 NBA,连做梦都想当篮球明星,可是对于老外来说,他的身高没有什么优势。达尔文则相反,他不觉得一群人去抢一个球有什么意思。

"那老鹰队赢了吗?"

"当然,主场 115:96 大败热火,比赛之后我混进酒吧玩了一夜,认识了个朋友,也是球迷,他就住在酒吧附近。后来我也喝醉了,就在他家睡了一觉。"

吉米以前很少喝醉,达尔文心想——但青春期的男孩子什么都做得出来。

哥哥的呼噜声很快传来,达尔文也慢慢进入了梦乡。

学校午餐的时候,达尔文和吉米朝饭堂走。

"嗨。"那个啦啦队女孩笑着向吉米打了个招呼,"这个周末见到八爪鱼人了吗?"

"没有。"

吉米并没有向平常一样坐在饭堂桌子边侃侃而谈,而是越过女孩,坐在了饭堂一角的窗口旁。

"中国佬,"一个经过他的男孩忽然讽刺地叫了一声,"真没想到你能干出这种事,我不得不说还是挺有创意的。"

饭堂里的人都望向这边,另一个人也开口帮腔:"别惹他,不然他会以为自己又看到了天外异形或 UFO。"

"一个明目张胆的骗子,怎么还敢若无其事地坐在这儿吃饭。"

达尔文突然被激怒了。

"你说什么?"他扔下饭盒走到那两个人旁边。

"我说,像他这样的失败者,"眼镜男孩指着吉米,"这个世界上,也许只有虚构的章鱼人才能满足他被人关注的愿望。"

"章鱼人不是虚构的,你难道没看照片吗——"

"原来发疯的还有一个。"两个男孩吐了吐舌头,"我想,你该自己去看看他的忏悔博客。"

吉米的忏悔书紧跟着他之前发的八爪鱼人。他说由于自己不甘心平凡,想在学校出名,所以虚构了一段奇遇,并通过平面软件伪造了照片。

随着照片在全国范围内引起的轰动,他越来越不安,思前想后,终于说出了真相,希望得到舆论的宽恕。

博客更新后,关注人数大降,评论区除了谩骂和嘲笑,更多的人表示出的无非是"我早就知道"的冷漠。

达尔文坐在电脑前,越看越不对劲。

这篇文章不可能是吉米写的。

虽然文章通篇都在模仿高中生的口吻,但达尔文知道,吉米写不出这种文章。

字里行间逻辑严谨、思路清晰。

从八年级起,吉米的作文大部分是达尔文代写的。

吉米不擅长写作,就像达尔文不擅长篮球一样。

吉米难道被什么人胁迫了?

达尔文很想去问吉米,但终究是忍住了。他的理智告诉他,现在只能表现得和平常一样,再慢慢观察——也许他的怀疑会再次让吉米陷入危险。

连续几天,达尔文都在暗中观察着吉米。

上学,午饭,放学去中餐馆,回家,看电视睡觉。吉米的生活和往常一样。

他既没有去见什么人,也没有再提起和章鱼人有关的任何事情。

如果硬要说变化,就是他变得越来越"好"了。

以前送外卖时都会骂骂咧咧的吉米，现在却能笑着接过爸爸递给他的饭盒。

以前的他总是带着愤怒活着，哪个同学是傻子，哪个邻居连自家的狗都管不好，哪个老师是势利眼，他都会毫无顾忌地说出来。

现在的吉米却表现出对一切事物的伟大宽容。

不再抱怨，不再愤世嫉俗。

每个人都说，吉米就像变了一个人。

吉米变得更好了，更容易相处，也更容易适应这个社会。

他们说，吉米长大了。

吉米的生活回到了正轨，大多数人也早就忘记了八爪鱼人的事，那充其量只是一个过时的谈资。

只有达尔文还在暗暗地观察着吉米的一举一动。他相信自己的直觉，这个人不可能是他熟悉的哥哥。

吉米失去的，是对这个世界的反抗和愤怒。

在达尔文看来，那才是吉米能称为吉米的证据。

星期三午休的时候，达尔文躲在科学楼的厕所里，贴着门板仔细地听着外面的动静。

如果他的猜测没错，午饭后吉米会出现在这里。

达尔文观察了几个星期，吉米总喜欢在午休的时候来科学楼。最开始是一周一次，后来变成一周三次，每次大概二十分钟左右，其中周三待的时间会特别长，因为这天下午整个科学楼都没有课。

果不其然，几分钟后，达尔文听到走廊传来吹口哨的声音。吉米哼着歌，打开了隔壁教室的门。

达尔文没有急着走出厕所偷看，他知道，稍有不慎就会打草惊蛇。

时间一分一秒地过去了，半小时后，达尔文听到教室的门再次打开。口哨声和脚步声越来越远。

确定吉米离开之后，达尔文再次潜入教室。在吉米来之前，他就进来看过。

吉米到底在里面干什么？达尔文一边想着，一边仔细观察着教室的每个角落。

这是一个生物教室，一角放着一个两米长、半米宽的鱼缸，里面有用海水养殖的一些珊瑚和小丑鱼。

达尔文发现，鱼缸里的水变少了。

地上还有没干的水渍，达尔文摸了摸墙角的拖把，湿漉漉的。

他心里一沉，吉米拍的那些照片在他脑海里闪过。

几天后是吉米的生日，为了证明自己的猜想，达尔文把所有零用钱都拿了出来，请全家去吃韩国料理。

看到还在盘子里活蹦乱跳的生章鱼的腕足时，吉米的脸明显一抖，随即讪笑着推托："嗨，我可吃不了这个，这太血腥了。"

达尔文注意到，吉米用的形容词，不是"恶心"，而是"血腥"。

达尔文若无其事地夹了一块，放在嘴里嚼了嚼，吞下去。

"章鱼的脚到喉咙里都还在动，值得一试啊。"爸爸一边吃，一边说。

本来他们一家就是福建闽南华侨，沿海渔民的基因让他们对各种海鲜的吃法都习以为常。

"既然吉米害怕，那我们再点一条熟的吧，这里的石锅豆腐章鱼也不错。"妈妈朝服务员挥了挥手。

"我的胃不舒服,给我一杯水就行。"

达尔文看到吉米的脚藏在桌子下面,抖得厉害。

那天晚上,吉米什么都没吃。

第二天,达尔文又回到韩国料理店。他告诉店主,他是学校报社的小记者,想为料理店的师傅做一篇小报道。

他是一个在后厨长大的孩子,对这种地方再熟悉不过了,三言两语就和厨子搭上了话。

厨子是韩国济州岛的渔民,从小就在海上捕捉章鱼,十年前跟着女儿移民到美国,开始做刺身师傅。

"你有什么尽管问,说到章鱼,不会有人比我更了解啦!"

"我留意到生章鱼脚在蘸了酱料之后会剧烈挣扎,这是因为酱料刺激的吗?"

"是因为酱料里含有醋呀!"

厨子擦了一把汗,从泡沫箱里抓出一条章鱼。经过长途跋涉,那条章鱼看起来十分萎靡。厨子淋了点白醋到它的腕足上,顿时章鱼像打了鸡血一样蜷了起来。

"它怕酸?!"达尔文非常惊讶,"可是我查过许多文献都说软体动物没有痛觉——"

"书里能教你的,可不及我们一辈子和大海打交道得来的经验。"厨子笑了两声,"章鱼最喜欢往狭小的空间里钻,特别是海螺壳、陶罐和废水管,要是硬拔它是出不来的,它的吸盘牢牢吸在里面,那可是天生神力!但如果你往里面倒点酸醋,章鱼就会缩成一团,一倒就出来啦!"

达尔文用了一周的时间,从化工商店买回来水溶性米纸、水溶性塑料薄膜、窄口玻璃瓶、双面胶带和软皮锁链等一大堆材料。

最难搞到的是高氯酸。

作为六大无机强酸之首，高氯酸的腐蚀性比硫酸更强、更迅速，可以被水稀释。

达尔文甚至在网上淘了一台大功率音响。

他设计的机关很简单，说白了就是在鱼缸的滤水器上垫几层水溶性纸，然后把装满高氯酸的玻璃瓶放在上面。

高氯酸在鱼缸里水位线上，用水溶性塑料薄膜密封瓶口，既不会挥发，也掩盖住了气味。

海水一旦外溢，水位超过了水溶性纸，纸张就会在两三分钟内溶解，上面的高氯酸就会掉进水里，水溶性塑料薄膜也会溶化——这时候，整个鱼缸就会变成一个稀释的高氯酸容器——虽然对人类皮肤的威胁不算太大，但足以让一条章鱼死去活来。

那还是一个星期三。

达尔文布置好一切，照旧藏到厕所里。

当他听到生物教室的开门声时，心脏压抑不住地狂跳起来。

一分钟、两分钟、三分钟……

他第一次发现相对论的伟大。时间的长度是由心理感知决定的。

意料之中，达尔文听到了一声尖锐的怪叫声！

"咿——"

随即是稀里哗啦的流水声……

达尔文迅速冲出厕所，拿出准备好的软皮锁链把教室门锁住。

"我不会让你逃了的！我要你用你的命抵我哥哥的命！"他心里这么想着。

锁好教室门的那一瞬间,他还是忍不住向里面望去。

他一直不想看的,也不愿意承认的事实。

一只巨大的怪物——像人又像章鱼——正痛苦地在水族缸里挣扎。

它没有嘴巴。

达尔文愣了半秒,迅速弯下腰,拿出了包里的那台音响放在门口,按下播放键。

安静的校园,突然响彻了埃米纳姆的 *Puke*(呕吐)。

熟悉美国说唱的人都知道,这是一首粗口歌,用四个字概括:少儿不宜。要知道,这种歌是绝对不能公然在学校里放的。

"上帝啊!这是谁干的?!"

五分钟之内,校长和老师,还有看笑话的学生们都迅速朝科学楼围过来。

达尔文躲在厕所,直到人多了起来,才假装成围观群众混在学生中间。保安剪断了门口的软皮锁链,进去的第一个老师大叫一声,昏了过去。

生物教室里的鱼缸已经碎了一地,水流得满地都是。

课桌全被掀翻了,地上躺着一个没有头的"人"。

确切来说,是一个没有头的"皮囊"。

里面空空如也。

"天哪,报警,快去报警!"校长脚一软,坐在门口。

保安开始驱散在门口围观的学生,达尔文在离开现场之前仔细看了一圈,"皮囊"里的怪物不见了。

水族箱旁边的洗手盆里,过滤网被掀了起来。

缩骨是无脊椎动物的特长。一条成年章鱼,能从一根哪怕直径只有五厘米的水管里钻出去。

而浸泡在海水里,则是所有海洋动物的天性。

这种天性和进化无关,就像它喜欢待在海水里的天性一样。人类哪怕进化了这么多代,幼儿时看到树还是想爬,青春期还是有交配的欲望。

这是类人猿作为哺乳动物的天性。

章鱼的天性就是待在海水里,无论它们的大脑多么发达,智商多么突破天际,物种的起源地决定了它们具有亲水的特性。这条假扮成吉米的章鱼,正是因为发现了科学楼的海水鱼缸,才会在没有人的时候溜进去泡一下。因为扮演了吉米一段时间毫无破绽,表面上也没有人怀疑,所以这条大章鱼放松了警惕,给达尔文制造了机会。

但达尔文还是低估了那条章鱼的智商,它虽然受了重伤,却没有坐以待毙,而是在不到五分钟的时间里迅速自救,找到了逃生路线。

"那你后来还见过你哥哥吗?"听完了达尔文的过去,我沉默了一会儿,开口问道。

他摇了摇头。

"自从那个梦之后,我就有预感他离开这个世界了。警察局只是备案他失踪了,没人知道那张皮是怎么回事,我能做的都做了。"

"我很抱歉。"

"你现在明白我为什么把摄像机里的视频删掉,也不让你们把在迷失之海里看到的东西说出去了吧?"

达尔文叹了口气:"无论你相信与否,这个世界的暗处有一些隐秘的势力，他们控制着媒体和舆论，甚至控制着政府和国家的管理者。吉米只是千万个无辜的牺牲品之一，他们能换掉他，同样也能换掉别人——我们没办法知道这个世界上有多少被取代的人，一时疏忽就可能让你我丧命。"

"我相信你……"

虽然达尔文说的事情对普通人来说难以置信，但是从我爸去世那一天起发生的一系列事情，已经颠覆了我对这个世界的认知。

"其实你信不信对我而言都没区别。但不要因为你对这个世界肤浅的理解而牵连了别人。"

这个人又来了，还能不能好好聊天了？

为啥有的人明明不坏，你却很想抽他一个大嘴巴子呢！

我对他刚产生一点好感就被白眼取代了。

"天快亮了，回去吧。"他一边说，一边往回走。

"哇！"

营地传来沙耶加兴奋的叫声，我赶紧撇下达尔文跑过去。

"汪桑！你看——"沙耶加兴奋地指着山谷对面。

天色逐渐破晓，朦胧的雾气开始散去，大自然如同掀开了银色的薄纱。伴随着微风，成千上万只蝴蝶从谷底向天空飞舞——在山谷的另一头，鹿群站在悬崖上向远处眺望，在晨晖中和蝴蝶交织出无法言喻的壮丽画面。

"天！美呆了！"

过了好一会儿，我才反应过来，开始掏相机。

蝴蝶绕着鹿翩翩飞舞，甚至有一些停留在鹿角上，久久不愿离去。

"你看，它们像不像在说话！"迪克疯狂按着快门。

我拉着 M 和沙耶加，在相机前面摆出各种剪刀手。

"我认识这种蝴蝶，这是美洲帝王蝶。"一只蝴蝶飞到我们身边，我终于看清楚了它橘黄和黑色交错的花纹，终于也轮到我抖个聪明了，"我听姨妈说过，它们的迁徙过程要经历好几代，是用'生命接力'完成的。生物学的一种说法认为，它们迁徙的路线来自基因记忆。"

"基因记忆……"M 若有所思，"那、那人会不会，有、有基因记忆？就像蝴……蝴蝶一样，它们短短的一生，就、就是为了完成，完成'神的使命'？"

"我也问过我姨妈这个问题。"我说，"人类的遗传基因里会不会也有同样的密码，但现代科学并没有找到任何证明……"

"汪桑，那你相信吗？"沙耶加问我。

"嗯，我相信。"我点了点头。

43 给我看的那扇神秘古老的大门，也许就是"神"的基因里携带的记忆。

"我、我也，也相信。"M 握住了我的手，"我、我，从小，每天睡觉，都做，做同一个梦，梦见、黑色的雨，可是昨天，昨天晚上再也没有梦到了。我突然，突然觉得，以后也不会，梦、梦到了。"

沙耶加、达尔文和我相视一眼，也许 M 什么都不记得了，但我们都知道她指什么。

"M，那你梦里的那场雨，是不是已经下完了？"沙耶加问。

M 摇了摇头。

"不、不是，那场雨，还会来的。但我的任务，已经完成了。"M 看着远方，"我有一种感觉，我已经，已经把口信带给，带给需要知道这场雨的人了。"

我、沙耶加和达尔文，三个人面面相觑。

难道 M 的任务，就是要把我们带去地底的祭坛，然后告诉我们一些事情？

我努力回想着 M 昨晚在神坛上说的话。

"暴雨将至，周而复始……第一次被洪水吞没，第二次被雷暴击落，第三次被大火烧光……循环反复……以至无穷……"

"当铁鹰飞翔之时，东方的守护者会回到这片土地……"

这都是什么意思啊？

难道 M 做的一切，包括把我们引进迷失之海的洞穴里，就是要在那个神坛上告诉我们这几句模棱两可、不知所云的话？

我看了看达尔文，显然他也在皱着眉头跟我想着一样的问题。

第 10 章　　　　　错版的 25 美分硬币

太阳出来后，蝴蝶和鹿都消失在山谷里。趁着 M 和迪克去河边洗脸，我把达尔文和沙耶加拉到一边。

"你们觉得刚才 M 的那句话是什么意思？"我问。

"我的理解是，M 觉得自己是类似邮差一样的存在——她的目的是把梦里的讯息，传递给特定的人。"沙耶加努力地梳理着 M 的话。

"那些人不会就是我们三个吧？"

"其实有件事我没告诉你们。"我犹豫了一下，"昨晚在洞穴里的那些磷光标记，有可能是 M 画下的。"

我把用紫外线灯照到 M 的手，发现她手上有很多磷光矿物粉末的事一五一十地说了。

"照你这么说，M 的梦已经昭示着，昨天一系列的事是'绝对未来'了——"达尔文说，"我们的相遇，一起来迷失之海，而且又刚好赶上迷失之海的地裂，荧光地下湖的枯竭导致景区潮汐——连找不到出路，都是被设计好的。"

"可我自己都不知道我会带紫外线灯啊！"沙耶加抢白道。

"所以，M 是不是有预言能力？"我问。

"无论是承认 M 有预知能力，还是承认赋予她这段基因记忆的

'人'有预知能力,都相当于承认这个世界上没有相对未来,只有绝对未来。"达尔文向我们俩解释道。

"还记得我们昨天晚上睡觉前讨论过的预知能力吗?我们通常认为的绝对未来,是指类似地球的公转、人类的衰老死亡等自然规律下的未来;而相对未来指的是可以通过不同的决策改变的未来——是存在不确定因素的。可是,M不但预测到属于绝对未来的'地裂导致潮汐',还能预测到'沙耶加会带紫外线灯'这件本来应该是相对未来的事,这意味着什么?"

"这就意味着我带紫外线灯,也是绝对未来。相对未来不存在……"沙耶加想了几秒,沉吟道。

信息量太大,我有点绕迷糊了,下意识地开始晃脑袋。

"上帝不掷骰子。"

沉默之后,达尔文一字一顿地说出这句话。

上帝不掷骰子,这句话不是达尔文原创的,而是爱因斯坦老爷子说的。

这个头发像鸡窝一样的犹太老头,不但开启了现代物理学,还将他的理论广泛应用到高中物理考试内容当中,导致一堆像我一样智商平庸的人悲惨挂科。

所以对于这位同志,我是爱不起来的。

一个自己都没有高中毕业的人,非要让一堆高中生和他一样毕不了业。这是怎样的相爱相杀啊。

老头之所以说上帝不掷骰子,是因为他本人是个绝对的因果论者。用简单通俗的话说,老头的信仰和佛教的"轮回"有那么点相似。

他认为宇宙万物有因必有果、有果必有因。从大爆炸开始,宇宙的未来就是一部已经写好了的剧本，它会严格按照这个剧本演化下去——无论我们人类是否同意。

广义上是这样，而狭义上就更可怕了——连我们人类，也是这个剧本里的一部分。

但我们人类都是能拿奥斯卡最佳主角的好演员，在漫长的演化中，既定的剧本已经刻入了我们的骨髓——我们早就忘记了自己在演，还以为自己的每一个决策都是由主观意识决定的。

所以老头常常把"宇宙最让我难以理解之处恰恰在于它是可以被理解的"这句话挂在嘴边。

为什么宇宙能被理解？

因为造物主已经把每件事都严谨地编排好啦，而不是一时兴起让你即兴发挥。

那这句话跟 M 的预知能力有什么关系？

物理学两大老头，噢，不，泰斗，老爱和老牛，都一致认为，如果他们能够拥有强大的计算能力，是可以准确无误地计算出宇宙的未来的，并且分毫不差。

"强大的计算能力"是多强大呢？

许多科学家研究过这个问题，打个比方，就算把现在地球上所有的计算机连起来，拼成一个超级无敌强大的计算系统，它的运算能力还不及两位科学家所谓"强大的计算能力"的一个零头。

全世界计算机都做不到的事情，如果 M 或者赋予 M 基因记忆的"它"做到了……

那么"它"一定是已经不知道比我们高级多少倍的物种。

甚至不知道比我们高出多少个维度了。

那"它"只能是神了。

想到这里,我的头越来越疼,大脑好像要爆炸了。

"汪桑,你觉得我们在地底看到的那个祭坛是什么人修建的,会不会和创造地下生态系统的是同一批人?"沙耶加打破了沉默,"还有我们在祭坛上面看到的大骷髅头,是什么生物啊?"

"你有没有听过巨人族的传说?"达尔文说,"很多古老文明的记载里,都有关于巨人族的传说。比如古希腊、罗马神话里的泰坦族,《圣经》里的拿非利人,《山海经》里的大人国,等等,都记载过比正常人类大几倍甚至几十倍的巨人。如果他们在史前文明时就移居到了地下,就能合理地解释为什么考古发现没有他们的遗骸了。"

"现在讨论那个祭坛是怎么来的,也只能是瞎猜……"我叹了口气,"我们毕竟什么东西都没有,这些照片也不能传上网……"

"呃……不好意思……"沙耶加脸一红,从书包里掏出一块刻着花纹的石头,"……我从祭坛的石堆上,拿了几块出来……"

日本女生细心严谨的程度已经不像地球人了。

我们三个像揣了宝贝一样,把几块石头带回镇子上。

但是兴奋过去后,我们又开始发愁。

石头上的图案已经被腐蚀得残败不堪,很难辨别。

要搞清楚图案内容和雕刻年代,就只能去专业鉴定机构做"刻痕年份鉴定"——比如同位素测年、刻痕残留物分析等。

我们在网上找了几家测年鉴定机构,得到的回复千篇一律:

"如果每个小孩都像你们一样,在地洞里随便捡块石头就要求化验,那我们每天工作25小时都不够。"

"测年费用总共为五千美金,您是支票还是转账?"

"您是前两天打电话过来、要求给家里马桶测年的那位女士的亲属吗?"

"我们对您手里的石头很有兴趣,遗憾的是,研究所去年破产了……"

沙耶加挂了电话,一脸无奈地看着我和达尔文。

我突然灵光一闪,想到了一个人。

舒月说,有困难,找洛川。

我赶紧翻出他的联系方式。

"Hello……"电话里传来沉稳性感的男中音。

"呃,骆川叔叔,我是舒月的侄女,您还记得我吗?"

"哦?你舒月阿姨呢?她怎么不接电话?"

"舒月出远门了,其实我是有点事问您……"

我还没说完,就被骆川打断了:"小姑娘,你还是要好好读书啊。虽然现在女高中生都爱大叔,但我喜欢有脑颜值高的御姐,所以你没戏。"

为啥我只要张口,就会被认为要告白啊!

就算我真的告白,也不用你提醒我没脑颜值低啊!

我从未见过如此厚颜无耻之人啊!

舒月没跟你在一起,果然是有原因的!

然而有求于人,我还是勉强抑制住了内心的怒火:"呵呵,您的智商和颜值都已经达到我这辈子无法攀登的高度了,所以我其实是想向您请教另一个问题……您就职的大学实验室可以做同位素测年鉴定吗?"

"你要鉴定什么?"

"我想鉴定一块石头……"

"化石吗?哪里来的?"

"在洞里捡的……"

"哦,"骆川若有所思地说,"你让我想想……"

"没事没事,我等您。"

半个小时后,我拿着电话的手都酸了。

"叔叔?您想得怎么样了?"

没人说话。

"叔叔??"

"汪桑,我听到对面好像有打呼噜的声音……"沙耶加小声说。

"叔叔!!!"我大吼一声。

"干吗?"

"我才该问你干吗!你怎么在睡觉!!!"

"哦哦,不好意思,刚才一下睡着了,我们说到哪里了?"

"石头!鉴定!"

"哦,对,像你这种情况我一年还是会遇到很多的。经常有些人,某一天睡觉起来了,就觉得家里的地砖啦厕纸啦是上古珍宝,这种人呢我们一般都说,他们的想法是好的——当然了,如果执意要在没钱的情况下做鉴定,也不是完全不可行——"

骆川咂吧咂吧嘴说:"学好高等代数拓扑数论化学原理概率统计微积分和函数分析,用个十年八年,还是能够自己测试出来的,没什么事我先挂了——"

"让我来跟他说。"达尔文走过来,拿过电话,背过身说了几句。

"OK,他过几个礼拜会来拿的。"说罢他把石头放回箱子里。

"天!你是怎么做到的?"我把舒月搬出来都不行,为啥达尔文三言两语就搞定了?

"我跟他说,他没挂电话的这半小时,我成功黑进他的手机,找到并下载了他的几十张裸体自拍。"

石头的事情暂时告一段落,回到学校,平凡的生活继续着。迷失之海在那次地裂之后不复存在。我看了几个星期的报纸,也没有任何相关报道。

一切就像没发生过一样。

要不是我们几个人共同见证过,我真的会以为那次经历只是我的一场梦。

只是那个上古遗迹的发现,并没有让我们的名字像哥伦布一样载入史册。

我们社团的五个人,选定了一个聚会基地,作为放学后碰头的场所——我家。

唯一不用租金,又没有父母的地方。

大家还是跟以前一样,迪克每天捧着漫画,用各种不靠谱的方法激发着他的微能力,似乎明年的高三和他没有任何关系。

达尔文除了偶尔大发善心指导我们做作业之外,就在图书馆打工。

沙耶加仍然奔走于各个补习社和特长班之间。

M还是一如既往地沉默,坐在教室最后的角落里,呆呆地看着窗外的天空。

"和,和你们在一起,真,真好,我舍,舍不得你们。"

偶尔有一天中午吃饭,M没头没脑地说了一句话。

"啥意思啊?"

"M,你要出远门吗?"沙耶加放下饭盒问。

M没有接话,而是从口袋里掏出了几枚硬币分给我们,一人一个——她似乎一直有捡硬币的习惯，社团成立那天，她也是从口袋里掏出了几枚硬币。

我看了看，似乎是美国的25美分硬币，不是最大通用面值，也不是最小的，却是流通量最大的。

通常买汽水和交停车费，都会用这种硬币。

"M，为什么给我们一人一枚硬币啊？"沙耶加问。

"这枚25美分硬币好奇怪啊，跟我们平常见的不一样……"达尔文拿着硬币翻来覆去地看。

"我的妈呀！耶稣基督！你怎么会有这个！"迪克突然睁大了双眼，难以置信地把硬币放在阳光底下看了又看，"这能值很多钱啊！竟然还有五个！快把你们的给我看看。"

"这是什么啊？"我左看右看，除了硬币表面老旧一点，也没什么特别的。上面也是华盛顿的头像——但和平常看到的发型好像有点不太一样。

"这是绝版硬币！你们懂啥？我在我爸的收藏指南上看过，价值连城啊！品相好的搞不好能卖个几万元！"迪克把五枚硬币放在一起比了又比，"而且我们有五个啊，全都是同一年份的！这一套怎么样也能有几十万了！你们看这里——"

迪克说着，用他的胖手指指了指华盛顿头像的一侧："看到了吗？这里印着的字'我们信仰上帝'——现在的硬币都不印这行字了，只有1970年之前的才有，而且这套硬币的珍贵之处在于，它们是万中无一的错版！也就是硬币铸造厂出错印出来的，你们看华盛顿的胡子！"

我仔细看了一眼硬币反面的美国总统头像，华盛顿的胡子莫名其妙地凸起来一块，刚好把"上帝"两个字盖住了。这句话就变成了"我们信仰 ＿＿＿"。

没了"信仰"的钱币，似乎有点讽刺的意味。

五枚硬币，都或多或少地因为铸造原因，没有了"上帝"这个字眼。

"这些硬币，你从哪里得来的？"达尔文疑惑地问。

"捡，捡的……"

"不会吧！这概率就相当于连中五次彩票啊！你在哪儿捡的？能不能带我去捡捡？"迪克凑上来，M 被他逗得咯咯直笑。

"怪不得 M 走路经常看着地下，"沙耶加说，"她观察好仔细，有时候在看不见的地方，她都能拾出硬币——所以你是这么多年来慢慢收集到的吗？"

M 点了点头。

"这么贵重的东西你自己留着呀，我们不能收。"我从迪克手里一把抢回硬币，递给 M，"你就算给，也不用给迪克，他家有钱得很！"

M 家里本来就没钱，既然硬币这么值钱，还不如把拖车卖掉换成好房子呢！

"留，留着，"M 有点急，"社团、的徽章。"

我们几个互相看了看。

"你确定要这样吗？"达尔文问。

"嗯。美，美年达，送，送给你们的。"

我把硬币放在了钱包暗格。沙耶加则心灵手巧地在硬币上打了个洞，穿了一串手链。

过了几天，上课时，校长带了两个中年妇女推门进来。其中一个非常礼貌地打断了老师的讲课。

"美年达，请你出来一下，好吗？"

我回头看向美年达，她的脸突然发白，身体微微发抖。

过了几秒，她战战兢兢地站起来，低着头往外走。

"怎么了？她们是谁？"M走过我身边的时候，我小声问她。

她并没有回答我，而是跟着校长走出了教室。

"怪胎。"

我听见坐在我旁边的白人女生和她的同桌，掩着嘴小声说道。

然后她们大声笑起来。

"你说什么？"我的火一下就上来了。

"我说她是怪胎——"我的反应让那个女生愣了一下，随即立刻反唇相讥。

"刚才门口的那几个人可不是第一次来了。"她的同桌似笑非笑地盯着我，"SEES USA，政府开的特殊教育学校，专门收容怪胎。"

然后她们又笑起来。

特殊教育学校？

我呆住了。

什么叫特殊教育？我的脑海里浮现出低能、弱智和智障等各种词。我根本想象不出那是个什么样的地方。

突然觉得心里一阵难受。

"M不是怪胎！"

"你猜怎么着？"那个女生露出一脸夸张到不行的表情，"蠢驴通常也不知道自己是畜生——"

"哗啦"一声。

我从凳子上站起来，所有人——包括老师，都转过头来看着我。

"把你刚才的话再说一遍！"我几乎是吼出来的。

那个女生——确切地说她叫丽莎——吓了一跳，她的脸一下红到耳朵根。

当然她也不是吃素的，几乎没有犹豫就站了起来——"mean girl（贱女孩）"作为公立高中的典型代表，绝对不会在任何场合的骂战中先认怂，否则今后的面子挂不住，一年都抬不起头来。

尤其是每次上厕所都能补十分钟妆，"脸书"上全是健身自拍的"mean girl"。

"我说，蠢驴通常也觉得自己是人。"

"不是这一句！"

"我只是在陈述一个客观事实。"丽莎翻了个白眼

"我认为——如果开玩笑，应该等到下课。"数学老师费曼推了推眼镜，他显然不想把事情闹大，也不想就这个话题讨论下去。

他用一种复杂的眼神看着我。

"我觉得丽莎所谓的'客观事实'，已经构成对 M 的歧视！她就是赤裸裸地歧视 M！"

我知道，在美国任何类型的歧视都可以被认为是很严重的犯罪——我也不是软柿子，不会因为我说英语不利索就任凭欺负！

"我不在乎，I just don't give a shit（这事我才不在乎呢）！"

她说着就推了我一把。

"你敢再碰我一下试试！"我也从课桌旁边一步跨出来。想打我？长得高了不起吗？今天我不还手，我名字以后倒着写！

"冷静点，OK？"费曼老师赶紧走过来，"你俩跟我出来，到办公室去。"

"我觉得你应该道歉。"费曼老师听完我们的描述，转头向丽莎

说,"丽莎,你现在应该向旺旺道歉,你侮辱了你的同学。"

"我不认为我有错!"丽莎的眼睛一下红了,她恨恨地瞪大眼睛盯着我,像是想用眼神剜掉我的肉一样。

"我很遗憾,丽莎。"费曼一边说,一边从抽屉里拿出班级花名册,"如果你拒绝道歉,那我只能打电话让你的家长来——并且扣掉你这个学期的道德操行分数。"

丽莎的眼泪一下就涌出来了:"凭什么?你这是针对我!我只是说出了大家都心照不宣的一个事实而已!你就算把我爸妈叫来,他们也改变不了这个事实!我是啦啦队的副队长,每年的综合成绩都是A——我代表学校参加过六次橄榄球联赛,拿过三个奖杯!我才是这个班里应该被保护的优等生!你为什么要袒护一个黄种人?就因为法律规定他们不能被歧视?"

"够了!"老师打断她的话,"你不会想把这事闹大吧!你还想留在啦啦队里吗?现在出去。"

丽莎没说完的话被噎在嘴边,她无限怨念地看了老师一眼,转身摔门离开。

"这就是你要的?"丽莎出去之后,费曼摘了眼镜放在桌上,看着我,揶揄地问。

"你们是不是要把M送到特殊学校去?"我犹豫了一下,开口问道。

"你有没有想过,她在这里读书,和这些孩子一起,也很痛苦?"费曼缓缓地说,"你是她的朋友吗?"

我从没想过这个问题。

我知道M跟正常高中生有点不一样,在认识她的第一天,我也曾怀疑过她的脑子是不是有点问题。

可是在后来的相处中,我只是觉得她有点特别而已。

只是看起来呆呆的,说话有点结巴,反应慢了半拍。

只是喜欢沉默。

我知道M的成绩不是很好,但我从来没想过,她跟我们一起读书,会不会因为跟不上课程而吃力痛苦。

会不会因为觉得自己跟别人不一样而自卑。

我一时语塞。

"换位思考一下,"费曼叹了口气,"如果把你和一群研究生放在一起上课,你一点也听不懂,他们也跟你完全没法交流,你是什么感觉。

"其实这是个人隐私,我不应该透露——但你是她的朋友,我觉得也许你应该知道才能帮助她——她自从十一年级开始,没有一门课合格过,全在D以下。

"我们对她的初步判断是自闭症——我们并没有马上要送她走,只是希望她能够配合进一步的评估——毕竟任何教育机构都不会贸然决定一个孩子的去向。但我们希望M能得到更合适的教育,那些专门为她这种孩子设置的教育机构,你明白我的意思吗?"

专门为她这种孩子设置的教育机构。

这句话像撞钟一样,一声一声敲在我的心坎上。

我不知道那是什么样的教育。

是有专门的老师陪伴,耐心地和M沟通,逐渐让她敞开心扉;还是把M和其他同样有问题的小孩关在一起,满足基本生活的同时,让他们慢慢沦为社会的弃儿。

想到这里,我的心里一片苦涩。喉咙就像打了死结,被泪水堵住了。

老师的每一句话，字里行间都是在为 M 考虑，我却觉得莫名其妙地恶心。

"如果你没什么事，就先出去吧。"费曼一脸倦意地揉了揉眼睛。

"老师，如果 M 去了特殊学校，她还能回到正常人中间吗？"

我不知道为什么会这么问，只知道自己的心像刀割一样疼。

费曼愣了一下，随后道："当然，你应该相信特殊教育系统的专业性。"

我不相信。

第 11 章　　　　被自动贩卖机压住的硬币

回到教室已经是一个小时后的事了。

M 不在。

丽莎还坐在凳子上,眼睛红了吧唧,吸着鼻涕,旁边两个女生在安慰她。

我低下头往座位走,班里的人纷纷抬头看着我。

他们看我的眼神,有鄙视,有嫌弃,更多的是嘲讽。

"哟,英雄回来了。"

"只有某些弱者,才会每天都把反歧视法挂在嘴边。"

"你是通过这个法律拿到绿卡的吧?"

一个高个子男孩走过我身边,撞了我一下。

"怎么样,M 对你感恩戴德没有?看来有人终于能借着伸张正义的名义找到优越感了。"

"你说什么?"我拽住他。

"嘿!"他立刻举手投降,"我可什么都没说,我可不希望我的父母也被请到学校来受侮辱。

"中国应该没有怪胎,听说你们都是天才教育——你为什么不回国呢?"

他理了理外套,从我身边走过去,差点把我推倒。

走到课桌旁,不知道谁在我的桌上放了张字条。

"请勿招惹此人,她拥有'反歧视法'。"

不知道为何,我鼻子一酸,眼泪就掉了下来。

我哭,真心不是因为他们对我的冷嘲热讽。

要是为了这些人哭,会浪费我的眼泪。

我心里难受,是因为那个高个子男孩的一句话。

你只是借着伸张正义,寻找优越感而已。

如果 M 在,她听到这句话,一定会特别难受。

或许连她都会觉得,我对她的保护只是为了在她身上找到优越感。

不,不是这样的。

一直等到放学,M 还是没回来。

我收拾好书包往教学楼外面走,大部分人已经回家了,走廊里只剩下一两个在储物柜取东西的同学。

突然,我看见远处几个男生搭着一个女生的肩膀,往学校外面推去。

那个被推搡的女生穿着土黄色的外套。

那是 M 的外套。

我突然有种不好的预感,朝着他们消失的方向跑过去,看到那几个男生把 M 推进了体育楼的女厕里。

放学后的体育楼空无一人。我冲到厕所外面,发现门被反锁了。

我使劲撞门,但一点用都没有。

我听到里面传出 M 的哭声,还有一个混混儿的声音——是马修。我知道他，他经常在学生中间兜售各种小药丸，据说已经加入了镇上的帮派，最重要的一点，他是丽莎的追求者之一。

"把她按住。"马修说，"听见没？"

"听说你交了个会法律的黄猴子朋友？她说你的同学歧视你？"

M拼命挣扎。

"那个因为说了实话而被罚的同学，她的全家都是每月纳税的良好公民，你知道他们交给政府的钱干吗去了吗？用来养活你这种臭虫，让你住在房子里，坐在明亮的教室读书——如果没有他们，你现在早就是个被万人骂遍的婊子了！你没感谢过出钱养你的衣食父母，还反咬她一口，你知道错了吗？"

"错，错，错了。"M一边哭，一边说。

"那你是怪胎吗？"

"是，是……"

"那你跟我说，我，是，怪，胎。"

"我，我，是，怪胎……"

"我，连，蛆，都，不，如。"

"呜呜，我……连蛆，蛆，蛆都不如……"

"M！给我开门！"我在外面一边撞门，一边喊。

"哎哟，黄猴子好像要来救你呀。"马修夸张地笑了两声，"我好害怕啊。"

"M！"

几乎在快要绝望的同时，我突然想起来，体育楼的厕所另一侧，有两扇很小的对着跑道的窗子！

我想都没想就往外跑，以百米冲刺的速度到了窗子旁边。

我看到M被按在厕所地上，马修正拿着弹簧刀往她脸上戳。

我忘了当时从书包里掏出了什么——也许是笔盒,也许是圆规,也许徒手——"砰"的一声我把窗户砸了个窟窿。

我一边砸,一边叫:"救命!救命!"

我满手是血,估计这是我这辈子吼得最大声的一次。

连我自己的耳朵都快被震聋了。

半分钟后,我看到学校保安从远处跑来。

感谢上帝。

"有人来了!你们放开她!你们等着坐牢吧!我不会放过你们的!"我大吼道。

其实我比谁都害怕,我不知道老外吃不吃这套,但我只能这样说,给自己壮壮胆。

"马修,走吧,这样下去会把警察招来的。"其中一个混混儿劝他。

"你今天走运了!"马修不情愿地把弹簧刀揣回口袋里,拧开厕所门跑了。

我跑进厕所,M坐在地上,全身抖得像筛子一样,裤子中间湿了一片。

她脸上被划了一道,虽然刀口不深,但血还是呼呼往外冒。

M的书包开了,作业本散了一地。

"怎么回事?"保安也从操场绕到了厕所,随即又跟进来两个保安。

他一看M受了伤,就想上来扶她:"你没事吧?"

"啊!!!"

在保安快碰到M的一瞬间,她突然一声尖叫,抱着头拼命往我身后缩,尿渍拖了一地。

"你别碰她！你没看出来她被吓坏了吗？她有病……"

"她有病"，这三个字脱口而出，我真的是无心说的。

气氛一下僵住了。

M本来紧靠着我的身体移开了，慢慢退到了墙角。

"对不起，冷静点，我不知道她有病。"保安马上退了一步，做出冷静的手势，"发生什么事了，要不要叫911？"

"请你出去一会儿行吗？让她冷静一下。"

保安很识趣地退到厕所外面，里面只剩下我和M。

坐了一会儿，M似乎伸展了点身体，她慢慢站起来，去捡地上乱七八糟的书。

"对不起，我的本意不是这样的……"我跟在她后面，想帮她捡书。

M忽然看着我，那一瞬间，我看到她眼里有一种深深的失落和不信任，就像被虐待后抛弃的小动物。

我曾经见过这种眼神，那是第一次我们相遇时，她在屋檐下流露的眼神。

只是一瞬，她又低下了头。

"我，不，不需要，你的同情。"M站起来，拿着书包走出厕所。

剩下我一个人呆呆地坐在地板上。

从厕所走出来的时候，天突然下起雨来。

"嘿，这个本子是你的吗？"其中一个保安在后面叫住我。

那是M的本子，应该是匆忙中她没有带走的。

沃尔玛超市里最便宜的那种黄皮封面单行本，上面被人用油性笔写着"呆子"和"蠢驴"。

我的心情低落到极点，M的话反复回荡在我耳边。

"我,不,不需要,你的同情。"

我的喉咙发苦,停在了自动贩卖机旁边,掏出钱包想买瓶水。

一不小心,M给我的那枚两角五分硬币从里面滚了出来,滚到了自动贩卖机底下。

我连忙弯下腰伸手去够,自动贩卖机下面的缝隙里全是蜘蛛网和灰尘,还有蟑螂的尸体。我的指尖刚刚能碰到硬币,可我越用力,硬币反而被指尖越往里推。

我趴在地上试了半天,手上的伤口又开始往外渗血。

一阵揪心的疼痛,我的眼圈红了。

我和M的关系,会不会就像这枚硬币一样,再也回不来了。

"中尉,你在这儿干什么?"一个熟悉的声音从我身后传来。

是胖子迪克。

"M给我的硬币滚到下面去了……"我几乎是绝望地说,"我试了很久都弄不出来。"

"不会吧。"迪克一边说,一边也趴了下来。

我的细手腕都伸不进去,更别说迪克的大肉手了——迪克呼哧呼哧地摸了半天,终于擦了把额头上的汗,表示放弃。

"看来只能把这台自动贩卖机推开才能拿到硬币了。"迪克看看四下无人,卷起袖子就把身子贴在贩卖机的一侧。

"呀!"

迪克使出吃奶的力气往一边推,但半分钟过去,贩卖机纹丝不动。

"哎呀不行了不行了,我从早上到现在都没吃饭,我眼花了……"他又推了两下,一屁股跌坐在地上,"你有零钱吗,先给我从里面买点吃的,让我休息一下。"

"上校，你怎么一到关键时刻就漏气啊。"我翻了个白眼。

好歹迪克也是想帮我，我狠狠心掏出一张十美元纸币，把贩卖机里面的零食各买了一包——要知道，我一个月的零花钱才一百美元。

迪克抓过零食开始狼吞虎咽。我俩坐在体育馆边上，看着外面的雨下得越来越大。

M这时候应该已经到家了吧。我叹了口气。

"中尉，你看上去不太开心。"迪克撕开一包奥利奥，递给我。

我摇摇头，我不知道怎么把我和M的事告诉他。

他看我没接，就果断地把饼干塞进自己嘴里——一边咽，一边顺理成章地把我刚买的可乐倒进嘴里。

"上校，你是怎么和达尔文成为朋友的？"我看着天上的乌云，轻轻地问。

这个问题我曾经在地下洞穴里问过达尔文，但他只是轻描淡写地说他忘记了。

"九年级的时候，他跟我一个班。"迪克似乎回想起什么，突然哈哈笑起来，"你肯定不会相信的，那时候我可不是现在这样。"

"你不说，怎么知道我信不信。"

"你会相信九年级的时候我是个瘦得像竹竿一样的矮个子吗？"迪克狡黠地看了我一眼，"其实我从小身体就不好，我有各种各样的病——医生有时候说那是肠瘘和荨麻疹，有时候说那是哮喘和胃溃疡——不能吃淀粉，不能吃海鲜和鸡蛋，不能参加运动，更不能疲劳——我只能少吃一些没有盐分的蔬菜，小心翼翼地活着。"

"真的假的？你现在看起来健康极了，完全不像有病！"

"嗯，但这是另一个故事了——你刚才不是问我，我和达尔文是怎么成为朋友的吗?

"那时候我唯一的朋友就是亨利,我邻居家的一只牧羊犬。每次体育课的时候,我都有在露台上休息的特权,午餐也从来不在饭堂吃,而是吃自带的食物。很多人都会自发地帮助我,'嘿,迪克,露营对你来说太辛苦了,所以你别去了''露天棒球赛太热了,你会中暑的''下礼拜野外考察,你只要在家里编个报告就行了'——可这些话在我听来,就如同'他身体不好随时会休克''他出状况了我们还要照顾他''他和我们不一样'。你知道当别人无时无刻不提醒我,我和他们不一样的时候,我有多自卑吗?人和人之间不平等,是无法成为朋友的——这里没有人需要同情。

"我记得那天也是下毛毛雨,达尔文忽然对我说:'嗨,我知道下完雨,水坝上会有很多螃蟹,你想去看看吗?'他竟然问我愿不愿意跟他冒雨去!哈哈,那天太有意思了,螃蟹在河滩上吐了很多泡泡,而我淋得全身湿透了也没死,什么不适都没出现——那天之后,我就把他当成我的好朋友。他让我觉得我们是平等的。我们认识四年了,他从来没有把我当成和别人不一样的人,无论是过去还是现在。"

迪克简单的几句话,让我茅塞顿开。

朋友和朋友之间,最重要的尊重是平等相待。

其实这个道理,在第一天见到 M 的时候,达尔文就告诉我了。

平平淡淡的那句话:"雨快停了,一会儿一起走回家。"

没有刨根问底,也没有区别对待,平等才是交朋友的第一步。

"中尉,别愣着了,快帮我一起推。"迪克吃完最后两块饼干站起来,使出全身力气把贩卖机往一边推。

"遵命长官!"我跑到迪克旁边,同样使出吃奶的力气往同一边推。

贩卖机终于动了,地面摩擦出尖锐的咯吱声。

M 送给我的硬币,静静地躺在角落里。

我迅速捡起硬币。

"我有急事,先走了!"

"你走了,我怎么把贩卖机移回去?!"留下的迪克一脸不可思议。

"下次请你吃炸鸡!"

我一边喊,一边头也不回地往 M 家的方向跑去。

一路上,我把这枚乍一看十分普通的错版硬币牢牢地攥在手心里。

对不懂它的人来说,它就是一枚普通得不能再普通的两毛五分钱,连一罐汽水都买不到。

只有在懂的人眼中,它才是全世界独一无二、无法取代的。

尤其是当全世界仅有的五枚 1970 年的错版硬币,都聚集在一起的时候。

天知道它们有多珍贵!

就像我们的友谊一样。

穿过杂草和一堆晾衣绳,我凭印象找到了 M 的家。

她的妈妈半靠在门廊上,眯着眼睛在听一台老式收音机。

"您好,请问美年达在吗?"我小心翼翼地问了一句。

她并没有理我,而是眼神空洞地望着远方。

"有,有事吗?"M 的声音从背后传来,她抱着一个脏衣盆站在拖车旁边。

我一时有点语塞,她看了我一眼就向前走去,我跟着她走到后面。

拖车后面的地上有一根破水管,连着远处的消防栓,水流比小拇指还细。

M把水管放进脏衣盆里,里面是她刚才弄脏的衣服。

她脸上的伤做了简单的清洗,血止住了,但也许会留下一道疤。

我捏紧了手里的硬币。

"我为我刚才的话道歉,你原谅我好吗?"

M避开我的眼神,直愣愣地看着脏衣盆。

"你不、不用道歉……我有病。医、医生说,我有、有自闭症……有自、自闭倾向……自闭,自闭是我特质的一部分……我的感、感官、官是紊乱的……"

"这些都是他们——那些什么精神鉴定的人教你说的?"我一下又气又伤心。

M摇了摇头,又点了点头。

"我不、不能,正常地社交,和、和普通人,不一样………"

"你不要听他们胡说八道!"

我听到M这么说,心里难受极了。M还在呆呆地晃着脑袋,盯着脏衣盆里的水溢出来。

"M,你听我说,我承认第一次见面的时候,我觉得你和别人不一样,可是你为什么就要和别人一样呢?难道'和别人一样'才是定义一个正常人的标准吗?不一样并不代表你就比别人弱,更不能证明你比别人差!你听懂了吗?"

M的头更低了,我不知道该怎么说,眼睛一红,眼泪就要往下掉。

"相处的过程中,我发现你一点都不傻,傻瓜能把大半年卖肉串的钱一分不差地算明白吗?如果大家都有这种能力,那电脑到现在肯定还没发明出来呢!你不要相信他们说的话,好吗?"

M突然抱住我,毫无征兆地哭了。

她没发出一点声音,把头埋在我的肩膀上。但我能感觉到自己的衣服湿了。

我心里也有一块地方,和眼睛一样湿润了。

M不会说话,有时候她连一句稍微复杂一点的从句都表达不清,但这并不代表她的内心不像我或者任何人一样敏感纤细。

请你不要封闭自己的内心,我,沙耶加,我们所有人,都愿意无条件地爱你。

"M,真的,和、和其他人一、一样吗?"过了好一会儿,M抬起头问我。

"你和她们都不一样,你比那些只会把口红印在厕所镜子上的交际花强多了!"

M被我逗得笑起来。

"比那些每天靠修图软件活在'脸书'上的自恋鬼强多了!"

"比那些在露脐装里塞五个胸垫的假大胸强多了!"

"哈哈哈哈哈!"

我也被自己逗乐了,两个人捂着肚子笑成一团,眼泪都流了出来。

我把肥皂扔进脏衣盆:"我们一起洗,洗完衣服我们去看电影吧!"

第 12 章　　　　　　　　　　　　　　再见马修

老杰克电影院是小镇上唯一的电影院，说到电影，虽然美国是世界电影业的先驱，但金融风暴过后，好多电影院都关门大吉了，尤其是一些老旧的、效果不好的电影院。更多的成年人喜欢买沃尔玛超市的微波炉爆米花，在家里看美国三大电视台的自制剧。

老杰克只能吸引一些像我们这种放了学还不愿意回家的穷学生，晚上 6 点前，半价票两块五一张。

紧赶慢赶，我们买到了 5 点 45 分的电影《美丽心灵》，两张门票还能附赠一大桶爆米花。

老实说，我不爱吃美国的爆米花。中国电影院的爆米花都是用焦糖烤的，吃在嘴里甜丝丝、暖烘烘的——美国偏偏相反，爆米花是咸芝士味的，说不出的奇怪。

电影《美丽心灵》讲了一个有精神分裂的数学家，在和另外几个人格斗争多年后拿到诺贝尔奖的故事。我有很多地方听不懂，看到一半就有点昏昏欲睡，靠 M 在旁边给我讲解才勉强明白——幸好这个时间的电影院里也没几个人。

"所以他后来踏踏实实地在学校教书，然后发明了博弈论？"

M 摇摇头。

"不、不是的。博弈论的发明,恰恰就、就在他精神分裂最、最严重的时候。那时候,他、他可以看见。"

"看见什么?"

M抿了抿嘴,并没有回答我的问题,而是接着说:"他、他年轻的时候,能看见。"

"那为什么后来看不见了呢?"

"也许是药、药物,把那能力抹、抹杀了。"

"他吃那些药不是为了治疗精神分裂吗?"

M没有再回答,而我越听越迷糊,又坚持了半小时,电影总算散场了。

天已经彻底黑下来,我们沿着路灯走在回家的路上,本来还在笑着和我聊天的M突然一怔,整个人定在路灯下面一动不动。

"M,你怎么了?"

我叫了她几次,她突然转过头,眼里闪着泪花。

"不、不该买5点45分的票。"

"为什么啊?这个时间是happy hour(狂欢时刻)啊,最便宜了。"我不解地问。

"不、不该……"

M忽然抱着头蹲了下来,几秒后,她拽着我往前跑了几步。

"黄猴子,我抓住你了。"

我的衣领猛然被一只手抓住向后扯去,是混混儿马修的声音。

"黄猴子,你那些'失败者协会'的怪胎们呢?怎么没来保护你们?"马修的身后还跟着两个混混儿,其中一个一把抓住了M的胳膊。

"黄猴子,你还不够黄,我得给你染染色才行——"马修说着,把他手中的柠檬汽水从我头顶倒下去。

汽水里的冰块凉飕飕地滑过我的脸，冻得我一个哆嗦。

"不——"M还没叫出来，就被另一个高个子捂住了嘴。

"你要是叫，我就让你好看。"马修说这句话的时候，已经用弹簧刀顶住了我的小腹。

他抓住我的胳膊，和另外两个男生把我们连拉带拽地拖了很远，走出大路拐进一旁的草丛里，我能感觉到他的刀尖顶在我的脊梁骨上。我想控制着自己不要发抖，可是身体不争气地抖得像个懦夫。在这短短的几步路中，我失去了最后挣扎的力气。

又走了一会儿，我们穿过一排木围栏，来到一片荒地上——小镇周围有很多这种废弃的地方。借着幽暗的月光，马修毫不客气地抓住我的头发，一把把我的脑袋撞到木围栏上，我顿时眼冒金星。

不行，我不能昏过去，M还在旁边，我要是晕过去了，我俩就是死路一条。我心里拼命叫着。

"唔……"M被推倒在地上，高个子又踹了她一脚。

她的脸蹭到水泥地上，之前的伤口又开了，血汩汩地流得她满脸都是。

"听说你一个人住在镇子上。"马修捂住我的嘴，我感觉到冰凉的刀尖划到我的脖子上，"你就算死在这里，一时半会儿也没人发现吧？"

我说不出话，眼睛瞪着马修，我能闻见他捂着我的手上有很大一股麻叶味。

他抽嗨了。

什么都能干出来。

脖子一热，我感觉到有什么东西顺着刀尖流了下来。

"黄猴子，撒哟哪啦！"我感觉刀尖的力道一下加重了。

笨蛋！"撒哟哪啦"是日语啊！

我是中国人！

突然，我听到高个子男生一声惨叫，只见 M 把高个子撞开，一脚踢在了马修的下体上。

"啊！"他尖叫一声撞在木栅栏上。那声音在旷野上回荡，就像是魔鬼的笑声。

木栅栏应声而断，我差点仰面向后摔去。

"跟我走！" M 突然拽起我的手臂，一猫腰从两个男生中间的缝隙钻了出去，另一个男孩伸出手想抓住我，扯掉了我的外套。

我和 M 在旷野上奋力向公路奔跑，"乒"的一声，一道火光掠过我的脚边。

"他们有枪！"我几乎是尖叫道。

美国的很多家庭都会有枪，马修也许是趁他爸喝醉的时候，把枪偷了出来。

"告诉你们，你们逃不了的！"我听到马修的声音在离我们身后不远处传来。

一场疯狂的追逐开始了。

在我们面前有两条路，一边通向空旷的公路和铁轨，另一边通向松针树林。

我本能地朝树林跑，因为树木至少能提供遮挡，即使开枪也不那么容易被打到。

但我被 M 拽住了——

"走，走这边！相信我！" M 拉着我的手，低声说。

我只好跟着她往公路上跑去。马修又开了一枪，子弹擦着我的胳膊飞了过去。

我脚一软,差点一个趔趄跪在地上,再站起来的时候,脚踝疼得厉害。

"M,你快去报警,我脚崴了,走不了多远……"

"坚持两,两分钟!1分47、47秒——"M吃力地拽着我,踉跄着跑上公路。

我们面前是一个"T"字形路口,其中T字的右边是铁轨,周围都是荒地。

M带着我往铁轨的方向狂奔,那条路上因为有火车经过,所以两侧都有升降路障——火车来的时候,路障会降下来,直行车辆必须停在路障前,等火车经过后再继续前行。

M跑到路障边,用拳头猛地一下敲碎了路障感应器,顿时路障启动,直接封住了这条路。

"这,这边!"M竟然拽着我往来的方向跑。

往回跑?!

我整个人都蒙了,M是不是被吓傻了!

这时候不应该使劲往前跑吗?怎么会往回跑?

"相信我。"M好像看穿了我的心思,头也不回地跟我说。

死就死吧!我一闭眼睛,跟着她往回跑。

我们跑过路口,就看到马修他们几个已经快跑到公路上了——因为他们嗑了药,所以跑得并不快。

"钱,钱给我。"M突然转头问我。

这时候要钱干吗!难道还能贿赂这几个混混儿?

我已经跑到不能思考了,但还是从口袋里摸出一把零钱递给M。

总共95块钱,是我刚才看电影的找零。

M接过我的钱,想也不想就扔到了路中间。

跑过马路,我们停了下来,M拉着我站在公路边上。

"嘿嘿,你俩跑不掉了……"马修的脸上露出了狰狞的微笑,他举着枪爬上马路沿儿,站在路的正对面看着我们。

"你只要动一下,我就打穿你的头,听到了吗?"

我感觉心跳都停止了,但M紧握住我的手,好像示意我不要担心。

马修和那两个男孩子看我们一动不动,就慢慢悠悠地朝我们走来。

就在离我们还有几米远的地方,他们突然停住了。

马修看到了地上的钱。要知道九十多块钱不是小数目,他连忙弯腰去捡。

就在他快捡完的时候,一辆大货车从"T"字路口急转过来,"砰"的一声,把马修他们几个撞飞了出去。

我惊呆了。

司机从车上跳下来。

"上帝啊!我的天!怎么会这样!"他查看了前面几个头破血流昏过去的男孩子,立刻掏出手机报了警。

过了没五分钟,警察就来了。

"真的不是我的错,上帝啊,这条路是单行线,火车来的时候我默认就是左转,这几个孩子蹲在路上,在我的盲点范围……"卡车司机极力争辩着。

在救护车来之前,警察检查了地上的钱和他们的口袋里掉出来的麻叶。

"估计是嗑药嗑嗨了,我给你录完口供,你就可以联系保险公司了。"

通常美国警察让你联系保险公司,就证明你不需要负太多责任——否则他会让你联系你的律师。

我和 M 躲在远处的栅栏后,我抑制不住地发着抖。

"他,他们不会死了吧?"我问。

"没、没事,那个车、车速,只会脑震荡。"M 说,"骨、骨折,会在家躺到,到我们毕业的。"

我疑惑地看着 M。

M 就像早就知道这一切一样,我回想起她去敲碎路障感应器让路障降下来——这样所有经过的车辆都默认火车在过铁轨。转弯的车辆就可以不用看火车方向公路的来车,直接转弯——

但 M 怎么知道,就在这个时间点,会有一辆大卡车恰好出现在这里呢?

"你怎么知道会有卡车来?"我犹豫地问 M。

"别,别问了。"M 垂下头,"我,我本、本不该这么做的。回,回家吧。"

我忘了我是怎么把 M 送回去的,再跌跌撞撞地骑着自行车回家。

一开门,迪克、达尔文和沙耶加竟然都在屋里。

"今晚是社团聚会!你俩竟然没出席……"迪克还没说完,就被我的样子吓住了,"噢,我的天!你刚从伊拉克战场上回来吗?"

沙耶加被我脖子上的伤口吓坏了,赶紧把我拉到客厅,给我做了简单的伤口清理和包扎。

我断断续续地把刚才经历的事情说了一下,只是把结局改成了马修一伙人意外被车撞倒。

"真是不幸中的大幸！那 M 呢？"沙耶加一边帮我贴胶布，一边问。

"回家了……"

我筋疲力尽，只想赶紧写完作业睡觉，打开书包，突然看见 M 的黄皮笔记本还躺在里面。

是她落在厕所地上的那个笔记本，我竟然忘记给她，又背了回来。

沙耶加看着封面写的"呆子"和"蠢驴"，皱了皱眉头说："这是 M 的？"

我点了点头，随手翻开来。

里面都是些歪七扭八的笔记，语文、历史、生物的笔记都杂乱无章地记在一起。

翻到后面，突然有一页吸引了我。

那是一道数学题，题目挺眼熟的，但我一下想不起来在哪里看过。

M 的笔记看似很随意，就像平常在草稿本上瞎写一样。在后面写了半页纸的解法。

这是什么？

"'AIME'最后一道大题。"达尔文凑了过来。

"AIME"是中学生数学竞赛中的一种。

通常美国中学生的数学竞赛是从易到难开始的，最开始是"AMC"，总共有 8/10/12 三个难度。如果都通关了，就可以迈向"AIME"——算是国际奥林匹克竞赛的半决赛。

如果连"AIME"也取得了优秀的成绩，那么恭喜你，终于可以到达全世界的终极数学赛事"IMO"——国际奥林匹克数学竞赛决赛。

其实只要是达到"AMC"12的学生，就已经是学霸级别了。如果还能打进"AIME"，基本上就相当于被麻省理工等顶级大学预录取了，就像我们国内拿到了清华大学和北京大学的录取通知书一样——所以，"AIME"就是"学神"的代名词。

当然啦，如果能打到国际奥林匹克竞赛决赛，这种人已经超出人类范畴，我们就不予考虑了。

普通学生几乎接触不到"AIME"，除了我们班的数学老师，喜欢没事拿出来虐一下我们这些单细胞生物。

当然也只是虐一下而已，比如说，下课时在黑板上留一道大题。

我想起来了，M本子上写的，就是上礼拜数学老师写在黑板上的那道题。

我左看右看，一点也没看懂，达尔文却表现出了极大兴趣。

"喂，你看看M是不是解对了？"

达尔文看了半天，点了点头，又摇了摇头："这是道证明题，但我从来没见过这种解法。"

"什么意思啊？"

达尔文用手指着其中一行字："你看，这道题的关键，是她用的这个公式——可我从来没在任何一本书上看到过这个公式。如果这个公式对了，那么这道题就是对的。"

"那这个公式对吗？"

"我看不出来……看起来好像是……"

"你们看什么呢？给我看看！"我和达尔文中间突然探进一个

脑袋。

竟然是骆川！他什么时候在这里的！

他戴着金丝眼镜，穿着黑西装，白衬衫底下是紧绷的八块腹肌。

作为"霸道总裁爱上我"男主标准人设的这位帅大叔，正在我面前的沙发上……陶醉地抠脚………

"这个解题思路还是有点意思啊。"骆川抠完脚，又从桌子上拿了一块比萨塞进嘴里。看得我顿时食欲全无。

"你……你不用洗手吗？"

"玫瑰的花瓣和衬托它的绿叶在微风中调情后，花瓣会洗手吗？"骆川嚼着比萨，邪魅地一笑。

这句话从他嘴里说出来简直就是浑然天成，从内而外散发出一种说不出的……"杰克苏"。

"骆叔叔，你不是搞那什么语言学的吗？为啥还能看数学试卷？"

搞语言学的不就是文科生吗？文科生＝逻辑思维差＝搞不了数学＝我。

嗯，逻辑挺通的，没毛病。

"噢，我也就是对这份试卷比较懂而已——"骆川往沙发里斜斜一靠，眯着眼睛笑嘻嘻地说，"毕竟我是出题人之一。"

我一时不知该说什么。

"他没骗人。"达尔文从电脑显示器后面探出头，说，"你回来之前我已经把他的祖宗三代都查清楚了，不然不会让他进门的。"

"叔叔为什么你不好好的只学一科，能不能给我们这些文科学渣留点活路……"我只觉得天旋地转。

"数学对我来说也是语言，而且是上帝描述宇宙的客观规律的语言。"骆川说，"但数学的语言比我们日常的语言准确多了，而且它可以更精准地形容一些抽象的事物。我毕生的研究方向就是把人类的语言带回到巴比伦塔倒塌之前。"

骆川的比喻很精妙。熟悉《圣经》的人，都知道巴比伦塔的故事。

《创世记》里面记载，大洪水后幸存的人类来到了一片平原。当时他们都讲一样的语言，所以发展得非常迅速。

有一天，他们突然决定要造一座高塔，通往神的宫殿。

由于所有人语言相通，同心协力，所以塔很快就造得很高了。

可他们的举动惊动了上帝，神被人类的傲慢震怒，毕竟它的威严是不容冒犯的。

为了惩罚狂妄的凡人，神劈开了巴比伦塔，掉在地上的人类失去了统一的语言，彼此之间再也不能沟通。不同的语言为他们带来了误会，继而发生了战争——巴比伦塔再也无法造起来。

这些不同的语言，就像我们今天说的中文、英文或日文等。

巴比伦塔倒塌之前，人类统一的语言叫作"亚当语"——那种语言是人类最初的沟通工具。

"我认为，'亚当语'就是数学的语言。"骆川摊了摊手，"数学语言是人类沟通的一种高级语言，更精准，也更无情——"

"举个例子，如果你要形容一个妹子的胸部很小……"骆川看了看我。

"我可不想被形容！"我使劲翻了个大白眼。

"我的错，我改一下哈。如果要形容一个妹子的胸部很大——那么用中文可以说，她的胸部很丰满，但这种形容是不具体的。欧洲人看来 E 罩杯才叫丰满，亚洲人的 C 罩杯就已经很丰满了——当我们把这句话传递给别人的时候，每个人都会根据自己的常识曲解了这句话的原始定义……所幸，数学可以做出很好的形容，我们都知道圆的面积公式是圆周率乘以半径的平方……只要有了胸部的半径，那么全世界的人都能得到统一的大小信息……"

"我可不喜欢这个例子。"我撇了撇嘴，把话题绕回 M 的笔记本，"既然题是你出的，那你来说说，这题到底解对了没有？"

"暂时不好说……"骆川看着 M 的笔记本皱了皱眉头，"但是你的这个同学的思维方式和普通人不一样，她搞不好是个天才。"

"真的?！"我仿佛看见了一道曙光。

天才！

"我会在这里待上几天，顺便把你们的石头带回去——让我见见她，我就知道了。"

"太好了！那我平时怎么联系你？到哪里找你？"

"我就住在这里啊，行李我已经拿进房里了。没啥事，我就先洗洗睡了。"

骆川伸了个懒腰走进浴室，留下呆若木鸡的我。

第13章　　　　　　　　　　　　　　　海豚湾

第二天。

上午的第二节课开始了，M 的座位上还是空空如也。

她没出现。

历史老师还在黑板上讲着马丁·路德·金。我掏出手机给迪克、达尔文和沙耶加群发了短信："M 没来上课，你们谁看到她了？"

过了一会儿，收到了沙耶加的回信："我早上看见她来学校了。"

与此同时，达尔文也发了一条短信："十五分钟前，看到疑似 M 的女生进了教师办公室。"

一种很不好的预感顿时在我心中升起。下课铃一响，我就朝办公室跑去，果然见到昨天的那个中年妇女和数学老师费曼站在门口对 M 说着什么。

"嘿，你们在这里对她做什么？"我上去挡在 M 前面，她和中年妇女都被我吓了一跳。

"你是？"

"哦，佩奇，这个是我班上的学生。"费曼连忙打了个圆场，"事实上她们是同学，旺旺，这是佩奇医生，她从亚特兰大来，是……"

费曼没有继续说下去，而是看了看 M。

"我不在乎她是谁，她要带 M 走是不是？去什么特殊教育学校，跟一堆智障待在一起?"我问。

那个叫作佩奇的中年妇女,神情复杂地看了我一眼:"这位同学,我觉得你对我们的机构有些误解。"

"先进来好吗?我不觉得在走廊上说是个正确的决定。"费曼把办公室的门打开,又换了种更有礼貌的语气对佩奇解释,"旺旺是美年达的朋友,我希望我们不要给她带来任何误会。"

"当然。"佩奇笑了一下,但眼里有一闪而过的不耐烦。

"你们不能这么做。"费曼一关上门,我就迫不及待地说。

"嘿,冷静点好吗,我很理解你的心情。"费曼试图让气氛缓和下来,"作为 M 的老师,我对她的离开也会很遗憾,但是我们昨天不是讨论过吗? M 值得获得更好的、更有针对性的教育,对吗?"

费曼说这句话的时候看着 M,她立刻回避了费曼的目光,把头转向一旁。

"你昨天不是这样说的!"我说,"你说学校不会贸然决定她的去向!你说的是她只是先做评估而已!为什么这么快……"

"评估结果出来了。"坐在一旁的佩奇医生打断了我的话,"我们有理由相信 M 更适合个别教育计划。"

"那我只能说,你们的评估水平是 bullshit(胡说)!"我脑袋顿时一热。

佩奇医生显然没料到我这么粗鄙,一时竟然有点卡壳。

我发誓我不是故意粗鄙的,我的英文水平仅限于表达我的想法,没办法每句话都说得高端幽默。

"旺旺,注意你的态度。"费曼的脸紧接着也一黑,"你不应该怀疑联邦政府的测试机构。"

"不，费曼，我觉得你没有明白我的意思——你眼前这个女生，是的，她的外表和行为可能跟其他女孩不一样，或许她跟你带过的每一届十一年级生都不一样。但这证明不了什么，你在课上也跟我们说过，即使数学公式也不是一成不变的，它也存在着许多不同的形式，对吗？你看了前年的奥斯卡电影吗？有一部叫作《美丽心灵》的电影——老杰克电影院里面就有——精神分裂的人也可以拿诺贝尔奖……"

"旺旺，你把我搞糊涂了。"费曼皱着眉摇了摇头，"你究竟想说什么？"

"我想说，M 很有可能是个天才！"我咬了咬牙，从书包里掏出 M 的笔记本，翻到证明题的那一页，"这是她做的，她能解一道我都看不懂的题……"

费曼接过本子，抬起眼镜看了半天，摇了摇头，递回给我。

"哇哦，我只能说……这挺有趣的，虽然我没见过这种解法，但这确实不是一个高中生的水平。"

费曼推了推眼镜，意味深长地看着我："我很理解你对美年达的友情，但是有些事不应该拿来开玩笑，你明白我的意思吗？"

"你什么意思？"我愣了一下，"这道题是她做的啊！"

"这是你自己做的吗？"费曼转头看向 M，温柔地问，但他把重音字压在了"yourself"上面。

出乎意料，M 沉默了。她低着头避开了费曼的眼神。

"M！你怎么了？这是你的笔记本吧？为什么不承认？"我一着急就上去拉着她的胳膊，"你要是现在还不说实话，他们真的会把你带走的……"

"够了，旺旺，我认为你无论如何都不应该拿 M 的……智力开玩笑，这对她是一种伤害。"费曼打断我。

"我没有骗人！"

"如果美年达真的像你说的能解开这么复杂的'AIME'证明题，那你怎么解释她每次数学考试都交白卷呢？"

"这之中一定有什么误会，你现在拿一份卷子来给 M 做，我相信她能做出来……"

"够了。"费曼不耐烦地打断我。

"咚咚咚。"

就在我们争执不下的时候，办公室外面有人敲门。

门外站着沙耶加、迪克和达尔文。

"我想我们在这里的谈话应该是十分私人的。"一直没说话的中年妇女佩奇直接下了逐客令，"这是个人隐私……"

"你们每一句话都像是为了 M 好，实际上把她往，往……"

等等，"往火坑里推"的英文怎么说？我一下结巴了。

"往，往……"

"Throw her under the bus.[1]"达尔文接过话。

"他们要带走 M……"我总算盼到了救星，要知道我的英文还达不到舌战群雄的程度，撑不了几个回合，我就该回家啃脚了。

"不但把 M 往公交车底推，也许还要在她身上倒点汽油再放把火。"迪克愤愤地帮腔。

"他们是什么人？意大利黑手党？"佩奇医生皱着眉头转向费曼。

"呃……"费曼尴尬地摊了摊手，"他们是同一个学校社团的成员。"

---

[1] Throw her under the bus，美国俚语，把人往公交车底下推，意思和往火坑里推差不多。

"我们是她的朋友。"

"那么你们更应该为她考虑。"佩奇不耐烦地合上手边的考核笔记，转头向费曼说，"如果没什么事的话，我先告辞了。"

"等一下！"达尔文拦在佩奇面前，"你们是根据什么判定 M 不能跟上学习进度的？就算交白卷也不一定是白痴的表现——你们的评估标准是什么？就算你要把她带走，也应该拿出无歧视的评估结果吧？"

"对极了！"迪克也立刻帮腔，"既然你们这么权威，评估报告拿出来给我们看看啊！"

"就是，昨天还说在评估呢，今天就出结果了，怎么可能？我们怎么知道你的评估结果有没有带偏见？"我质疑道。

"你们所谓的合适的教育究竟是什么？不解释清楚我们不会让 M 跟你走的。"沙耶加也在一旁说，"费曼老师，你也没看过评估报告，对吗？"

"这位女士，我不认为我有义务跟你解释。"佩奇医生看向沙耶加，"我也没有义务向你们解释评估的流程和结果，但这不是我一个人的决定，是联邦政府。你们明白我的意思吗？"

"联邦政府同样也有规定，特殊学生只要在生活上不对他人造成威胁，是可以申请特殊助教帮助自己，从而取代去专门学校的！美国有 30 万特殊助教，为什么不能派他们任何一个来，而非要让 M 去什么狗屁智障学校……"

"打住，就此打住。"费曼打断了达尔文和佩奇的争辩。

"佩奇医生，实在抱歉，今天就到此为止吧，下次您来的时候，请您把评估报告带上——我想，校长和我需要看到完整的报告才能让你带走她。"

"我以为我们昨天已经达成了共识。"佩奇医生说，随即意识到我们还在场，只好不甘心地提起书包，"好吧，我明白了，过几天会有别的人来。"

"实在抱歉，耽误您的时间了。"费曼向门口礼貌性地指了指，中年妇女立刻扭着她的大屁股头也不回地离开了办公室。

"美年达，你也出去好吗？"佩奇走后，费曼又转向M，"我想跟你的朋友们谈谈。"

"你们了解M的家庭情况吗？"M出去后，费曼摘下眼镜放在桌子上，看着我们几个。

M的家庭情况？我从来没想过。

我脑海里闪过了那个看起来像M妈妈的女人。

那个坐在拖车门口，穿着洗得发黄的粉红色碎花睡裙，顶着乱糟糟的头发抽烟的女人。

拖车里面隐约闪烁着昏黄的光，门口扔着一张开裂的布沙发和几朵褪色的塑料花。

"她家里并没有钱，也不是本地人口，是靠国家福利才能来这里上学。"费曼缓缓地说。

"什么意思？"

"虽然这很残酷，但说白了，如果没有政府的福利，美年达连这所学校都来不了——政府给予它的公民福利，因此公民必须听联邦政府的安排。你们明白我说的什么吗？"费曼无辜地摊了摊手，"这并不是我决定的，当然M也可以选择，她可以选择服从安排，去特殊的学校；也可以选择不服从，但这就意味着她失去了读书的资格，她必须待在家里，接受福利机构的监管，甚至离开她现在的监护人。这是我们都不愿意看到的。"

说到底，原来是钱。

什么评估测试，什么为了更好的教育，都是狗屁。

美国穷人领取美国联邦政府的福利，就必须服从它的安排，这才是问题的核心。

无论 M 有没有影响其他人的学习，无论她是否开心，无论她幸不幸福，她都必须服从安排。

那如果下一次战争来临，政府要强制这些穷人去上战场，他们也没有反抗的权利？

下一次海啸的时候，政府要求优秀的公民先撤离，那么穷人就得乖乖等死？

就因为穷人享受了国家提供的福利？

我不敢往下想。

"所以只要 M 能够自己交学费，不再依靠福利，她就能够留下？"我开口问道。

"我很遗憾，但事实就是这样。"

几个人从办公室里垂头丧气地走出来。

"这不公平。"迪克小声嘟囔了一句，"即使她家里没钱，也不是她的错。没人能决定自己出生在哪里。"

"M 不是智障，骆川都说了，她是天才。"我叹了口气。

"如果 M 真的是天才，为什么她每次数学考试都故意交白卷呢？"沙耶加疑惑地问我。

我摇了摇头："我也不知道。"

"我倒是觉得刚才那个佩奇医生有点面熟，就是不记得在哪里见过……"达尔文自言自语。

天色阴沉,一个熟悉的身影坐在教学楼外的长椅上。

她穿着那件几乎从来没换过的黄色外套,里面是促销商品赠送的大号T恤,草草地扎进翻着毛边的牛仔裤里。这套穿着像个四十岁出头的中年人,在十六七岁的高中生里显得不伦不类。

她遭受的所有不公和欺负,都来源于这个滑稽的外表。

没有人愿意透过这身可笑的装扮,去看清皮囊之下那个真实的灵魂。

那个越过死亡和坟墓,越过阶级和人种,和所有人一样平等的灵魂。

"啊,我怎么早就没想到!"迪克突然在我身边一拍脑门,把我的耳膜都快震破了,"让M去参加明天的'AIME'不就行了吗?如果她真的出线了,参加国际奥数比赛不说,多牛的大学都会排着队让她挑——关键是!五万奖金啊!这不就是传说中的双赢吗?!"

我还以为是什么好办法呢,一听到"AIME",我和沙耶加就齐齐翻起白眼。

又不是偶像剧小说,"AIME"的选手都是从基础数学竞赛一级一级考上来的。今年我们学校获得参赛资格的就只有三个人,正着看反着看就三张脸,每个人都有"AIME"专业的个人资格证和考试许可证,这么短的时间到哪里给M再变一份啊!

"我倒是有一张准考证……"达尔文想了想,说。

大哥!你是男的啊!

准考证上有照片,虽然老外看亚洲人普遍都眼瞎,但肤色和性别还是能分辨出来的啊!

"不是,我的意思是说,我可以根据我的这一张再仿造一张假的……"

你以为现在拍电影啊！我读的书少你不要骗我，人家电脑里都登记有每个考生的资料的，就算伪造了证件也要扫码进场啊！

"你听我说，我可以黑进他们的系统，把 M 的信息加进去……"

黑客了不起啊！出了事这锅谁背啊！要知道美国佬是最恨欺诈行为的，这种考试欺诈行为会变成她一生的污点啊！

"其实关键的不是准考证能不能伪造，也不是电脑资料能不能修改，而是 M 愿不愿意去向大家展示她的天赋。"沙耶加开口了，"我们说了这么多，都只是站在我们自己的角度去思考问题，我们都没问过 M 是怎么想的。她明明能够考满分却要交白卷，即使被佩奇说智力低下也没有反驳……她有很多次机会可以证明自己，但她并没有这么做。"

我突然发现，其实我一点也不了解 M。

她总是我们中间那个沉默不语的倾听者，但我似乎从来没有走进过她的内心。

上课铃响了。

M 仍坐在长椅上，并没有回去上课的打算。

"不如你们先回去吧，我想和 M 聊聊。"我说。

"嗯。"达尔文没说什么，和迪克向教学楼走去。

"汪桑，有事就给我发短信。"沙耶加拍了拍我的肩膀，"我帮你跟老师请个假。"

"嗨。"我坐在长椅的另一边。

"嗨……"过了半晌，M 才从远处收回了目光。她轻轻晃动着身体，看着脚边。

我们都没有说话，而是静静地坐着。

下雨了。

千言万语，都融化在毛毛细雨里。雨滴无声地落在地上，又迅速蒸发成雾气回到空中。

其他班级都在上课，草坪上和操场里空无一人。

一瞬间，我仿佛又回到了出国前的那一天。

我淋着雨，背着书包坐在操场边，看着远处在教室里奋笔疾书的初中同学，感觉他们离我好近，又离我好远。

孤独是一种与生俱来的情感，尤其当你发现原来这个世界上的每一个人都和你不尽相同，当你明白他们无法真正感受到你的感受，笑你的笑，流你的眼泪，爱你爱着的人。

你开始长大。

张朋，那个时候拉起我的手臂的男孩，他对我说了一句话："我们去看漫画吧。"在那一刻，我内心的黑暗被他的笑容驱散了。

"M……那个佩奇有没有跟你说，她会什么时候带你走？"

"也、也许是这两、两天，也许是，下、下周。"

"你见过海吗？"我支支吾吾地说，"不是地下洞穴的迷失之海，是真的海。"

M摇了摇头。

"你想去……看海吗？"

她看着我，过了一会儿，用力点了点头。

佐治亚州是美国南部的沿海州郡，在我还没搬到这里之前，我查过一本描述美国风光的指南，里面说离我们小镇不远的地方有一片非常美丽的海湾。因为那里总是有成群的海豚出没，所以也叫海豚湾。

海豚湾在小镇的南边,但我不知道具体的距离。我觉得如果一直朝南骑自行车,应该能骑到。

M坐在我的自行车后面,一开始的路还算顺畅,可出了市区没多久,就只剩下高速公路和铁轨了。

我们推着自行车,沿着铁轨向南走了很久,但连海的味道都还没闻到。

"大海?"一个加油站的黑人收费员冲我们摇了摇头,"往前走是核能发电厂,再往前是堆填区,我从来没听过这里有什么海湾。"

"请问,您知道海豚湾怎么走吗?"

"不,我没听说过什么海豚湾。"一个抱着孩子的妇女坐在她的花园里,"我在这里生活了十几年,从没见过海豚。"

"请问,您知道大海是哪个方向吗?"

"很远。"维修铁路的工人把铆钉砸进铁轨。

我们又骑了一段路,太阳快下山了。

也许根本没有什么海湾,也许是我自己记错了。也许是那本书的作者擅自杜撰了这个景点。也许那是很久很久以前的事。

也许现在掉头,我们还能来得及在天黑之前回家。

可我还是抑制不住地想再往前走走,想去证明之前走的每步路都有价值,想去坚持自己心中荒唐的想法。

在夕阳即将消逝的时候,我终于看到天上有海鸥飞过。

在堆填区和核发电厂中间的夹缝里,有一个由礁石组成的、狭长的海湾。

我们把自行车扔在路上,爬过铁丝网和护栏,在礁石上小心地往前走了好一段路。

你猜我们看到了什么？

海豚。

在太阳掉下海平线的最后一刻，海豚的剪影出现在远处波光粼粼的海面上。

我们都没有说话。

它们在空中高高跃起，又落回海面，最终消失在淡紫色的天空中。

那是属于我们两个人的海豚湾。

在我遇到过无数奇幻的、诡异的、无法解释的事情里，这一段经历看起来无比平庸，甚至也许不值一提。可每一次我想起海豚从水面一跃而起的那一刻，都觉得那是我生命中最不可磨灭的、最动人心魄的场景。

没有史前文明，没有历史真相，没有未解之谜。

这只是关于两个十六岁的女生，凭着内心的执念，找到属于自己的海豚湾的故事。

回到小镇已经天黑了，我推着自行车和 M 走回家。

"你愿、愿意进来坐、坐吗？"

这是 M 第一次破天荒地邀请我进她家。之前我每次来，她都只和我站在外面谈话。

无论是谁走近拖车，M 都会变得不自然，她总会用半个身体遮掩着拖车的入口，就像怕别人向里面窥探。

"好啊。"

我没想到一个不到四平方米的小起居室和两平方米的小厨房能够堆下这么多东西——数百个廉价超市的罐头食品和日用品，几十个锅碗瓢盆，各种大小的水瓶和纸箱连同无数塑料袋一直堆到天花板。

"我、我妈妈她、她不喜欢扔，任何东西。"M轻轻地说。

我跟着她见缝插针地迈开脚向里面走。

卧室用帘子隔成两间，隐隐约约看见M的妈妈坐在帘子后面，仍旧摆弄着那台信号不好的收音机。对我的到来，她微微显得有点惊讶，但眼神一闪即逝，又恢复了对收音机的专注。

"阿姨好像很喜欢听收音机……"我随口说道。

"她、她总在找，找一些不存在的东西。"M无奈地笑了笑。

M掀开帘子，她的房间同样也堆满旧衣服和日用品，但吸引我注意力的是布满房间的奇怪数字。

各种颜色的数字和公式，有新有旧，有的写了又改，有的一层覆一层，像蚂蚁一样密密麻麻地从桌面到地板到墙上。

"这……这些都是你写的？"我看着那些我从来没见过的公式问，"是你发明的吗？"

M摇了摇头。

"我记事、记事起，它、它们就在我、我脑子里……"

第 14 章 生命的凛冬

"对普、普通人、来说,他们只、只看到了数字、和符号……但对我、我来说,它们是活的。"

"活的?你的意思是,这些数字在你眼里有生命?"

M 点了点头:"就,就像我的朋友一样。"

M 花了将近一个小时,向我讲述这些数字背后的故事。

她说在她的世界里,数字从来不是静止的,它们有生命,有性格,有颜色,还会说话。

她说,10 拥有 2 和 5,9 拥有 3,8 和 6 的朋友最多,1 是蓝色的,而 7 最孤独。

数字是一门语言,公式则是这些数字的语法,它们通过语法组织语言,和人类建立沟通。

它们的语言可以描述这个宇宙本身、过去和未来——用一种纯理性和逻辑的方式。

它们也有情绪,有时候爱着人类,有时候恨着人类。

它们有时候也有秘密。

这些数字组成的语言,M 天生就能听懂。

M 知道它们的很多秘密,无论是在光天化日下的黑板上大张旗鼓,还是在伸手不见五指的夜里窃窃私语,她都能听见。

"那它们都在说些什么?"

"很多。"M沉吟了一下,"从、从寒武纪时期的一、一只草履虫,到几、几亿光年外的红、红矮星。"

"它们也会谈论人类吗?"

"嗯,它、它们总是,总是说人很、很自大——总、总以为自己发明了伟大的定理和宇宙的奥秘——其实,这些定理在人类诞生之前就已存在了。它们说,所有的发明都、都只能称作发现而已。"

"M,那天我们看完电影回家,遇到马修的时候……你是不是知道那辆卡车会因为你降下了火车轨道的路障而直接转弯?"

M点了点头。

"卡车刚好在马修弯腰捡钱的那一刻冲出来……也是这些数字告诉你的?"

"嗯,我只要知道,一些时间、距离、长度,可以用数字表示的量,"M指了指桌上密密麻麻的数字,"我就可以计算。"

"你能靠计算知道未来会发生的事……"

"并、并不是任何事都行。"M想了想,说。

"你是靠心算吗?"

按照爱因斯坦的"决定论",宇宙就像一个复杂的机械钟表,一切都在设计中井然有序地前进。如果任何一个公式能够概括钟表的工作规律,那么理论上来说计算未来就是可行的。

可这仅仅是理论上,无数个随机事件串联在一起形成一个超小概率事件,这个因果层级关系的复杂程度不低于让一只猩猩随即打出一本《莎士比亚全集》。这个计算量就算是全世界的计算机加在一起都未必能算得出来,何况是M的小脑瓜啊!

M没有再说下去,她的意思是,即使她解释给我听了,我也不会懂。

"但、但是我加入了新、新的随机事件,改变了未来的一些事情,这违背了我和数字之间的承诺。"M低下了头,她的眼睛里闪过一丝惆怅。

"你只是让那些坏人受到应有的惩罚,保护了自己而已,这不算是什么大事啊……"

"蝴蝶效应,一件小事甚至可、可以改变宇宙运行的轨迹。"

"M,我不明白。"我摇了摇头说,"既然你这么有数学天赋,为什么从来不给学校的那群傻瓜一点颜色瞧瞧呢?你可以用你的天赋去甩他们一脸!那些胸大无脑的啦啦队长和那些虚伪的大人。"

想到画着浓妆的丽莎和要带走M的佩奇医生,我就情不自禁地啐了一口。

"这、这些数字和公式并不全是好的。"M轻轻地别过脸,没有再看我,"它、它们给、给我带来灾难和痛苦,比你想象中的多。很多时候我、我不想听它们的话——却不得不听。"

M弯下身,从床底下扯出一沓布满灰尘的试卷和书。我随手翻开一张,那是七年级的物理试卷。M的名字被人用马克笔涂掉了,取而代之的是"骗子"。

"我的区别在、在于,我能写出正、正确答案——但没有解题过程。我看起来很简单的计算方式,却没人能看懂。"

我看着试卷上巨大的"骗子"两字,一时间,气不打一处来。

"你给教高中初中的老师看,当然看不懂啊!他们要能看懂,也许早就是下一个诺贝尔奖得主了!你应该拿给更专业的人看啊!"

M安慰我似的拍了拍我的手,但摇了摇头。

"不、不重要了。"她说,"其实很多、很多事对我而言都不重要了。它、它们教会我看我的未来,我出生时就、就看到了我的死亡。我尝、尝试过改变它,可无论怎么、怎么变,只是过程不同而已。现在的这、这种状况是我最满意的。我只要安静地等、等待它的发生。"

"很多事对我而言都不重要了。"M说出这句话的时候,有这么一瞬间,她让我感觉似曾相识。

就像那个在天台上、最终松开我的手的人。

那个没有名字、一心求死却偏偏获得永生的人,那个害得我家破人亡、却让我恨不起来的人。

不重要了。这句话是他的口头禅。

他是一个隐藏在孩童躯壳里的破碎灵魂,神给了他永生,却没有给过他哪怕一天的幸福。他靠着过去积攒的恨活了许多年,最终他恨的所有人和事都成了过眼云烟,他连活下去的理由都没有了。

他要逃离的却是每个人都在追寻的。就像那天坐在黑色进口轿车里的老人,即使富可敌国,仍然对永生有着接近疯狂的执念。

期待得到永恒的人,又怎么会了解永恒带来的孤独和悲哀。

M悲伤的眼睛,和我记忆中的43重合了。

"很孤独吧。"沉默了很久,我抬起头说。

"每、每个人都、都应该是孤独的。"

"所以你一直在小心维护着死亡的方式,不让任何偶然事件影响你最终的结局吗?"我问。

"嗯。"

"比如说,在第一次见面的时候,死活不肯上车?"

M点点头,随即若有所思地看着窗外的天空。

"红色的汽、汽车如果在那时向北方开……我、我会在两年零三个月后的一、一天，因、因此被淹死。"

我惊讶得合不拢嘴，我一直以为偶然事件下的微小变化能带动巨大的连锁反应只是动态系统里的一种理论而已，原来这种连锁反应真的能被精确地计算出来。

"如果那天你没有让马修被车撞倒，那我们……会死吗？"

"会、会被打伤，而且你……会、会失去一只眼睛……" M 深深低下了头，"因为……这件事，我、我的死亡方式变了，现在我，需要让事情走上原本的正轨。这很难，就像错、错过高速公路出口的汽车，下一个离目的地最近的出口还有五十公里，必须很小心，才能……"

"所以你才决定去特殊教育学校？那里能让被改写的命运回到原来的轨迹？"我猛然想起今天 M 在办公室里的欲言又止。这一切都在 M 的计算之内，她只是为了把她选择的命运扳回正轨而已。

"可以……这么理解。" M 有些茫然地看着窗外的星空，"这该、该是最好的结局了。其实这、这样对我也好，我是个怪胎，也许在那里的生活会容易些……"

"M，你能不能告诉我，你一心追寻的死亡方式到底是什么样的？"

M 充满憧憬地眨了眨眼睛，说："那、那是八十岁那年，我躺、躺在郊外木屋的一张小床上，看着外面、外面的大海，我缓缓地闭、闭上眼睛进入梦乡……没有任、任何痛苦，渐渐停止呼吸，被涨、涨潮的海水带进海里，消失在海上……今、今天看到大海的时候，我更、更确定这是最好的结局。"

M 仿佛已经看到了她死去的那天，她轻轻地笑了，就像已经得到了一切解脱。

"我不明白,难道你活着的唯一意义就是为了等待死亡吗?"

"汪,你不明白。"M的眼神闪过一丝悲伤,"能被计算的未来,意、意味着是客观存在的事实,就像任何一个数学公式,不是被人为创造出来的——只是被发现而已。每个人都、都有剧本。"

M告诉我,我们无力改变命运,从出生开始就没有选择。

命运已经给了你剧本,你能决定的只是不到百分之一微乎其微的事情,你改变不了的永远比你能决定的多——你改变不了日出日落、长大和衰老、性取向和智力;改变不了生存的欲望、繁殖的本能和贪嗔痴的人性。

无论是外在安排好的自然规律,还是刻在基因里的隐藏剧本,我们自以为主观做出的决定都是命运安排好的。

"我、我能决定自己的死、死亡方式,已经很、很满足了。"M看着我,笑了。

"M,你能看到我是怎么死的吗?"隔了很久,我问。

"我并、并不能看见,所有人的命运。"M说,"我只能,只能看到某些必然事件的点……"

"那你能尝试看看我的吗?哪怕看到任何和我的死亡有关的东西。"

"你、你确定要这么做吗?"M问。

"嗯。"

M看着我,她似乎集中了所有的精力一动不动地盯着我的脸,手指有节奏地轻轻敲击着地板。

过了将近两分钟,她还是一言不发。

"M,算了,不要勉强自己,我也只是随口问问而已。"我有些心疼地拍了拍她。

我的话还没说完，M的眼神突然涣散开来。

"你怎么了？"我吓了一跳，赶紧把她扶起来，她恢复意识后，用一种十分复杂的眼神看了我一眼，却没有说话。

"你没事吧？"

M摇了摇头。

"是不是我的……"我心里一沉，但还是假装轻松地耸了耸肩，"你看到不好的东西了吗？"

"你、你的生命还有不到、不到半年……"

我的世界突然黑暗下来。

我快死了吗？

我才十六岁，健健康康大活人一个，突然就被告知还有不到半年的生命。

一瞬间，我想起了还在医院里的妈妈，不知去向的舒月，迪克和达尔文，挽着我手臂的沙耶加，塞给我漫画书的张朋……

我舍不得他们，也舍不得这个世界。

M继续用手指快速地在地板上凭空写写画画，她的鼻子开始流血："我不会、不会让你死的，我在计算，计算看看你的轨道是否能改变……"

"别算了。"我拉起M的手阻止了她。

"也许，也许是有，有改变的可能性也未必……"

"我相信你的计算很准确，M，所以别算了。"我收起眼泪，忍住悲伤说，"但还是谢谢你，让我知道了我还有几个月的生命。"

"我很抱歉……你的死、死亡也许可以改变……"

"无论怎样，我们现在算是遭遇一样的困境了。"我努力地笑笑，"我们起码都知道我们什么时候死了，对吗？"

良久，M点了点头。

"我现在能体会到你的心情了——当你知道自己的生命轨迹和死亡的心情时。"我抬头看着M，"与其去延缓我的死期，我更希望在剩下的这几个月，按照我选择的方式去活着。"

"也许我还有四个月就死了，也许还有五个月……可死亡就是这样如影随形，无论是明天会被花盆砸死，还是一百岁的时候在医院衰竭致死；无论是缓慢的癌症，还是被子弹一枪毙命，死亡终究会来的。生命的可贵不正是因为它有期限吗？因为生命短暂，才更应该活在当下，和爱的朋友、家人在一起，努力让自己幸福，不是吗？

"与其逃避死亡，不如让生命来得更有价值。我相信无论是谁，来到这个世界的目的，并不是等待死亡，而是让自己的生命变得有意义。如果我的生命还剩下不到半年，那我是时候列一份遗愿清单了，哈哈。"

我擦干眼泪继续说："我好想谈一场恋爱，把好吃的都吃遍，也不用担心以后考不上大学啦，可以去好多地方旅游，好好看看这个世界。"

"旺旺，你很勇敢。"M愣愣地看着我，想了很久说，"但命、命运的剧本里，你并不是有决定权的那一方。"

"我不勇敢。"我摇了摇头，"我怕死，正常人哪有不怕死的？我连吃错东西拉肚子都立刻叫救护车，发烧超过37.5℃就马上去医院，拔牙打个麻药都怕自己再也醒不过来，手机掉浴缸都不敢自己捡怕被电死……"

"我特别怕死，但比起怕死，我更怕失去爱，失去我的朋友和家人们。过去一年里，我见到过因为惧怕死亡而不计代价追求永生的人，也见过真正得到永生到头来却一无所有的人，他们在我看来都很可悲。虽然我的生命已经不多了，但我宁愿在追逐幸福的过程中有尊严地死去，也不愿意苟且地活着。"

"我、我们的选择不同……"M沉吟道，"我、我从出生起，就已经，就已经看完我一生的轨迹了……"

"我没有像你那样的能力，但是我想到你会离开我们，我就很难受——不只是我，迪克、达尔文和沙耶加都会很难受，我们把你当成我们中的一员和最好的朋友。

"我不愿意看到我最好的朋友被别人当成智障送到特殊学校，仅仅是因为她隐藏了自己的天赋。

"他们现在都在我家等你——如果你参加明天的'AIME'数学竞赛出线，你得到的奖金会支持你读完高中进入大学。你的生命也许再也回不到你希望的'正轨'——你不会在八十岁平静地死去，但是你可以向所有人证明，你不是傻瓜。"

M用手指在地上轻轻画着什么，沉默了许久，再也没有说话。

我站起来看看手表，快9点了。

"M你考虑看看，我先回去了……明天'AIME'下午2点开考，现在还剩不到19个小时，我们会在我家等你到今晚12点。"

回家的路上，我忽然感觉到一丝凉意。抬头看，漆黑的夜空布满了闪耀的星星。

南方的小镇入秋了。

我的生命却已经进入了凛冬。

一开门就见到地上铺满了一堆草稿纸，达尔文、迪克和骆川坐在中间，连电脑都被搬到了地上，不知道在研究什么。

"M来了吗？"沙耶加递给我一罐可乐。

"我……"看到熟悉的朋友们,我立刻就想起自己快要死了的事实,我的声音一下哽咽了,眼泪在眼眶里打转。

"汪桑,你怎么了?"沙耶加连忙递给我一张纸巾,"你不是发短信告诉我们你俩去海边了吗?怎么哭了?遇到什么事了?"

我连忙摇了摇头:"没什么。M 需要点时间考虑,我告诉她我们会在这儿等她到晚上 12 点……你们仨坐在地上干吗呢?玩斗地主?"

"中尉,不得了,M 这次要逆袭宇宙了。"迪克叼着一块比萨转回头对我说,"罗伯特说,M 笔记本上的公式是一个超级无敌大牛× 公式的变形,这个公式简直能够打倒异形,干掉'尤达'(《星球大战》里的反派),穿越宇宙黑洞……"

罗伯特是骆川的英文名。迪克的话弄得我一头黑线:"什么鬼?"

骆川放下笔:"打倒异形我不敢说,但这组公式确实是一个复杂公式的变形,如果加以研发绝对是颠覆性的,它证明了'黎曼猜想'!你知道'黎曼猜想'吧?一百多年来都没有人能证明它,而一个高中生把它证明了,而且还推进了一大步!毫不夸张地说,这个公式甚至能改写现代量子力学的发展,把人类文明拔到一个新的高度!"

"黎曼猜想"不但是历史上数学七大难题之首,更是所有数学家毕生的梦。全球悬赏 100 万美金,历时一百多年都没有人能证明它。

"黎曼猜想"虽然听起来特别难,但原理特别简单,就是素数的分布。

只要上过小学的人就知道素数——凡是只能被 1 和自身整除的数字,就叫作素数。

比如说从 1 到 10 当中，2、3、5 和 7 都是不能被除了自身和 1 之外整除的数字，而其他的比如 6 能够被 2 和 3 整除，8 能够被 2 和 4 整除。

在很长时间以来，素数的分布都被认为是没有规律的：在无限延伸的自然数集中，随机存在着无穷的素数，它们看似无比孤独。

而"黎曼猜想"就是关于素数分布的规律。简单来说，黎曼认为素数的分布是有迹可循的，但截至目前都没有科学家能证明这个猜想。

"而 M 的这个公式，看似解决的是数学问题，其实进行了更深一层研究，它解决的是量子物理问题：它能够推断出 10 的 10 次方自然数以内的任何一个素数——至少现在我们算到这里都是精确无误的，比这个自然数更大的，家用计算机也算不了了。"

"量子物理？我以为 M 只是数学厉害……"

"那你就太肤浅了，举个例子，这个公式如果能输入一个足够强大的电脑，那就相当于女巫的水晶球。"骆川兴奋地说，"无所不知的水晶球！"

也许是看出我的一脸迷茫，骆川耐着性子问我："你听过平行宇宙吗？"

我点了点头。

平行宇宙早就是科幻界的烂梗了，别说我了，连小学生都知道。其实理论简单来说就是我们的细微决定会形成两个世界，这两个世界将会走向不同的方向。

比如说我出门的时候看到外面下雨了，我决定带伞和不带伞，都会把我引向两个不同的平行世界，而我决定带伞和不带伞的这一刻则是两个世界的交点。

"很多电影为了考虑观众的感受,尽量简化了科学理论——他们告诉观众平行宇宙的时间是直线,所以交点也只有一个——但真实的量子力学中,时间的形状至今没有一个确切的定论。宇宙和宇宙之间的交点绝对不止一个,只是很少而已,就像素数一样——如果把这个公式运用到量子力学里,就能计算出这些交点——换句话说,她的公式能够预测未来的'必然事件'!"骆川点了一根烟,说。

"未来的……'必然事件'?"

"多重平行宇宙的交点就是'必然事件'。举个例子,平行宇宙 A 里你是学渣,平行宇宙 B 里你是学霸,平行宇宙 C 里你辍学了……但平行宇宙中数以万计个你,都会在今天下午一点骑自行车去看海。'今天下午一点骑自行车去看海'这件事就是这些宇宙的交点,也是宇宙中的素数,是单位以亿万计量的自然数中无法被整除的定量。"

"可为什么即使预知了这些必然事件仍然不能改变它?假设我周四的时候去找到你,让你周五早上不要去买咖啡,那这个交点不就不存在了吗?"

"小朋友,宇宙的规律如果那么轻易就能打破就不叫规律了——素数就是宇宙的规律。"骆川眼里忽然露出一丝伤感,"我只是举了个浅显的例子让你明白而已,一旦问题复杂起来,可不是你一句话就能改变的,比如天灾人祸、地震海啸等等。"

我想起了 M 在拖车上对我的预言。

但凡有其他可能,她都不会告诉我我快要死了,我的死亡也许就是这种无法改变的交点之一吧。

虽然做好了思想准备，但听到骆川的话，我的心还是一点点沉下去。

我不想告诉任何一个人我要死了。对我来说，一个人面对死亡并不可怕，因为我至少知道老爸会在另一个世界等我——如果真的有另一个世界——这是我唯一觉得能够坦然的原因。

可要把这件事说出来就不一样了，我害怕面对来自朋友的关怀。我不需要被人怜悯，更不想用积极和勇敢，来假装自己很坚强。这个世界上根本就没有人在面对死亡的时候很坚强。

我只希望那天来临的时候，我能少留一些遗憾、多一些尊严。

"你难道不惊讶吗？怎么一副快死了的表情？"骆川匪夷所思地看着我。

"哦，不是，信息量太大，我反应不过来而已。"我突然被戳到痛处，匆忙忍住眼泪，以防他们看出什么端倪，我不敢哭。

"既然预知的交点不能改变，那还有什么预知的必要呢？"我心不在焉地翻着冰箱，"如果……预知到不好的结果，那岂不是很绝望？"

"中尉，你今天不太正常。"迪克从一堆草稿纸里抬起头对我说。平常这个时候，我一定会跟着瞎起哄，尽管我是理科白痴。

"我……我只是有点困。"我掩饰道。

"科学就是在绝望的黑暗中寻找希望。"骆川扬了扬脑袋，"自然规律无法改变，但能够把伤害降低也是好的——就像我们虽然无法阻止山洪和地震，但可以在这之前疏散居民，减少伤亡……"

我怀揣着心事坐在沙发上，沙耶加轻声问："还有半小时就12点了，你觉得 M 会回来吗？"

我摇了摇头，突然有一种强烈的预感，M 不会来了。

作为从出生起就看完自己一生的人，M现在的生活说不定是她从无数个宇宙中挑选过、最适合自己的。

只是我想当然地觉得，M只要证明了自己的数学天赋，就能过上更好的生活。

毕竟对M来说，她在数学方面的能力已经远远超出一般意义上的天才，甚至可以拿数学界的诺贝尔奖——沃尔夫奖了。

我正想到这儿，外面传来了敲门声。

M在门外。

第 15 章　　　　　　　　　　　　时间的形状

"嗨。"

12点01分,我和M四目相望,但我知道一切已经不同了。我已经不再是昨天那个对未来懵懂又充满希望的年轻人,她也不再是那个认为生命的结局比过程更重要的宿命论者。

"我的妈呀!你总算来了!你再不来我就要把我们社团的经费全输光了!"迪克松了口气,向骆川摊开手掌,"我说过M会来的,愿赌服输,钱我们就不要了,但你的承诺要兑现!"

"那个,那个数学竞赛……我,我愿意试试看。"M轻声说。

她看着我的眼睛,我们的关系有了微妙的改变。如今我们都知道彼此心里最深的秘密,也知道了最终的结局。

我们再见到彼此的这一刻,各自都在心里做出了一个决定。

她的出现,绝对不仅仅意味着她愿意参加数学竞赛证明自己不需要去特殊学校,更意味着她愿意跟命运豪赌一把,筹码是她原本为自己精心安排的结局。

这一刻,我也做出了一个决定。

明天数学竞赛之后,在我人生剩下不到半年的时间里,我要只为了自己而活。

我要去亚特兰大陪着妈妈,找到舒月,我要向这个世界上我最爱的两位亲人郑重道别,向我的朋友们道别。我要尽我所能,好好看看这个世界,也不枉我来此一游。

我要尽量不带着遗憾死去。

"饿吗?"沙耶加拉着 M 的手往客厅里走,"我们做点饭团吃,好不好?"

迪克坐到我身边,我使劲白了他一眼:"竟然拿我的血汗钱跟骆川打赌,你还有没有节操?"

社团经费是我们卖了大半年的烤串,一分分攒出来的。想到我每天穿着巨大的毛绒外套扮母鸡,我就心塞得不行。这个没心没肺的家伙擅自动用不说,竟然还敢拿来赌博。

"有没有节操,你一会儿就知道了。"迪克挤眉弄眼地看着骆川,"反正这家伙输了。"

"离'AIME'数学竞赛还有不到 14 小时,既然 M 来了,不如让我们想想怎么让她混进考场。"达尔文在地上摊开一张纸,"因为时间关系,我已经列了一张清单。"

那张纸上写着准考证、条形码和照片,以及电脑核实信息所需要准备的一连串乱七八糟的东西。

"准考证好做,毕竟能拿我的这份做范本,给 M 拍张照换个名字就行——最难的是做条形码——这么短的时间我没办法黑进考试系统,但他们在进场的时候有一台核实考生信息的电脑连的是校内网,我能把 M 的资料加进去。"

"就算混进去了,交卷后电脑也是无法识别的,毕竟考试系统里没有这号人……"必须用 M 的名字公布成绩,才能证明那是她考的,否则一点意义也没有——我一边想,一边摇头。

"我已经做好详细的战略部署了,他就是我们手上的王牌。"迪克用下巴颏儿指了指骆川,"罗伯特这次来就是以麻省理工学院数学顾问的名义来的,他将成为我们的詹姆斯·邦德[1]。"

"什么?"我一脸黑线地看着骆川,"所以,这人还是'AIME'的考官?"

"不然,你以为他来这里干什么?专门来取咱们的破石头?"达尔文说。

骆川义正词严地说:"赌输了我愿意付双倍的钱,但我是绝对不可能帮你们作弊的,我宁愿去死也不可能用麦克阿瑟杰出学者的荣誉来开这种玩笑。"

"但你刚才已经把你的荣誉拿出来押注了。"迪克耸了耸肩。

"那你死吧。"我翻了翻白眼,真想不明白,这种连高中生的钱都骗的人为什么能当上教授。

"总之不可能。"骆川摇了摇头。

"那我只好把麦克阿瑟的奖杯和你的裸照一起传上'脸书'了。"达尔文叹了口气。

"咦,你们刚才说什么来着?刚才我突然失忆了,我们好像聊到'007'了,我觉得我是天生的'间谍',哈哈哈哈。"

"我们这不叫作弊,也没要求你给 M 透露答案,我们只是要一场公平的考试。"我顶了一句。

"可是她根本不用去参加'AIME'呀,这个公式已经证明她比爱因斯坦牛了。"洛川看着 M 两眼放光,"假以时日,我们就可以论证这个公式,解决素数的分布。那 21 世纪最发达,哦,不,最伟

---

[1] 詹姆斯·邦德,电影"007"系列的主角。

大的科学家就是我们俩了。"

"不要往自己脸上贴金,这公式跟你半毛钱关系都没有,什么时候成了你俩拿奖了。"这个世界不是因为你长得帅就能见便宜就占的。

"我,我想参加'AIME'……"M一脸恳求,支支吾吾地看着骆川,"拜托你……"

"为什么?"

"我,我想任、任性一次。"M转过头看了我一眼。

很久之后,我才明白她的眼神里包含着怎样的决绝和坚毅。

骆川摊了摊手:"我只能试一试,现场又不止我一个考官,我不能100%保证就是了。"

凌晨3点,沙耶加还在跟达尔文准备着准考证,迪克已经躺在沙发上呼呼大睡。骆川拉着M坐在桌子旁边,在草稿纸上讨论着什么。

我轻轻回到房间里,打开台灯看着镜子里的自己。

黑头发齐刘海儿,刚刚哭过的眼睛肿得像两颗黄色的杏子,薄嘴唇鹅蛋脸,脸因为每天骑自行车被晒得有点脱皮,鼻子上还有几颗淡淡的雀斑。

十六岁的我长着一张只能算是干净秀气的脸,和惊艳完全挨不上边。台灯照得我脸上一层细细的绒毛反着光。

这是我第一次这么仔细地审视自己,M说的话回荡在我脑海中。

"你的生命还有不到半年。"

半年有6个月、182天、4368个小时、262080分钟。

然后，我将孤独地死去，正如我来时一样。

直到第二天中午，M的假证件才弄好。

"这个条形码是我黑进校内网加的，我会排在你后面进去，有突发情况你就立刻跑，后面的我解决。"

达尔文话音未落，迪克就在沙发上睁开了惺忪的眼睛。

"呃，我刚才做梦，好像梦见一件很可怕的事情。"迪克擦了擦口水，"除了达尔文，我们学校还有别的十一年级生参加——即使M的证件能瞒天过海，别人也一样会把她认出来啊！"

"有道理！"现场不但有我们学校的学生，还有监考老师啊，一眼就能把M认出来。

"给我半小时！"就在我们一筹莫展的时候，沙耶加从书包里翻出她的百宝化妆袋，拉着M跑进舒月的房间。

美国的女生大部分从十四五岁就开始化妆了。因为外国小孩发育早，学校也没有穿校服的规定，所以爱美的高中女生们，哪怕天天穿紧身衣和短裙来学校也很正常。

修修眉毛、涂涂唇膏、喷喷香水，对大部分女生而言，是对别人的尊重。遇到重要演讲或大型活动，没有化妆打扮过的女生，站在人堆里是十分奇怪的。

舒月走的时候，在梳妆台上留下了一大堆化妆品。我偷偷试了几次，但手残星人在几次险些毁容之后，还是放弃了夹睫毛和画眼线。

沙耶加的技术就完全不一样了。日本化妆术、韩国整容术和中国修图术并称为东亚三大"邪术"，其中日本化妆术位于三术之首，擅长在无色无味、无影无踪、零毛孔零浮粉的表象下改变一个人的容貌外观，三成功力就可让小眼变大、让痘印消失，七成功力已经可以达到逆天改命、整骨换脸之神奇效果。

"沙耶加，你啥时候教教我怎么化妆呀……"想到这里，我有点怨念地说。

"汪桑，我们以后还有很多时间嘛！"沙耶加一句无意的话，却一下刺到我心里最难受的地方。

我也许没有多少时间了。

"可不可以帮我也化妆看看啊？"我抬头跟沙耶加说。

她愣了一下，随即笑着说："好呀。"

我们嬉笑打闹地化完妆，又打开了舒月的衣柜。

那种感觉，就像小时候偷偷打开妈妈的衣柜换上她的高跟鞋和衣服一样。

沙耶加从衣柜搭配了两套舒月的衣服给M和我换上。舒月爱美也有品味，买的衣服大部分都很性感，但也有百搭的简约主义风格的衣服和小洋装。换完衣服，M和我看着镜子里的自己都惊呆了。

我从来没想过我化了妆会是这样。杂乱的眉毛成了弯弯的柳叶眉，眼角翘翘的，一笑起来就会往上挑。配上一身长裙竟然也有了少女的感觉。

而M简直就像是换了一个人，她的红头发被发棒电成大波浪散在肩上，白色圆点的衬衫下面是一条蓝色的牛仔裙。我没想到，这个藏在大T恤里的瘦小的女孩儿原来这么美。

"我的天哪！你俩简直美呆了！"迪克毫不掩饰自己看得发直的眼神，"早知穿成这样去卖烤串，搞不好还能多卖一倍啊！"

"别在我高兴的时候提起我做'鸡'的日子！"我一巴掌拍过去，被迪克手臂上的肉弹开。

"原来你真的是女的。"达尔文看到我愣了一下,过了十几秒,一副恍然大悟的样子。

我觉得我再也不想跟任何一个理科直男说话了。

到达考场的时候,离考试已经没几分钟了。

"喂!今晚考完来我家BBQ(烧烤)啊!我老爸回来了。"迪克摇下车窗对着我们喊道,"我老妈让我邀请你们来家里开烧烤派对呀——"

我们远远地向他做了一个OK的手势。

"不要紧张。"我一直陪着M走到AIME的考场外面,再往前我就进不去了。

沙耶加把准考证递给M:"相信你自己,就像我相信你一样。"

M笑了笑:"嗯。"

"走吧。"达尔文说完,转身往考场走去。

我转身走下台阶,刚走了没几步,忽然有一个人撞了我一下。我被长裙一绊,险些从楼梯上摔下来。

"对不起!"那人气喘吁吁地说着,却并没有停下来的意思,而是朝着考场大门快步跑去。

我突然一愣。

这个声音有点熟悉,好像在很久很久之前,在哪里听到过。

"你还好吗?"沙耶加拉着我的手问,忽然有一滴水珠滴在了我手上。

下雨了。我抬头看着阴霾的天空,上方飘来毛毛细雨。

是谁?我在哪里听过这个声音?

是张朋!

我猛然想起,转头就向楼梯上跑:"张朋!张朋——我是旺旺——"

我拖着裙摆跑上楼梯，只见一个人跟在 M 的身后进了考场。

那是张朋的背影。

我想起和张朋分别的时候，他还笑着和我说，以后有机会来美国看我。

虽然我知道张朋说得很认真，但一个十几岁的小孩坐二十几个小时的飞机来美国看朋友是很不现实的。那日一别，再见或许已是多年之后了。

真没想到，这么快就会跟他重逢。

"汪桑，你没事吧？"沙耶加跟着我也跑上了楼梯。

"我……我好像见到了我在国内的同……"我顿了顿，把同学两个字咽了下去，"我的好朋友。"

"真的吗？"沙耶加也高兴起来，"汪桑的同学哦，好厉害！他也来参加'AIME'吗？"

"我……我不知道，"我说得有点心虚，"他没告诉过我……"

考场的大门已经关上，我呆呆地看着手机。刚到美国的时候，我也通过 QQ 和 MSN 联系过张朋，他说他已经考上省重点高中了。最初我们有一搭没一搭地聊天，因为时差，最近也没怎么联系了。

如果他来了美国，为什么不联系我呢？哪怕在 QQ 上给我留个言也行啊。

过了没多久，迪克就带着从超市买回来的冻肉和饮料回来了。我们又在考场门口等了一会儿，有学生从里面陆陆续续走出来。可一直等到散场，我们都没有见到达尔文他们任何一个人出来。

"我们进去看看吧？"我突然有了一种不好的预感。

还没走到教室，就听到里面传出来一个年迈的声音："谁能解释一下这到底是怎么回事？"

完了，还是被发现了。

教室里站着达尔文和M，他们身边是唯唯诺诺的骆川，前面还有一个老头。

唉，我就知道骆川这个备胎会漏气。

"布朗院长，她只是混进来考试而已，这不是什么……"

"不是什么？你根本不知道你干了什么！这是cheating！你考官的资格已经被取消了！"骆川还没说完，就被这个布朗院长打断了。这个老头看起来有六七十岁，是个瘦削的大个子，白色的头发一丝不乱地梳在脑后，穿着看起来很高档的咖啡色毛呢西装外套，灰色的眼睛难以置信地瞪着骆川。

他的脖子上挂着一块牌子，上面写着"麻省理工学院登顿·布朗，AIME主考官"。

我一听到"cheating"这个词，浑身一软，冷汗冒了出来。

"Cheating"在英语里除了代表作弊，更代表欺诈，是不诚实的象征。在注重诚信系统的美国，一个学生哪怕有一次作弊记录，轻则被开除，重则会毁掉他的整个学术乃至职业生涯。

在美国，作弊包括考试但不限于考试，定义是非常宽泛和严苛的。甚至连一篇普通的论文，在引用文献论据时没有注明出处都算是学术欺诈，留学生因为这个理由被遣返回国的数不胜数。

"我们没作弊，真的，我们只是让M混进来考试而已……"达尔文还在跟布朗解释，但假冒准考证这件事还是让他一点底气都没有。

"美国每年有20万以上的学生从'AMC'里一层一层考上来，最后只有不到10%的人能够来到这个考场，你所做的对他们中的任何一个人而言公平吗？你们俩已经永远失去考'AIME'的资格了。"布朗一扬手，示意他们不要再说下去了，"明天你们的学校会收到这次考试作弊的报告。"

美国大学都非常重视学生的道德操行，一旦被 AIME 记录作弊，就相当于和常春藤乃至稍微好一点的大学无缘了。

"先生，我们真的是万不得已才把 M 送进考场的。我们只是想证明她在数学方面的天赋，但整件事情跟达尔文无关，请您不要把作弊记录寄回学校，这样会毁掉一个天才的前途……"迪克一听达尔文也要受到牵连，立刻服软，我从来没听过他这么低声下气地跟谁说话。

"我见过很多有数学天赋的天才，他们都很爱惜自己的前途，不会干傻事。"布朗瞥了一眼迪克身上印着"美国队长"的 T 恤，"超级英雄也不会干这种事。"

第 16 章　　　　　　　　　你杀过人吗

"先生,无论您是谁,您都是一个迂腐的墨守成规的人,"达尔文终于抑制不住愤怒地说,"分辨不了善恶。您不懂得换一个角度来看待问题,所以您只能在一群学院派里挑技法成熟的伦勃朗,但永远看不见还在麦田里画星空的梵·高!您只能在沙砾中淘出金沙,却分辨不了未加工的钻石——如果常春藤是和您一样的学院,我宁愿不去!"

"那就祝你好运。"布朗教授愣了半秒,皱紧眉头,边说边往外走。

"先生,对不起,是我干的。"我挡在布朗教授面前,低着头说,"是我逼着 M 来考试的,是我的错。请您千万不要生气,不要惩罚他们俩,我愿意承担考试作弊的一切责任。"

我闭上眼睛,反正我还有不到四个月就死了,就算是被学校开除了我也不怕。

布朗教授停下了脚步,他挑了挑花白的眉毛,看着我。

"先生,是我发起的。"布朗教授刚要开口,就被迪克抢白了,"我还赌……不,贿赂了骆川……"

"我说了,是我黑进的校内网,改了考生记录,和任何人无关。"达尔文没等迪克说完就打断了他,"和他们都无关,要罚罚我。"

完了,大家开始集体认罪,我突然想到了什么,下意识地转身去捂沙耶加的嘴。

这个傻妞,她的老爸老妈每天送她去几百个补习班,她要是真摊上什么不良记录,那真是一夜回到解放前,估计能被她家里人骂死。

"我!我伪造的准考证唔………"

我还没捂住,沙耶加已经急吼吼地说出来了。

傻姑娘,咋就这么耿直呢!

布朗教授没有看沙耶加,只是有点疑惑地看了看我,好一会儿才问:"你为什么要逼她?"教授说着,又看了看坐在旁边瑟瑟发抖的M。

"她没,没有逼我,是我,是我………"

M一紧张就结巴得更厉害了,布朗教授冷冷地看了她一眼:"我没有问你。"

"你说你是主谋,你在做这件事之前知道作弊的严重性吗?"布朗教授昂着头看着我,"既然她本人也不想来参加比赛,为什么你们还要冒着被学校开除的风险让她混进来?"

"因为,因为通过'AIME'证明她的能力,才能让学校的老师相信M不需要被送到什么特殊儿童教育机构。她和我们一样,她不是怪胎。"我深吸了一口气,迎上了布朗教授的眼神。

布朗教授又看了我一会儿,目光渐渐变得柔和。

"你们都是她的朋友吗?"

无声地,大家都点了点头。

布朗忽然叹了口气,脸上仍然冷酷,声音却温柔下来:"我做'AIME'主考官这么多年,还是第一次遇到这种事。你叫什么名字,孩子?"

"美,美年达。"

布朗打量着旁边的 M:"孩子,我在麻省理工学院任教期间也遇到过许多像你一样'特别'的学生——他们当中有的有'学者症候群',有的则有'自闭症'或'脑瘫',这都不罕见——但他们绝大多数的人生是孤独的,并不像你一样,有这么一群朋友。可我并不能因为这样,就破坏了考试规则。你明白吗?"

布朗转向我,我点了点头。

"'AIME'之所以能成为美国最权威的数学竞赛,"布朗院长说着,敲了敲桌子上还没封存的试卷,"是因为它严苛地规定了晋级系统和考试人数——我们的目的是让孩子们对数学的热爱得以延续,让他们在解题中找到快乐,而不是为了选拔天才。也许你的朋友比别人都聪明,但不代表可以享有特权——如果每个人都像她一样混进考场,那么晋级考试就失去了意义,对其他从八年级就开始参赛的考生是不公平的。"

"教授,请你……"沙耶加还想最后争取一下,但被布朗教授扬手打断了。

"我不能把她的卷子和其他考生的试卷封存,她的成绩也作废了。"

我能看出来对面的迪克和我一样,在听到这句话的那一刻,顿时成了泄气的皮球,一下萎靡了。

布朗走过来,伸手拍了拍我的肩膀,他的手温暖而有力量,一下把我从失神中扯了回来:"小姑娘,别难过,好了,也许没那么糟。我倒是愿意看看你朋友的卷子,未必只有'AIME'的分数才能证明她的能力,我想我的副院长头衔应该也能证明。"

"好棒!"我还没反应过来,沙耶加和迪克已经一阵欢呼,连达尔文一直板着的脸也多云转晴了。

布朗教授一边从密封袋里抽出 M 的试卷,一边从西装口袋里掏出一副金丝眼镜,在灯光下端详起来。

我看着他胸口挂的牌子,来自麻省理工学院的"AIME"主考官,连骆川都毕恭毕敬地叫他校长,怎么看都来头不小——也许他是最能帮上 M 的人了。

最初布朗教授的脸上还没有什么表情变化,直到看到最后两道大题时,他逐渐从锁紧眉头的不解,变成了一脸吃惊的表情。

"这个公式……这是你自己想的吗?"布朗教授抬起眼镜,脸颊发红,手因为兴奋而微微发抖。

M 摇了摇头:"它、它一直,在、在我脑子里。"

布朗教授脸上闪过一丝失望的表情,随即恢复了平静,转而望向骆川:"所以你也是看了这个公式,才把她带进来的?"

"完美地证明了'黎曼猜想',解决了素数的分布,我当时看完也吓了一跳。因为这个公式并不是她靠推论得出的,所以我一下也无法看出任何问题……但不得不说,如果这个公式被证明了,那将把天体物理运算推进至少几百年……"

"我明白了,这份试卷我先带走了。"布朗教授拿起卷子塞进公文包里,"孩子,放心,你们的朋友不但不是白痴,甚至能改写人类的文明进程。"

"老师,等等。"我突然想起什么,叫住布朗,"我能看看今年'AIME'参赛的名册吗?"

名册从头翻到尾,总共有 320 个学生,每个学生都配了照片和个人信息。

没有张朋。

难道刚才真的是我眼花了？

"中尉，你刚才很勇敢嘛！我们果然是一个战壕的战友！"从考场走出来，迪克拍了拍我的肩膀。

"刚才太紧张了，到现在我都能摸到我的心在狂跳呢……但是这种感觉简直爽爆了！"沙耶加摸着心口兴奋地说，"我觉得我长这么大，第一次做了一件让我引以为傲的事，比考试考第一名，甚至拿到钢琴比赛奖杯更让我自豪。汪桑，是你的勇气感染了我。"

我在心里露出了一丝苦笑。

人的一生就好像一个房间，生命的长度就像这个房间的大小。当我们的房间很大的时候，总想用很多很多东西装满它——名誉、权力、金钱……这里面的每样东西我们都以为是必不可少的。可当生命的房间突然由大变小，所有虚荣的装饰品都必须丢掉，这时候你才知道对你而言最珍贵的是什么。

当我的生命还剩不到半年的时候，除了亲情和友情，其他任何事情对我而言都没有意义了。

我只想保护好我的朋友。

"雨过天晴！今晚我家BBQ走起啊，买的冻肉都在车里快晒化了！"迪克从考场出来，伸了个懒腰，说道。

真的雨过天晴了吗？我看着灰蒙蒙的天空，虽然下过一场雨，但乌云似乎仍在从四面八方压过来。我的心里莫名地有些不安。

和我一同抬起头的，还有M。她拉着我的手，在我身边轻轻地说：

"暴雨将至……"

迪克家住在小镇中心公园旁边的一栋复式大别墅里——能买得起这种房子的，绝对是中产阶级顶层的土豪了。

白色的屋顶插着一面巨大的美国国旗，前院有一座将近六百平方米的花园和一个大理石喷泉，后院的泳池旁边本来是车库，现在变成了达尔文的房间。

迪克曾经想让达尔文和自己一起住在别墅里，毕竟他家只有三个人，空房子还是有几间的。可达尔文和所有老外一样讲究个人隐私，坚持住进了车库改成的房间。

"特异功能社团"成立早期我们就在迪克的家聚过会，但我们几个都没见过迪克的爸爸。据说他是美军军官，长期在犹他州和新墨西哥州的军事基地驻扎，很长时间才回来一次。由于他的飞机晚点，出于礼貌，我们还是决定等一小时再开始烧烤。

也许是受他老爸的影响，迪克是"美国队长"的中坚粉丝——他房间里的美队漫画和海报收藏估计在整个佐治亚州都是数一数二的，甚至还有杰克·科比（《美国队长》漫画作者）签名的第一期漫画和印着漫威标志的美队盾牌。

"总有一天，我也要用超能力来保护这个国家！"迪克拿着盾牌摆出了一个特别"二"的造型，"就像我老爸一样！"

"我觉得超级英雄的紧身制服应该没有加大码的，你最好先减减肥。"我忍不住翻了翻白眼。

"拜托！超级英雄也有不同尺寸的。"迪克摊了摊手。

"上校，不是我打击你，你的半秒钟隐身术别说超能力了，连微能力都不算。"我百无聊赖地瘫在地毯上，"超级英雄里，哪个不是能飞檐走壁以一当十呀，何况你的隐身术还要酝酿大半个小时才能发动，敌人早就干死你一百次了。"

沙耶加坐在旁边翻着迪克书架上的相簿，突然抬起头问："迪克，这真的是你吗？"

"嘿嘿，没认出来吧？"迪克一笑眼睛就能眯成两条缝。

我凑过去，那张照片里的迪克看上去大概七岁，穿着一件运动衫坐在轮椅上，又瘦又矮，手臂细得就和擀面杖一样。他的头在太阳底下疲倦地耷拉着，红头发乱成一团，像鸡窝一样粘在脑门上。似乎一阵风就能把他吹倒。

"这……是你小时候的照片吗？"沙耶加惊讶地问道。

"不，这会儿我已经九年级了，也就是两三年前的事情。"迪克不以为意地说。

我这才想起来他曾经告诉过我，他九年级的时候因为各种病导致身体不好，瘦得像麻秆儿一样——我当时以为迪克的描述是经过艺术加工的夸张，没想到果真如此。

"我的天哪，那时候的三个你加起来都没现在壮！"我由衷地说。

"是啊，那时候我虚弱得走两步都会气喘。别人参加校运会，我就只能在旁边看着。"

"这么看来，迪克还真的跟美队挺像的，美队最早也是个患了肺结核的瘦弱男孩儿。"沙耶加若有所思地说。

"我只是病好了而已——以前病的时候什么都不能吃，一好了就觉得要把以前没吃的都补回来，一不注意，这不——"迪克开玩笑地指了指自己的肚子，"我还是愿意做一个能吃能睡的胖子。"

"这顿BBQ过后，我们社团的经费就用完了，"一直没说话的达尔文抬起头，他手里拿着社团账本和计算器，"估计下礼拜，我们又该去卖烤肉了。"

"我想我下礼拜应该没法去了……"我一直酝酿要怎么开口,才会让大家比较好接受。

"汪桑,你要回亚特兰大看妈妈吗?"

我点了点头,又摇了摇头。

"我的意思是我以后都不能去了,对不起。我决定退社了。"我支吾着说。

"你说什么?!"所有人都难以置信地看着我。

"我……我可能明天就去亚特兰大了……下周也不会去上学。或许,过段时间我会回这里看你们……"

"为什么?汪桑?"

"是啊,哪怕不想做隐身术练习,我们可以做穿墙术啊,可以做冥想啊瑜伽啊……"迪克叽叽呱呱地说得乱七八糟,估计他自己都不知道自己在说什么。

"嗯,我也舍不得你们。但是……因为某些理由,我要去亚特兰大和我妈妈待一段时间。"

我犹豫着,不知道这个理由能否足以让他们信服。但我不想告诉我的朋友们,我只剩下不到半年的生命。

"没关系啊,亚特兰大离这儿并不远……我们都会等你回来的……多久也会等……"沙耶加拉着我的手,眼圈有点泛红,"三个月?半年?一年……"

"对不起,我应该再也不会回来了……"我不敢看沙耶加的眼睛,怕自己忍不住哭出来。

"你要是实在有事,我们也可以去找你……"迪克一边说,一边使劲推了推他身旁的达尔文。

"嗯,如果周末开车去亚特兰大,我们能住在我爸妈那儿……"

达尔文嘟囔着。

"你们找不到我的。"我不敢看任何人的脸，只能望向 M，她坐在床上理解地看着我——只有她知道这一切的真实原因。

"你到底……"沙耶加还想再问下去，房间的门被推开了。

"孩子们，别待在楼上了，我做了土豆沙拉和烤鸡排。"凯特阿姨捧着一盘杯子蛋糕站在门口。

"妈，你下次能先敲门吗？我都十七岁了……"迪克有些不满地嘟囔了一句。

"你小时候犯哮喘那会儿，我每天都得进来十几次，从来没敲过门。"凯特阿姨也不生气，笑着跟儿子调侃着，"快下楼吧。"

"妈，你怎么还活在十年前……"迪克翻了个白眼，走了出去。

凯特阿姨系着围裙，里面是一条绿色碎花连衣裙，从背影看已经略有发福。我在超市遇见过她几次，每次她都会笑着主动跟我打招呼。

"嗨，旺旺，你过得好吗？……"

"你见到迪克了吗？他今天在学校怎么样？……"

"迪克的午餐都是我亲自做的，他和普通孩子不同，挑食又容易食物过敏，还请你多多包容他……"

"旺旺，今天的鲱鱼很新鲜，用来做烤鱼排刚好，你应该买点。迪克不爱吃鱼，所以他总是缺少微量元素，你一定要劝他多吃点……"

任何话题在凯特阿姨嘴里的唯一归宿都是儿子——只要说到儿子，她的话就像打开的水龙头一样停都停不住。次数多了，我都觉得我变成他们母子俩的传声筒了。

一开始，我对凯特阿姨的喋喋不休有点无所适从，自从迪克告诉我他小时候体弱多病，要是没有他老妈的照顾他早就死了的往事，我突然能够理解凯特阿姨了。

每个人都需要一个感情的宣泄点，丈夫常年不在身边，她自然而然就把全部的爱都倾注到儿子身上，儿子早已是她生命的全部。从迪克幼年起，凯特阿姨就对他百般照料，早就养成了习惯，以至于成年后都无法再扳回来。这种母亲在所有地方都有，无论是中国还是美国。

"迪克，握住扶手好吗？"下楼梯的时候，凯特阿姨在后面叮嘱他。

也许是因为我们在场，迪克显得更加尴尬，他低吼了一句："拜托，妈，别再说了！"

"你八岁的时候因为贫血从楼梯上摔下来，我在医院陪了你三天三夜。"凯特阿姨完全没听出来迪克的恼怒，而是自顾自地陷入了回忆里，"那三天简直太难熬了，你本来就有'ALS'，加上骨折，很可能就因为动脉血栓而死……"

"ALS？"沙耶加不解地问，"阿姨，您是指肌萎缩硬化症吗？"

我走在凯特阿姨的后面，明显看到她的脸色变了变。她的手下意识地捂了捂嘴，就像说错了什么一样。

"没，没有，就是普通的贫血而已，已经过去好多年了，我记不清楚到底是'ALS'还是'BLED（流血）'之类的了。"凯特阿姨随即转移了话题，"鸡排在烤箱里，你们去拿餐具吧。"

就在这时，门铃响了。

"老爸！"迪克率先冲过去打开门，一个穿西装的中年人给了他一个大大的拥抱。

"我的上校,你过得好吗?"迪克的老爸笑起来和儿子一模一样。

迪克的爸爸身材魁梧,一头灰白的头发梳在脑后,看上去应该五十多岁了,眼角已经有了很深的皱纹。但他的目光炯炯有神,完全不像一个普通的接近退休的中老年人。也许是因为军人的习惯让他看起来特别挺拔,视觉上超出了实际身高。

"老爸,你看这是什么——"迪克一边说,一边从口袋里掏出那枚错版的硬币,"1970年的两角五分硬币!你看这里!"

"天哪,这真是独一无二的绝版!"迪克的爸爸定睛看了看,"这一枚比我收藏册里最珍贵的那几枚都稀罕多了。"

"不是一枚!是五枚!你能想象吗?这是M送给我们的,一人一枚。"

"那真的是无价珍宝,你的朋友送给你的就更应该好好珍惜。"迪克的爸爸拍了拍他的肩膀,一边走进房间,一边和蔼地向我们招了招手,"你们好,叫我爱德华就可以了。谢谢你们今晚能来。"

在美国,除了爸爸妈妈,任何长辈都是直呼其名,老师也一样。

"我叫旺旺,很高兴见到您。"

"我是沙耶加,谢谢您邀请我们来。"

躲在我身后的M没说话,因为有点口吃,M总是自卑的,在陌生人面前常常怯场,大多数时候我都在充当她的翻译机。

"这个是美年达,这五枚硬币都是她收集的。"我侧身和爱德华介绍M,下意识地转向她。

M站在楼梯上一动不动,完全忽略了后面还堵着一个达尔文。她睁大眼睛,定定地看着爱德华,紧闭着嘴唇。

虽然M平常也经常做一些匪夷所思的事,但毕竟是初次见面的长辈,这么盯着别人是很不礼貌的。我下意识地拉了一下M的手臂,提醒她不要失态。

M在发抖。

虽然她在竭力地控制自己,但爱德华还是敏锐地发现了。

"怎么了?是不是不舒服?先坐到沙发上来吧。"爱德华往前朝M走了几步,又停住了,他锐利的眼睛忽然半眯着,盯着M看了半天,道,"我们……见过吗?"

我也疑惑地看了一眼M。今天M去考试的时候,沙耶加专门帮M收拾了一个新造型以掩人耳目,此刻她还穿着从舒月衣橱里搜刮出来的少女装,脸上带着精致的妆容,和学校里的时髦女孩没两样。

"不……先生,我们没见过。"过了半晌,M似乎是从牙缝里挤出了这几个字,声音比蚊子还小。

"哦,是吗?"爱德华像是询问,又像是自言自语。可眼神一直没从M身上挪开。

"别把工作那一套带回家。"凯特阿姨夸张地抱怨了一句,"要是这孩子能是坏人,我们国家就没好人了。现在的女孩子都打扮得差不多。"

"也是,哈哈。"爱德华的眼神松懈下来,他一边说,一边松开领带向后院走去。

爱德华一离开,M像虚脱一样,差点从楼梯上摔下来,我一把扶住她。

迪克赶紧走过来,问:"M你还好吧?"

"可能是一直没吃饭,有点虚脱了,你们先过去,我带她去厨房弄点水。"我掺着M往厨房走,"一会儿见。"

"你没事吧?"我接了一杯冰水放在M面前,但她并没碰。

她摇摇头,缓缓松开了握紧的拳头。我倒抽一口冷气。

M 的指尖一片血红,她握拳时,指甲硬生生把手掌上的皮肉戳破了。

"你……认识爱德华?"

透过厨房的窗户,我能看见爱德华和迪克已经在点烤炉上的木炭了。

M 怔怔地望着窗外,过了好一会儿,她才轻轻地说:"别,别问了。"

当 M 不想说一件事的时候,哪怕撬开她的嘴也问不出来。

"那你……还去烧烤吗?"

"嗯……"M 似乎下了很大的决心,"我现、现在还不能走。"

M 的沉默并没有影响 BBQ 派对的热闹,爱德华是个很会制造话题的人,不但见多识广,而且声音沉稳好听,一点都没有家长的架子。比起凯特阿姨,他更会聊天。

"……当时我的下腹中了一枪,快疼昏过去了,旁边的战友为了不让我睡着,一直跟我说话——他们问我以后要是生了孩子,会取什么名字。我说,'该死!要是我能活着回去,孩子就叫迪克·庞德。毕竟那颗子弹再低三英寸,我就真的被物理阉割了!'"

"原来迪克的名字是这么来的。"沙耶加的脸微微有点发红,但还是没忍住笑出了声。

"因为这一枪,"爱德华喝了一口啤酒,"我被送回了美国,在疗养时认识了凯特。当她怀上孩子时,我告诉她这个名字,她的第一反应是把一整张比萨都扣在我脸上。"

爱德华把我们都逗乐了。

"你……杀过人吗?"一直没说话的 M 突然抬起头,看着爱德华。

她说得很慢很慢,却没有口吃。

这句话让气氛骤然变得尴尬,大家都接不上话,只能听到烤炉上木炭的"嗞嗞"声。

爱德华的微笑一下僵在了脸上,他扫了一眼坐在最远处的 M,眼神迅速变了变,火光映在他的脸上形成了一个怪异的表情。但只是一瞬间,他收了收嘴角,恢复了温柔的声音:"保护国家是军人的天职。还有,任何战争都有牺牲。"

M 侧过头没有再说话,但是我分明在她脸上看到了憎恨。

"战、战争太残酷了,我还是希望世界和平。"我赶紧打了个圆场。

"没人希望战争,但当它无法避免要发生的时候,我们能做的就是尽量把伤亡降到最低,做到不战而降是最理想的。这是我所在的部门这十几年工作的主要方向。"说这句话的时候,爱德华慈爱地看着儿子,"我们会不计一切代价保卫这片土地,保卫我们爱的人,保卫正义和自由,哪怕牺牲军人的生命。"

我想起在加入特异功能社团的时候,那个基督教小哥当成笑话说起的迪克的往事。他在看到同学被地痞混混儿欺负的时候不顾危险挺身而出,是因为受到了军人父亲的影响吧。

"你,你的生命……"我突然听到 M 的声音,"那如果是牺牲无辜的人呢?"

她的声音很小,只有坐在她身边的我才能听到。我赶紧在桌子底下握住她冰凉的双手。

M 一定认识爱德华,我暗暗地想。他们之间到底发生过什么事情，才会让 M 对爱德华又怕又恨？

"旺旺，你是中国来的留学生吗？"爱德华又开了一瓶啤酒，问。

"我……"这是个很复杂的问题，三言两语都说不清楚，我艰难地挠了挠头，"其实吧，我出生在美国，所以有公民身份——但我很小的时候就回国了，一直在国内长到十五岁才过来的……"

"你有美国身份，就是美国人。"爱德华简单地就把我归了类，"美国是个大熔炉，由来自世界各地的不同人种组成——保卫这个国家，让它变得更好，不但是军人的天职，也是每个国民的天职。你觉得我说得对吗？"

我的逻辑思维很差，他这么一绕我也晕了，只觉得似乎怪怪的，但一时间也无从反驳。

"我，我……"我咽了口口水，"我只做我觉得对的事，和国家无关。"

"当然，"爱德华笑了笑，"我们都在做自己认为对的事。"

就在这时，爱德华的电话响了。电话接通后，他的脸色突然凝重起来，站起来走到了泳池的另一端，和电话那头低语着什么。

"M，你今天怎么了？"迪克趁着空当，有点不满意地嘟囔了一句。

"是、是不是为了保护大部分，就能牺牲小部分人？为、为了胜利，牺牲无辜的人也、也在所不惜吗？"

迪克显然没想到 M 会这么问，竟然一时语塞。

"唉，战争本来就很残酷，别争了。"连达尔文这种没情商的人都出来打圆场了。

M 摇了摇头："残、残酷的是人。"

"呃，我想回家了，昨晚一夜没睡，眼皮已经开始打架了。"我赶紧揉揉眼睛打断了这个话题，"M，我们一起走回家好吗？"

M点了点头，跟我往前院走。

爱德华拿着手机，在泳池另一边跟我们说再见，但他的目光自始至终停留在M的脸上。

我和M一路无话，走到家门口的时候，我告诉M，明天我回学校跟老师请假，确定她不需要去特殊儿童教育学校之后，我就离开这儿了。

M仍旧沉默，意味深长地看着我。

最后缓缓说了一句："下次见。"

第二天直到中午，M都没来上课。

和老师请完假，我顺便问了一句布朗教授的事。

"就是那个'AIME'的主考官，麻省理工学院的布朗教授，他给您打电话了吗？"

费曼老师一脸疑惑地摇了摇头："出什么事了吗？他为什么要给我打电话？"

"噢……没，没什么。"我忍住没说M去参加了"AIME"的事，布朗教授答应我，今天一早就会给学校领导打电话。

"那有人来问过M的事吗？关于她去……特殊学校的事？"

费曼摇着头刚想说什么，桌上的电话响了。

总算打来了，我心想，这个布朗教授比骆川有诚信多了。

费曼接起电话，他的脸上露出了惊讶的表情，他的眉头皱了起来，显得很严肃。我竟然莫名其妙地眼皮一跳。

过了几分钟，费曼抿着嘴挂掉电话……

"布朗教授怎么说？"我急切地问。

"旺旺，我要告诉你一件事，你一定要镇定些……"费曼深吸了一口气，似乎下了很大决心才开口。

"镇上的警察局打电话过来，M昨晚……死了。他们在河坝上游发现了她的尸体。"

第 17 章 回家

河坝的一边是森林,另一边是公路,公路对面则是 M 住的那片拖车区。

靠近公路的这一边修建了铁丝网,足有一人多高,上面带着倒刺,部分已经生锈了。据说是因为多年前有孩子在这里溺死过,因此到处都可以看到"请勿攀爬"的警示语。

每次和 M 放学回家,我们都会走过这里,偶尔甚至能看到从森林里钻出来的狐狸或野兔在河坝边的浅滩喝水。

这片浅滩,如今却放着 M 的尸体。

我从车上下来,蹚着水跌跌撞撞地走过去。

案发现场拉了警戒线,达尔文他们站在外面。如果不是沙耶加扶了我一把,我还没走过去可能就已经跪下了。

两个警察正靠在警车上做记录,几个法医样子的"白大褂"正在取证,其中一个正在给一只巨大的黑色塑料袋拉拉链——塑料袋外面沾着泥沙,只有拉链的顶端露出来一缕湿乎乎的头发。

我的大脑一片空白。

"让……让我看看……"我抬起警戒线想往里走。

"汪桑……"沙耶加摇摇头,脸上布满泪痕,"别看……不要看……"

"你是谁?这里不能进来……"一个警察走过来拦住我。

"让我看看M……"我没理他,继续往里走。

"你没听见我说话吗?这里不能进来!"那个警察挡在我前面,把我往外面推,"请离开案发现场。"

"让我看看M!你没听懂吗!你们弄错了,这不是她!"我歇斯底里地叫了出来,"她不会死的!不会死的!"

我扯着那名警察的衣服企图推开他,他用手肘向我脖子上一撞。我顿时眼冒金星,跌坐在地上。

"你!现在立刻离开!"他把手放在腰间的警棍上,对我吼道。

"让她看一眼吧,这孩子是她的朋友。"人群里不知道是谁说了一句。

围观的人中又传来了几声附和,他们大部分是拖车区的居民,常常见到我和M在一起。

另一个警长样子的人走了过来,和推我的警察嘀咕了几句后,弯下身对我说:"如果我为你破例一次,你能答应我控制住自己的情绪吗?"

我机械般地点了点头,他示意我可以过去了。

黑色塑料袋下面,是M苍白到发青的脸,她的嘴唇毫无血色,上面湿乎乎地沾着红色的卷发。

M脸上那道还没好全的疤,被水泡得涨裂开来,在阳光下显得格外狰狞。

我终于忍不住号啕大哭。

是我把M害死的,是我!

要不是我让她去挑战什么狗屁命运,她就不会参加数学竞赛——她会按照她希望的那样,平平安安活到老,在睡梦中死去。

是我改变了她命运的轨迹！是我的无知害死了她！

她本来不用死的！

"冷静一点，冷静……"达尔文和沙耶加过来，拉住歇斯底里的我。

"都是我，都是我不好……是我把 M 害死了……"我一边挣扎，一边哭。

"汪桑，你不要这样……"

我的叫喊声打断了正在给一个中年男人录口供的探员，他走过来象征性地拍了拍我的肩膀，安慰道："这不是你的错。"

"M……她究竟是怎么死的？"

那个探员犹豫了一下："我们到案发现场外面说吧。"

我被沙耶加搀扶着走到警戒线外面。

"你们可以叫我蒂姆，我想问你们几个问题。"探员一边说，一边点了根烟，"不介意吧？真是漫长的一天。"

我们摇摇头。

"你们最后一次见到死者是什么时候？"

"昨晚……"

"和平时相比，她有表现出什么异常吗？"

"她……"我想起她在楼梯上抖得像筛糠一样，但一下又不知道如何说明。

"她昨晚似乎有点低落……"沙耶加回忆着，"似乎有点……愤世嫉俗？"

我知道，沙耶加指的是 M 质问爱德华，他有没有杀过人的事。

"你们有没有遇到过什么和平常不一样的事，或者奇怪的人？"

我下意识地看了看还在河岸上呆坐着的迪克。

M自从看到爱德华后就变得不正常,但如果贸然和警察这么说,无异于把迪克的爸爸变成了嫌疑人。

"没……没有。"我支吾道,看了一眼沙耶加和达尔文。大家不约而同地沉默了。

"在你们看来,死者平常是个什么样的人?"

"M很好,她很善良,很真诚……她从来不会去伤害任何人。"

"我听说她在学校并没有什么朋友,成绩也不太好?"蒂姆写字的手顿了顿,抬头意味深长地问。

"她根本不是其他人说的那样!她故意考不好有她的理由!她能……"我的话到嘴边就打住了,"她能预知未来"这件事,连沙耶加和达尔文都不知道,要是现在说出来,所有人都会觉得我疯了吧。

"总之,她很特别……只是因为口齿不清,所以有些自卑。"我喃喃道。

"嗯,自卑。"蒂姆又在笔录上写着什么,边写边自言自语,"一个贫穷的、自卑的、成绩差并且患有自闭症的青少年。"

"你什么意思?"蒂姆漫不经心的口吻彻底激怒了一直沉默的达尔文,他所有的悲伤和怒气都在一瞬间爆发了,"你作为警察,应该去调查清楚她的死因!捉拿凶手早日归案!而不是在这里挖苦她的人生!"

达尔文的声音差点刺穿我的耳膜,一时间,浅滩上的人都转过头来。

"我的问题问完了。"蒂姆合上笔录,掐灭了烟,头也不回地朝外走去。

"等等,你还没告诉我们M的死因!"沙耶加跟上去质问道,

"我们是她的朋友,我们有权知道!"

"死因还要等验尸报告和化验结果,"蒂姆不耐烦地压了压帽檐,"但就目前的证据看来,她是自杀的。"

自杀?

我一下蒙了。

M 为什么会毫无征兆地自杀?昨天我和她一起回家的时候,她还好好的呀……

"这不可能!"我几乎是用尽全力说,"M 不可能会自杀!"

"我很抱歉,孩子,但恐怕这是真的。"那个刚被蒂姆录完口供的人向我们走来,"我昨晚见到她了。"

我认出他了,他是水坝旁边汽车修理店的老板,一个六七十岁的黑人大叔。他修车的时候喜欢听爵士乐,我和 M 每天走过河坝都会路过他的店,他总会很热情地跟我们打招呼。

"孩子,我见过你几次,但一直没自我介绍,我叫乔。"大叔伸出手和我握了握,他的手因为常年修车布满老茧,却结实温暖。他穿着的背带裤里还插着电笔和小扳手。

"相信我,我心里也不好过,要是我昨晚坚持留下来,这孩子也许就不会死。"乔擦了擦湿润的眼角,沮丧地说。

乔的汽车修理店在河坝旁边开了有二十年了。住在附近的人大部分开的是破车,隔三岔五就出小问题,尤其是下雨天。乔的店里都是二手车拆下来的旧部件,以旧换旧对穷人来说经济实惠,所以周围的大多数人都会来这里修车。

乔大部分时间都住在店里,只有节日才会回佛罗里达的乡下和孙子们团聚。天气好的夜晚他会把小桌搬到院子里,开上几瓶啤酒，听听爵士乐。

就在昨天晚上，乔在两瓶"百威"下肚后，突然看见河坝上有一个清晰的人影。

这让乔精神紧张起来，河坝外面有挂着倒刺的铁丝网，一般人是进不去的。要说是政府的施工队，也并没有看见任何照明灯。

乔吸了一口气，打起手电来到铁丝网边上，借着月光他看清了M站在河边，月光洒在她身上，她的脸平静得像一座大理石雕像。

"孩子，你在那儿干什么呢？"乔认出了M，松了口气大声问道，"你应该回家上床睡觉。"

"谢谢您的关心，能让我一个人待一会儿吗？我一会儿就走。"

"你是怎么进去的？"乔问。

M向他解释，不远处的铁丝网有一处裂口，她是从那儿钻进来的。

后来，乔又劝了M两句，让她早点回家，可M不再搭理他。

"我老了，现在的年轻人想什么我真不懂。"乔没办法，只好嘟囔着往回走。

乔的骨子里是一个热心肠的人，才回店里没几分钟，又因为不放心返回了河坝，可M已经不见了。

"我以为这孩子回家了……"乔搓着手自责地说，"谁知道……要是我当时没走开就好了。"

乔是个笨拙的老实人，他不会撒谎，也没必要撒谎。

"你确定当时只有M一个人在河坝旁边吗？"

"是的，我确定。"乔说，"我在这儿生活了几十年，哪怕有一条野狗在，我也会发现的。"

"伙计们，快中午了，回去结案吧。"蒂姆有点厌烦地摘掉橡胶手套，"快把这袋东西拖走吧，再过一会儿就要发臭了。"

"你要去哪里？"蒂姆言语中对尸体的不尊重触怒了迪克，他的手重重地按在警车门上，"你最好说话客气点！"

蒂姆一点都没有被迪克吓住，他的一只手放在枪托上，另一只手撑着车门："小子，你知道你在跟谁说话吗？看来有必要让某人吃点牢饭才能长记性——"

"我看你才不知道你在跟谁说话，我是迪克·庞德，美国陆军少将爱德华·庞德的儿子。"

认识迪克的时候我就知道他爸爸是校董，后来听很多人说起爱德华来头不小，不但资助了镇子上的学校，更为本地电信和医疗出过一份力，是小镇上仅次于镇长的有威望的人物。人们都把他看作士兵中的士兵，大家都很尊敬他。

蒂姆的脸色变了变，枪托上的手放了下来："替我向你爸爸问好。"

"如果我爸爸知道这里有任何人滥用职权草菅人命，他可不会高兴。"迪克死死盯着蒂姆，顶住车门的手寸步不让。

"我们之间似乎有什么误会——但我能以我的名誉保证，在没有缜密调查的前提下，我们是不会随便下结论的——"

"你凭什么判定 M 是自杀？乔的证词无法直接证明这件事！M 死的时候，他并不在现场……"我反驳道。

蒂姆举起手做投降状。

"冷静点孩子们，"他叹了口气，"本来按照正规流程，我是不能透露调查细节的——"

蒂姆转头看了看迪克："但看在爱德华少将的面子上——好吧，除了目击者之外，我们在死者的身上找到了遗书。"

遗书？

我惊叫起来。

"M写了什么？给我看看——"

"很抱歉，遗书的内容不能透露，"蒂姆摇了摇头，"抛开司法程序不说，死者的遗书里写明了不愿意内容被曝光。我明白你们是她的朋友，但既然她不想让人知道，我们该保护她的隐私，不是吗？"

M在一个毫无征兆的夜晚选择了自杀，并且留下了一封不愿意曝光的遗书，这是什么意思？

我的思绪一下混乱起来。

"顺便说一句，看那边。"蒂姆指了指河坝上的一根水位监测柱，面对河床的一面有一块正方形的黑色玻璃。

"那个监控摄像头是前两个月刚装的，里面的录像已经被我的同事拿回去取证了——河坝是政府的公共财产，因此监控录像是可以公开的，如果你们要看——"蒂姆耸了耸肩，"到警察局找鉴定科，就说是我说的。"

小镇警察局的鉴定科与其说是一个科室，不如说是一间五平方米大小的杂物间，夹在羁押室和等候区中间，里面堆满了各种各样的物证和资料。桌上唯一能和"鉴定"两个字挨上边的是一台指纹采集机和一台显微镜。

镇子上的治安一直都很好，唯一比较乱的区域就是M住的那一片了。因为几十年间都没有大案发生，所以小镇警察的主要工作除了日常巡逻，就是帮张三找狗，给李四协调家庭纠纷，为王二麻子的牧场驱赶野生小动物之类的琐事。整个警署只有十二个警察，其中四个还是文职人员。

也许是因为新装的原因，摄像头录下来的画面是红外的，即使在低照度的情况下也非常清晰。

我们不但看到了乔和M隔着栏杆对话，也看到了她一步步走进河里。

孤身一人。

我绝望了。

即使再怎么不相信，我也只能承认M是自杀的事实。

"现在的时代变了，这些十几岁的年轻人总是充斥着一些稀奇古怪的想法，自杀的比例比死于艾滋病、癌症和心脏病加起来的还要高……"

鉴定科的老头还在喋喋不休地抱怨着，但我已经听不清了。

我的心口一阵钝痛。

大家都没有说话，我被迪克搀扶着从鉴定科走出来。走过等候区的时候，突然听见角落里传来了一阵微弱的电流杂声。

一个黑影坐在长椅的尽头。

九月一入秋，天黑得就特别早，窗户外面已经全黑了，但等候区长廊上的灯还没有开，所以我们进来的时候没有发现她。

她的头发乱蓬蓬地梳在脑后，胡乱穿着一件很旧的针织毛衫，里面套着衬衫、棉衣以及一条脏兮兮的印花长裙。

M的妈妈。

她应该是被通知来认领尸体的，看起来已经在那里坐了很久，却一动不动，远处的灯光勾出她的剪影，像一尊塑像。

电流杂声来自她抱着的那台老式收音机，之前我每一次去 M 家碰到她，她都在摆弄这台收音机，就像是企图从里面调出什么频道一样。

"您好……"我轻轻唤了一声。

她望向我，却没有流露出一丝熟悉，就像看着一个陌生人。

"阿姨，我是 M 的朋友……您记得我吗？"我试图走过去和她打招呼。

"嘻。"毫无征兆，她咧开嘴笑了一声。

这声笑在空空如也的等候区显得特别刺耳，今天到目前为止，我还没听过任何一声笑声。

我以为是自己产生的幻觉，可她随即旁若无人地掩住嘴窃笑起来。

"嘻嘻嘻嘻……"

越笑越大声。

我一直都觉得 M 的妈妈神志不太正常，但在这个时候笑出声音未免也太古怪了。

"阿姨……"我坐到她边上，"阿姨，M 去世了……"

M 的妈妈突然转过头来，她的脸几乎贴在我的脸上。她瞪着一双充满血丝的眼睛，嚅动着嘴唇："嘻嘻嘻嘻嘻……她回去啦，回去啦……啦啦啦啦……"

"阿姨……"

"他们还是把她带回去啦……"

在昏暗的等候区，她瞪大的眼睛几乎要贴上我的脸了——她在笑，但她的眼睛里充满了极大的恐惧。

就像看到了地狱一样的恐惧。

"回……回哪儿？"我极力控制着颤抖的声音，问道。

"嘻嘻嘻嘻，回家。"

回家？

小镇边缘的穷人区？那片停满废旧汽车和拖车的荒地？

我被盯得浑身发毛，眼看她的脸已经触到我的鼻尖，达尔文突然把手搭在她的肩膀上向后推了推，这才让我们之间隔开了一些距离。

"她回家了……"M的妈妈恢复了木然的神情，喃喃地重复着同一句话。

"阿姨，我很遗憾，但M以后或许再也不能回家了。"沙耶加的眼泪掉了下来，她压抑着情绪尽量安抚着这个疯疯癫癫的女人。

可M的妈妈丝毫没有领情，而是像平时一样抱起了那台宝贝收音机，一格格地调起了频道，再也没搭理我们。

等候区上方的节能灯突然亮了，我们身后走出来一个拿着文件夹的警察。

"请问，你是死者的家属吗？"他看了看M的妈妈，"你可以进去认领尸体了。"

我们跟着他走到了狭小的法医验尸间门口——许多大城市的警察局和法医检验中心是分开的，但是镇子因为没有经费建设另一座检验中心，加之凶杀案少得可怜，所以就把验尸间设在警察局的普通隔间里。

和医院的太平间不一样，这里的验尸间并没有专业的冷冻柜，墙壁两排贴着金属洗手池和冲洗池，中间的不锈钢床架上孤零零地停着M的尸体，上面盖着一层不透明塑料布。

我只看了一眼，眼泪就忍不住往外流，侧过头去，和沙耶加失声痛哭。

M 的妈妈走到门口，突然停下了脚步，死死地盯着几米远的尸体，说什么也不肯进去。

警察劝了几句无果后，举手放弃了。

"如果你实在不想进去，就在这里签个字吧。"

"我要离开。"M 的妈妈握着笔，突然转头认真地对我们说，"我受不了她身上的味道。"

"阿姨，您不要这样，这里是停放尸体的地方，有福尔马林的味道是正常的。"迪克尝试着安抚她。

"我可以走了吗？"M 的妈妈迅速在档案上潦草地写了几笔，把认领单塞回警察手里。

警察无奈地让开了一步，她就迫不及待地抱着她的收音机冲出去了。

说实话，她这种事不关己的态度让我们挺不满的。

"M 的妈妈……似乎根本不在乎……"

迪克还想抱怨些什么，但最终还是没说下去。

"出去再说吧。"达尔文皱着眉朝停尸床上看了一眼，有些不忍地收回了目光。

第 18 章　　　　　　　　　完美的案发现场

　　走出警察局,迪克漫无目的地开着车,不知道在镇子上绕了多少个弯,最终停在了水坝的边上。

　　我们绕过树林回到了案发现场,警戒线已经被撤掉了,一切就像没发生过一样。夕阳把水面照得金黄,几只鱼鹰停在岸边。

　　沉默了很久后,达尔文开口了:"你们想的,是不是和我一样?"

　　我点了点头,沙耶加和迪克互相看了一眼。

　　"说说看。"

　　"我觉得 M 不是自杀的。"

　　"我也这么觉得,M 不会平白无故地结束自己的生命。"

　　一个母辈有精神病史,自己身患自闭症,即将被送到特殊学校的差生选择了自杀,这件事在一个训练有素的警探看来,动机充足,滴水不漏。

　　只有在了解 M 的人眼中,这件事才破绽百出。

　　"太完美了,所有的证据都太完美了。"达尔文一边说,一边看着不远处水坝上的摄像头,"恰好发现 M 的修车大叔乔,上个月才新装上的红外摄像头,还有一封不便透露内容的遗书……"

　　"人证、物证全都直接有效地浮出水面,毫不费力就让人得到了,全都有力地证明了 M 的自杀。"沙耶加搓着手说,"太完美了,要不是因为这些证据这么完美,我或许还不会怀疑。"

"尤其是这个相机的角度,简直就是百分百无遮挡地拍下 M 走进水里的画面。"迪克在地上画了张示意图,"简直堪比摆拍啊,M 选择溺水的位置就像是专门为了被拍到一样。"

"汪桑,你是我们中间最后一个见过 M 的人。昨晚 BBQ 结束后,是你和她一起回家的,她跟你提起过什么吗?"

"她说'下次见'……"我越想越觉得这句话可疑,"不是'明天见'也不是'再见',而是'下次见'——这句话我一直没想明白。无论如何,能这样跟我说的 M 是绝对不会去突然自杀的。"

"如果 M 的自杀是伪装的,那么在这些证据链里面一定有东西是假的。"达尔文抿着嘴说,"摄像头的录像不太可能,我在警察局的时候仔细留意过播放文件名,确实是原文件,而且在这么低清晰度的画质上造假,一定会留下某些痕迹……"

我挠了挠头:"我觉得乔今天跟我说话的时候,不像是骗子。"

"我以前去他那儿修过车,他是个热心肠的老实人。如果真的是有人故意设计一个让警方完全相信的人证,他是不二人选——他说出来的话没有人会不相信。"

"那现在唯一的信息缺漏,就是遗书了。"

说到这里,我们三个人都吸了口气。

"本来这件事就透着蹊跷,M 的遗书里竟然注明不想对外公布?连我们也不行?遗书难道不就是留给家人、朋友的吗?难道是专门写给警察的?"

"除非……遗书里的内容被熟悉 M 的人一看,就知道是假的。"我恍然大悟。

知道遗书的内容,就能知道 M 到底是自杀还是他杀。

可遗书在警察局的物证科。

在美国,一般案件调查的报告通常会在一周左右发布,但对于物证的分析程序,常常要花一年甚至更长的时间。在这段时间内,物证都会被保管在物证科。

我心存希望地看着达尔文。

"我很遗憾……但这不可能,我们不能去冒这个险。"达尔文的语气毋庸置疑。

虽然镇子上的警察局不大,但24小时有警察值班,每条走廊都有监控,连蚊子都飞不进去一只。

"即使我能够把警察局监控暂时关上——"达尔文烦躁地来回回踱着步,"我们也没办法瞒过那些值班警察的眼睛。"

"可惜我们没生活在霍格沃茨[1]。"沙耶加沮丧地抱住了膝盖,"要是有哈利·波特的隐形斗篷就好了。"

隐形?

我灵光一现,沙耶加似乎也跟我想到了一样的事,齐刷刷地转头看着迪克。

"你、你们盯得我鸡皮疙瘩都快掉下来了。"迪克赶紧搓了搓手臂。

"我都忘了你会隐身术了。"

"你们不会想让我进去偷遗书吧?"迪克连连摆手,"我……我上次成功的纪录只有0.5秒啊……"

我知道他说的是礼堂那次,他满头大汗地坐在讲台上将近半小时,才消失了一瞬间。

---

1 霍格沃茨,电影《哈利·波特》中的魔法学校。

"我们成立特异功能社团都大半年了,你难道没一丢丢长进吗?"

"可是我们有一大半时间都在卖肉串啊……"迪克一脸无辜地反驳。

"你不是想成为'美国队长'吗?不是要做超级英雄吗?现在你就是查出 M 死因的唯一希望了,你不会这时候临阵退缩吧?"我叉着腰看着他。

"我当然想查出来,只是……"迪克嘟着嘴,"这玩意儿不是我能控制的,它说不准什么时候就出现了……我还没找到控制它的诀窍……这几年为了开发潜能,我什么方法都试过了——冥想、瑜伽、气功和催眠……但一点用也没有啊!"

我叹了口气,跌坐在地上。

离开案发现场,我们驱车去了市区,那里有一家还开着门的快餐店。

连一贯食量惊人的迪克都没吃几口,大家都累坏了,可是心情差到极点,没人想回家。

"我们的社团解散了。"走出快餐店的时候,迪克看着漆黑的夜空,有点悲凉。

"M 不在了,你也要离开了。"

我这才想起家里已经打包好的简单行李和钱包里那张下午 6 点出发去亚特兰大的车票。

如果不是因为 M 的死,我现在已经在路上了。

按照我的计划,在医院陪妈妈一段时间之后,就会用舒月留给我的钱继续旅行——纽约、黄石公园、大峡谷……最后我会回到中国,回到那个我熟悉的城市,在我长大的地方静静等候死亡降临。

"汪桑,"沙耶加似乎下了一个很大的决心,缓缓地开口,"如果你真的有非走不可的事，你就去吧。虽然社团已经没了，可是我们还是会尽全力找出真相……尽管现在看起来希望渺茫，但M是你的好朋友，她一定会理解你的。"

"我不能走……"一瞬间，自责和委屈像泉水一样从我的心底涌了上来，我被控制不住的眼泪模糊了双眼，"她是我的朋友，是我害死了她……"

"嘿，别这样……"沙耶加拍着我的背，"这和任何人都无关……你不要……"

"不，你们不明白……是我害死了她，是我！"我控制不住自己的情绪，声嘶力竭地说，"你们都不知道，我瞒着你们……M，她……她能预知'绝对未来'。"

达尔文回过头，震惊地看着我。

我把那天和M骑自行车去看海，回到她家后，她告诉我的事情一五一十地和大家说了。

"骆川的猜想没错，她脑子里的那套公式，真的能推算出时间轨迹中的'必然事件'……"

"这不可能，这么复杂的计算量，即使是现在世界上最强大的计算机都算不出来，何况是人脑……"

"你们还记得我满身是伤回来的那天吗？"我看向他们，"M算出卡车会在两分钟后开过去，是她掐准时间把马修引到了路中间，否则我们肯定跑不掉。"

"我的天！"迪克捂住嘴，"她怎么不用这种能力教训一下你们班欺负她的那个丽莎？"

"M之所以不愿意展示自己的能力，是因为她不想因此改变她选择的生命轨迹，包括她的死亡方式……

"就像是如果你知道你十年后注定会成为一个亿万富翁,哪怕今天弄丢了装着一万美金的钱包,你也不会很难过——因为无论现在丢了多少,十年后都会回来的。"我努力地解释着。

"怪不得……"达尔文突然想起什么,"你们记不记得在迷失之海露营时,我曾经说过关于两个能预知未来的人一起猜拳的悖论,她当时的回答?"

"她说其中一个人会故意输,因为'输'是这个人的宿命……"沙耶加回忆道。

"即使预言者明明知道自己出拳会输,为了维持命运的轨迹,仍然会出拳。"达尔文继续说道,"因为他看到的和我们看到的不一样。打个比方,我们只能看到 50 米以外的事情,但预言者能看到 10 公里之外的——为了不改变更长远的未来,所以会暂时放弃当下的利益。"

"那我就不明白了,既然 M 已经决定恪守她的生命轨迹,那为什么还会来参加数学比赛?"迪克问。

"都怪我,都是我的无知把她害死了……我跑去跟她说什么,生命的意义不是结果而是过程,说什么让她活在当下,做自己想做的事,保护自己想保护的东西……呜呜……M 因为我才去参加数学竞赛……我……"我再也说不下去了,无力地用衣袖擦着满脸的泪水。

"可是这也不合理啊,"达尔文想了想,说,"她应该知道改变原定轨迹的后果,她能预测到自己会死,为什么还要这么做……"

"汪桑,你怎么了?"沙耶加回头看着我。

我停在路边,看着对面的老杰克电影院。

电影《美丽心灵》的海报已经从橱窗里扯掉了,换上了某部二流惊悚片的海报。

我想起曾经和 M 来看电影的日子，她总是为了一些俗套的情节热泪盈眶。

M 说她喜欢电影，因为只有电影里的故事，才会让她猜不到结局。

她喜欢待在漆黑的房间里，追逐着迎面照来的那一点点光，体验另一种无法预料的人生。

当别人感叹着鲜花灿烂，她看到的却是枯萎凋零。

当别人沉浸在青春年少，她看到的却是衰老死亡。

现在想起来，她的一生，是多么孤独。

想着想着，我不由自主地朝老杰克电影院走去。

"小心！！！"

一阵尖锐的鸣笛声响起，等我回过神时，才发现自己正站在马路中间，一辆车疾驰而来，就在几米之外。

我的大脑一片空白，两只脚像灌了铅一样重。

"砰！"

等再次回过神的时候，我看到迪克躺在我身边的水泥地上。

"看在上帝的份儿上！你走路不长眼睛吗？！"车窗里探出一个头，咒骂了几声就开走了。

"上校！上校！你没事吧？"我使劲推了一把迪克。

我的手肘蹭破了点皮，但迪克的头都磕出了血，倒在地上，一动不动。

"我……我是不是死了？"过了好一会儿，迪克才迷迷糊糊地睁开眼睛，"中尉……你也牺牲了啊？"

我搀着他站起来走到人行道上："很遗憾我们还待在这个倒霉的世界上。你没什么大碍吧？"

"就是感觉晚上吃得有点撑……不该剧烈运动的……"

"快过来搭把手啊!"我快扶不住迪克了,但沙耶加和达尔文还站在旁边犯傻。

"他,他刚才消失了。"过了好半晌,沙耶加结巴着说。

"至少三秒。"达尔文缓过神说,"你快要被车撞到的时候,迪克一瞬间消失了,再出现时,你们已经倒在马路上了。"

"你确定你没眼花?"我疑惑地问。

"我也看到了,"沙耶加附和道,"这不是关键,而是迪克离你的距离最远,有接近 50 米——在不到两秒的时间内冲过去推开你,这不是正常人能做到的——哪怕是奥运冠军都没有这种爆发力,何况是……"

沙耶加没说下去,而是看了看坐在地上笑起来肥肉乱颤的迪克。

"我说什么了!我就是超能英雄!哈哈哈哈……"这货完全沉浸在超能力带来的喜悦中,幸好大街上没人,不然该把他当成精神病患者了。

达尔文突然想到了什么。

"快上车!搞不好有戏!"他一边说,一边往回跑。

"现在是晚上 9 点,警察局除了大堂有警察值班之外,其他人肯定都下班了——包括物证科。"达尔文在前座噼里啪啦地敲着电脑,"我的假设是,如果——我是说如果,我能让警察局的监控系统暂时失灵两分钟,当然这是最好的情况,那么迪克只要发动他的能力,用刚才的速度穿过大堂等候区——到达物证科,他就能拿到遗书,然后用同样的办法出来。"

"这……太冒险了吧?"沙耶加犹豫着说。

"我也觉得,毕竟我们现在都不知道迪克的能力是怎么发动的……"

"我的推断是，当他极速运动，荷尔蒙分泌增多，心跳加快，血压上升的时候，就能隐形。"达尔文说，"比如说他刚才救你，还有上次在大礼堂，他也是在最紧张的时候才消失的。"

"你说的好像也有点道理……"我似乎无法反驳。

汽车一路开到了警察局旁边，迪克找了个隐蔽的地方停了下来。

"我还需要几个小时做病毒程序。"达尔文一边敲着电脑，一边说。

"那我先睡会儿……"迪克头一歪就想躺下。

"睡什么睡啊！你还不抓紧时间练习一下隐身术？！"我和沙耶加异口同声地说。

"怎么练啊？"

我看了看不远处的社区公园。

四个小时之后，我开始怀疑达尔文的推断是错的。

在做了100个俯卧撑、跑了1000米、做了200个仰卧起坐之后，迪克已经被我们折磨得一点力气也没有了，却一次也没从我们的眼皮底下消失过。

"我觉得我们触发隐身能力的方式不对……"连沙耶加都开始怀疑人生了。

"会不会是没充值啊？"

"我觉得我看不到明天的太阳了。"迪克趴在地上，一脸苦相地看着我俩。

"要不我们还是跟达尔文再研究下吧……"

我话音未落，突然听见警察局方向传来"哐当"一声巨响。这时候已经是凌晨一点了，街上静悄悄的，哪怕有一点声音都显得尤为刺耳。

怎么回事？

我们下意识地就往警察局跑。

警察局其中的一扇窗户爆开了，里面冒出一阵阵白烟。窗外停着的警车被触发了报警器，一时间刺耳的警笛划破了夜空。

这是什么情况？

达尔文从车里钻出来，也在往警察局方向看，我赶紧跑过去。

"怎么回事？不是说好了你关掉监控，然后让迪克进去偷遗书的吗？你怎么把警察局炸了？"

"不是我啊！我发誓我什么都没干！"达尔文也觉得莫名其妙。

"着火的地方好像是……"沙耶加捂住嘴巴。

物证科。

我们早上才去过警察局，所以还记得它的方位和布局。那扇窗户是物证科的，毫无疑问。

"怎么会这样……"沙耶加说着，就要往前走。

"现在不能过去。"达尔文拦住沙耶加，"我们现在过去，反而最有嫌疑，先上车再说。"

我们在车上等了十分钟就看到消防车开了过来，很快事故就被处理完了，似乎火情并不严重。警察局门口陆陆续续围了许多被吵醒的附近居民。

达尔文拿出电话拨通了"911"。

"嗨，我是洛克街的住户，我在半小时前听到旁边的警察局有爆炸声，我很担心是不是恐怖袭击。"

"正在为您转接洛克街分局……"

过了一会儿，一个夹杂着浓重中部口音的男声传来——接电话的正是下午那个带我们去验尸间的警察。

"不是恐怖袭击,请您放心,警察局因为电线短路导致变压箱起火,从而引起爆炸。"

"这太可怕了!"达尔文故意拔高了声音,"变压箱怎么会突然爆炸?确定不是人为的吗?"

"您大可不必担心,只是意外事故,没有任何人伤亡,目前短路原因还在调查中。"

达尔文挂掉电话,过了一会儿又打了一次。

"您好,我是克莱德·美年达的亲戚……对,就是昨天自杀的那个女孩,她是我的侄女……她妈妈委托我打这个电话来。您知道的,她的精神状态并不适合打电话……"

"我理解。"

接电话的是同一个警察,他下午才见过M的妈妈,知道她有点疯疯癫癫,所以立刻表示理解。

"她听说你们警察局发生了爆炸,她非常担心,毕竟她女儿的尸体还停在验尸间。"

"请她不用担心,验尸间并没有受到爆炸波及,事实上只是物证科的小范围起火……"

"物证科!我听你们的探员蒂姆说,我侄女的遗书现在存放在物证科!"

"是的,关于这件事,我们十分抱歉。目前看来,7月份之后的纸质证物都被毁坏了,我们稍后会有保险公司和律师联系您。"

"这太可怕了。"

"目前因为变压箱爆炸,所以警察局的中控空调都坏了。恐怕验尸间无法再储藏尸体,我的建议是家属及时将美年达女士的尸体认领安葬。"

挂断电话,达尔文转头看向我们。

"你们说,天底下有没有这么巧合的事?"

唯一能查下去的遗书,偏偏因为物证科电线短路被烧掉了。

不早不晚不偏不倚就在我们想查下去的节骨眼上。

"我只是很好奇,他怎么做到的。"达尔文若有所思,"我刚才已经入侵了警察局的监控系统,16个摄像头,几乎涵盖了所有死角——直到爆炸发生,摄像头里都没有任何人出现过。"

达尔文又把截取的监控录像反复看了几遍,仍然一无所获。一天的折腾使得我们都筋疲力尽,继续待在这里也什么都做不了,只好先各自回家,明天再想办法。

一进门,发现骆川还在沙发上等我。

"我傍晚才知道的。我很抱歉。"他一改平常的油腔滑调,站起来张开手臂,"如果你需要一个拥抱。"

骆川的拥抱厚实温暖,让我想起了爸爸,爸爸的衬衫上也会有洗衣粉的味道。

他看着我肿得像核桃一样的眼睛,拍了拍我的头:"在为人父母这件事上,我没办法像舒月做得那么好,要是你继续哭下去,我只能打电话向911求助了。"

这个烂梗倒是逗得我露出一丝苦笑。

骆川从冰箱里拿出几瓶啤酒,放了一瓶在我面前。

"我不知道你父母是怎么教你的,但这是我的方式。"

他熟练地用起子把酒瓶撬开,自己拿起了一瓶。

我也拿起一瓶喝了两口,嘴里一阵苦涩。

"这东西不比可乐好喝。"但也不知道为什么,两口酒下肚,我的心里没那么堵了。

"只有今天,在我能保证你安全的情况下。"骆川竖起一根手指,向我摇了摇。

"我以为你会问我,我今天去了哪里,经历了什么。"过了一会儿,我轻轻地说。

"如果你想说,你会跟我说的。"骆川靠在沙发上,"我能充当你的长辈,充当你的朋友,听你倾诉,陪你愤世嫉俗,感叹生死无常,但我没法帮你解决你心里的问题。你明天该去哪里,你以后该怎么面对你的生活,你如何能够走出去,只有你自己知道。"

"除了你自己能让自己坚强起来,没人能拯救你。人是很奇妙的群居动物,但除了分享一种语言之外,每一个人都是孤独的个体。这么说有些残酷,但我是个科学家。"骆川摊了摊手,"我不喜欢说什么'不要伤心''坚强一些'或是'不要哭了上床睡觉'之类的客套话。"

"你真刻薄,"我喝了一大口啤酒,"但你说得对。"

骆川的酒量很好,不一会儿就喝掉了五六瓶。

"你喝酒的样子一点也不像麻省理工的博士。"

"你以为博士就没年轻过吗?"骆川哼了一声,"但你得记住,今晚就是你最颓废、最艰难的一晚,你会大声哭,大口喝酒,可以在木地板上捶出窟窿,你会流着眼泪睡着。然后明天睁开眼睛,看着天花板,你要告诉自己:'悲剧已经发生,我要开始绝地反击了。'"

第 19 章   葬礼

第二天早上，校长在第一节课之前推门进来。

他简略地说了一下警察局电线短路的经过，并通知我们，M 的葬礼会提前举行——就在第三节和第四节课的中间，在离学校不远的教堂后面。

"我会安排这两节课自习，我的建议是大家都去。"费曼擦了擦眼角。

这么仓促的葬礼，无非是警察局不想再让尸体存放在检验室了。

没人愿意每天都让一具女尸停在离咖啡机不到 15 米的地方，与其花费纳税人的一大笔钱储藏一具毫无用处的尸体，并且还要精心照料着不让她腐坏，还不如用一两百美金买一具棺材，草草结案下葬省事。

所以 M 的葬礼，警察局显示出了空前的积极性，和社区服务部高速走完了手续流程。那块 2.4 米 ×1.2 米的墓地，就是美国拿低保的穷人能享受的最后一点福利。

M 静静地躺在棺柩里，就像睡着了一样。她穿着一条不知道是从哪儿来的米黄色连衣裙，显得有些滑稽。

没有鲜花也没有绸缎，她的棺柩简陋得可怜。她很少表现出自己的喜恶，没人知道她喜欢什么。沙耶加把一直戴在脖子上的项链摘下来放了进去，那是一只用贝壳镶嵌的海豚。

迪克从书包里拿出了那个《星球大战》的R2D2机器人放在M的手边——除了《美国队长》签名漫画之外，"R2D2"是他最宝贝的东西。

"愿原力与你同在。"迪克轻声说。

我从钱包里掏出那张我们在露营时候拍的合照——漫山遍野的蝴蝶，M拉着我的手笑得很开心，沙耶加比着剪刀手，还有后面误入镜头的达尔文，跳起来抢镜的迪克。

我把照片郑重地放在M的枕头旁边。

那天夜里分别之后，究竟发生了什么？

M遇到了谁？

我在心里默默想着，教堂的两个工作人员把棺柩的盖子合上了。

下雨了。

社区服务部的人把M的妈妈也接来了，她抱着收音机站在一边，一脸麻木。

大部分同学也来了，有一些甚至流了眼泪——他们并不是没有感情，只是在事情的严重性还没到一定程度的时候，选择性地保持沉默而已。

"我们聚集在这里，为美年达祈祷，祝愿她的灵魂进入天堂。"

牧师又读了几段《圣经》，可他那些对天堂不切实际的描述，对于能预知生死的M来说，就像一种莫大的讽刺。

整个葬礼不到20分钟就结束了，我们还要赶回去上课。

"遗传性精神病……听说她妈就是个疯子……谁知道她是不是

也疯了呢?"

我还没走进教室,就听到丽莎的声音。

"收回你的鬼话!"我极力压住自己的情绪,"M——没——有——疯!"

丽莎看到我进来,有点尴尬地撩了撩头发,看似豁达地摆了摆手:"但害死她的不是我,是她自己的原因。特殊学生就应该尽早去特殊学校,而不是让他们和我们这些智商正常的人待在一起,直到读不下去为止——他们迟早有一天会因为压力自杀的。这样做是为了他们好,也为了我们好。"

"要说智商,你连给她舔脚趾都不够格——M前天参加了'AIME'!"

"什么?"丽莎露出一个夸张的表情,"你们听到她说什么了吗?"

"姑娘们,能把你们的嘴闭上吗?别让我把你们都赶出去。"费曼拿着课堂测验的数学卷子和一沓报纸走进来。

我突然想起"AIME"的主考官布朗教授,他当着骆川和我们几个学生的面用他的名誉保证过,回到麻省后一定会立刻联系学校,证明M根本不需要去什么智障学校。

如无意外,他昨天就应该打电话来了。这种重量级的人物,根本不需要去骗我一个毛头小孩。费曼早就该知道了。

"费曼老师,你不可能不知道,'AIME'的主考官说过会打电话和你讨论M的事情。他答应过我的,他会打电话给你……"

"你冷静点。"费曼听我叽里呱啦把整件事说完,皱着眉头,一脸疑惑。

"你把我搞糊涂了,登顿·布朗?我没听过关于这个名字的任何电话和留言……M 为什么会去'AIME'？你先说清楚……"

"我觉得她把我们都当成傻瓜了。"丽莎白了我一眼，"她以为从报纸上找一个名字，随口乱编就能骗过所有人。"

说着，她指了指费曼放在讲台上的报纸，其中有一行特别醒目的加粗标题：

沃尔夫数学奖获奖者登顿·布朗　昨日在返回麻省途中身亡
随身行李失窃　警方介入调查

这不可能！

我瞪大了眼睛。

顾不得丽莎的白眼，我的大脑一片空白，转身往教室外面走。

"看到了吗？她就是个……"她还在我身后喋喋不休地讥讽着。

布朗教授死了，M 的试卷也失踪了。唯一能证明 M 的天赋的东西没有了。

完美的自杀证明，烧毁的遗书，死去的主考官，失踪的试卷……

他们的目的是什么？

他们下一步又会做什么？他们接着又要抹去什么？

我突然五雷轰顶——骆川！

M 的笔记本还在骆川那里！那个笔记本里有 M 写下的公式！

我拿出手机拨通骆川的电话，心跳到了嗓子眼，快点接啊，笨蛋！

"喂？"电话那头传来骆川的声音，我长舒一口气。

"骆……"

"旺旺，我现在要马上回麻省——我刚接到学校的通知，布朗教授出事了……"

我还没来得及说下去，骆川就抢走了话头。

"你在哪里？"

"我正在家收拾行李，这件事不对劲，我认识布朗十几年了，他的身体从来都很好，去年还参加马拉松，不可能……"

突然，我听到电话那头发出一声闷响，随即是一阵忙音。

"骆……骆叔叔?! 骆川！骆川！"我头皮一麻，整个人都不好了。

再拨回去，还是不通。

我脚一软，坐在地上。骆川出事了，完了。

"汪桑，你坐在这里干吗？"

我抬起头，是刚上完体育课的沙耶加。

"你，你有没有开车……带我回家！"

我们一路飞车，小镇不大，十分钟后就回到了家。

房子虽然翻新过，但也有一百年的历史了。在美国一百年以上的房子占60%以上，大部分人都是买地自己建的。

车停下来，我才觉得沙耶加跟我来是个错误。

我俩都是女孩子，而且沙耶加的胆子比我还小。要是真遇上什么坏人，我们俩都要交待在这里了。

看来王叔叔和大宝给我的教训还不够，要是那时候有觉悟开始练自由搏击，到现在或许还来得及。

"我、我们还是先报警，等警察来了再说吧。"沙耶加小声说。

从我在车上告诉她布朗教授的事之后，她的腿抖到现在。

"不行！"我摇摇头，"物证科莫名其妙的爆炸到现在都不知道是怎么回事，如果警察跟他们是一伙的怎么办？电影里都说，这时候来的肯定是内鬼。"

沙耶加咽了一口口水。

我从书包里摸出钥匙链，上面挂着一瓶迷你防狼喷雾，还是舒月买给我的。

"晚上骑自行车回家，把这个放在贴身口袋里——迷你版的有效射程是一米，一定要等对方靠到足够近，再给他致命一击。"她曾这么跟我说。

没想到真能派上用场。

"我自己进去。"我转头跟沙耶加说，"你在车上等达尔文他们来。"

"不可以！绝对不可以！"沙耶加的头摇得跟拨浪鼓似的，她一紧张就会说日语。

M说过我还有半年的命，也就意味着我进去后一定不会死，相比之下，我比沙耶加安全得多。

"沙耶加，你相信我，我绝对不会有事的——其实我是李小龙的师妹。"我一本正经地安慰她，"咏春第36代传人。"

好不容易说服了沙耶加，我攥着防狼喷雾下了车。

如果骆川遇袭了，凶手会不会还在里面？我快摸到门把手的时候顿了顿，犹豫了一下还是绕过正门，从后院的围栏爬了进去。

我轻手轻脚地绕到窗户外，探头向里面偷看——客厅空无一人，昨晚的酒瓶子还扔在沙发旁边，餐桌上堆满了骆川的稿纸和文件。

我又绕到了其他房间的窗户外面，扒着窗户看了半天，直到确定屋里没人，才打开后门进去。

骆川脸朝下地倒在舒月的卧室里，显然是被人用钝物从背后击中。旁边的行李被翻得乱七八糟。

"骆……骆川！你没事吧？"我把他扳过来，他虽然昏迷着，但还有微弱的呼吸。

"你挺住啊！我给你叫救护车！"我边说，边伸手摸手机。

骆川听到我的声音，恢复了一点神志。他张了张嘴，抬起手在空中乱抓了一下。

"你要什么？"我立刻弯下身拉他的手。

猛地，他一把捂住我的嘴！

"唔……"

"别……别说话……"骆川艰难地吐出了几个模糊的字。

我刚想把他的手掰开，就听见客厅里传来了一声轻微的声响。

酒瓶子在地面上滚动的声音。

"吱。"

随即而来的是鞋子和走廊木地板的摩擦声。

不应该啊！我刚刚在外面看得很清楚，家里明明没有人啊！

骆川半闭着眼睛，用一只手拼命把我往旁边的衣柜里推，我赶紧会意地躲了进去。

脚步声越来越近，我缩在舒月的衣服后面，死死地攥着防狼喷雾。但那个人快走到卧室门口的时候突然停住了，似乎改变了心意。

过了几秒，脚步声又往客厅方向去了。

我从衣柜里钻出来，确定那人走远之后，顺着走廊爬到厨房旁边。再往外走就是客厅，我竖起耳朵，连大气都不敢喘，集中精力仔细听着对方的动静。

打火机的声音。

M 的笔记本!

他要把 M 的一切都抹掉,连最后的这点证据都没了!

我心里一紧,"啪嗒"一声,竟然一脚踩到酒瓶子上。

玻璃瓶的声响犹如原子弹爆炸一样,在客厅里炸响。

我完全暴露了。

死就死了!我死也要死个明白!干脆一不做二不休,我一下站起来跑进客厅。

M 的笔记本和骆川的手提电脑一齐在桌上燃烧着,空气里弥漫着磷的味道,但客厅里一个人都没有。

我揉了揉眼睛,又仔细看了一遍。

空无一人。

"吱。"

我看见餐桌旁边的地板上,有细微的灰尘扬了起来。

确实有一个人在客厅里,虽然我看不见,但我能感觉到。这个空间里不止我一个。

它过来了。

我的心狂跳起来,一米,它就在离我不到一米的地方。

在哪里?在哪个方位?

它有多高?我应该往哪里喷?

我的手剧烈地发起抖来。

一秒、两秒、三秒……我似乎感觉时间缓慢得像一部 1200 帧速的升格电影,似乎下一秒永远不会来。

不管了!搏一搏吧!

我刚举起手,就听见大门打开的声音。

它离开了。

一瞬间，整个房间凝固的空气被冲散开来，我长长地呼出一口气。

笔记本已经没办法抢救了，因为那"人"在上面撒了磷，一瞬间就变成了一堆灰。

"中尉！罗伯特没事吧？"把骆川送上救护车，迪克和达尔文才赶到。

"医生说目前没有生命危险。"

"我们今天游泳考试，手机都锁在寄物柜里了。"迪克拍了拍我的肩膀，"幸好你没事！"

我往后退了一步，避开了迪克的目光："我挺好的，不用担心。沙耶加，你能送我去医院吗？"

沙耶加点点头。

"我们跟你一起去……"达尔文看了看远去的救护车。

"你们回去吧。我……我是说，你们现在去什么用都没有，也帮不上什么忙……"

"我陪着汪桑就好了，她有些神经脆弱……没事的，我们随时电话联系。"

我和沙耶加坐在车上，看着达尔文他们的车消失在转角处。

"汪桑，你是不是也觉得……"

"别说了，我知道你想说什么。"

在客厅里的时候，我就已经想到了。拿着防狼喷雾的手迟迟不愿意举起来，也是因为这个原因。

我犹豫了，我怕站在我对面的，是我最好的朋友。

看不见的敌人。

隐身术。

迪克经常说他不能控制自己的能力，无论怎么练习都不行。我之前对此深信不疑，没想过他会不会说谎。

骆川把 M 的笔记本借来研究那天，我们社团在聚会。

布朗教授拿走 M 的试卷的时候，只有我们五个人在场。

偷遗书的事只有我们几个知道，昨晚迪克去跑步的时候，我们并没有跟着他，没多久警察局就爆炸了。

我在心里一万次跟自己说，迪克不是这样的人。

但是我没办法控制自己不去怀疑。

"汪桑，其实我有一件事……一直憋在心里没说……"沙耶加叹了口气，"但我希望我是错的。"

"什么事？"

"你记不记得 BBQ 聚会那天，我们一起看过迪克的相簿？"

"嗯。"

"我看到他那张九年级的照片，觉得有些眼熟，但一时也没想起来……直到凯特阿姨说迪克小时候得的病是'ALS'的时候……"

"想起来什么？"

"我以前见过迪克！我是八年级的时候被爸爸接来美国的，最初因为爸爸的工作，我在犹他州上学……下课时，我总能看到一个很瘦的男生坐在轮椅上，看操场上跑步的同学……他比我大一岁。当时我听高年级的人说，他患有'ALS'……"

迪克曾经说过，他的爸爸在犹他州和新墨西哥州的军事基地驻扎过，所以他之前在那边读书并不稀奇。

"所以你想告诉我，你们以前见过？"我耸耸肩。

"这不是重点！汪桑，那是我第一次听说'ALS'，它的全称是肌萎缩侧索硬化症,也叫作渐冻症!这是一种很罕见的疾病……到目前为止都是无药可救的!得这个病的人必死无疑,你懂吗!"

沙耶加哆嗦着抱着手臂,她本来就胆子小,这么一激动连声音都颤抖起来:"得这个病的人,一开始会突然摔倒,渐渐脚就没知觉了,肌肉退化一直向上蔓延……直到躯干,到脖子,最后会因为无法呼吸衰竭而死……我当时见到迪克的时候,他的脖子以下都不能动了……没过多久,照片里的那个迪克就再也没有在操场上出现过,很多传言都说他死了……所以我一开始以为我看错了,直到凯特阿姨提起'ALS'的时候……我一直努力跟自己说,不要去想。汪桑,你告诉我,我是不是记错了?"

我不知道如何回答沙耶加,一个得了必死之症的人,是怎么在两三年后变成一个活蹦乱跳还有特异功能的大胖子的?

两个迪克,是同一个人吗?

那个傻笑着叫我中尉的迪克,和刚刚袭击骆川、烧毁证据的隐形杀手,又是不是同一个人?

迪克到底是我们的好朋友,还是害死 M 的真凶?

"沙耶加,如果你是我,你会相信迪克吗?"

"我相信达尔文。如果达尔文相信迪克,我就相信他。"沙耶加突然有点脸红。

"你俩啥时候在一起了?!"我一个大白眼翻过去,枉我尊称你一声学霸,书都白读了,一恋爱智商就归零。

"没没没。"沙耶加连连摆手,"汪桑,你千万要帮我保密啊,谁都不许说,我……我还没告诉他。"

"但他说他喜欢胸大的。"

沙耶加四周看了看没人,拉起我的手一把放在她的胸上:"怎么样？"

"我的天！你吃了多少木瓜？"

沙耶加的胸起码大了两个罩杯，我赶紧摸了一下自己的，幸好我熟悉自己胸的位置，否则换成谁都找不到。

"讨厌，胸垫啦！"沙耶加害羞地说。

"等一下，我觉得我们刚才在讨论一个严肃的话题。"我突然想起来，迪克的事还没定论呢。

"汪桑，"沙耶加轻声说，"你觉得一个假装跟你做朋友的人，会在紧要关头不顾自己的性命，凭本能反应冲出马路推开你吗？"

昨晚要不是迪克，我现在应该已经在医院里了。

我一时间心乱如麻，也不知道该说什么。

"我……我回家给骆川拿两件衣服，他估计要在医院里躺一阵子了。"

家里乱七八糟，烧完的灰烬飘得满屋都是。我也顾不得收拾，匆匆在骆川的行李里拿了一些衣服裤子，又收拾了他的牙刷牙膏，装了两个塑料袋。

走过客厅的时候踢到一个东西，差点摔倒。我低头一看，竟然是张朋送我的那本《寄生兽》。

怎么会在这儿？我捡起来翻了翻，疑惑地想。

我明明把它放在我书柜里的啊！

书柜在我的房间，漫画书掉的地方是客厅的地上。

谁拿出来的？

难道是那个隐形人爱看漫画？

这么有闲情逸致，中文也能看懂？

我挠了挠头，肯定不是迪克，他看不懂中文。有可能是沙耶加或者达尔文在上次聚会时拿到客厅里的。

我捡起漫画放回书柜，在心里默默地想：

张朋，现在你又在哪里呢？

第 20 章　　　　　　　　　　　　　　　破绽

"汪桑！"我听到沙耶加在外面叫我。

"怎么了？"

"刚才达尔文他们打电话来，说发现了重大线索！"沙耶加激动地说，"快点走！"

我的心一阵狂跳："他们在哪儿？"

"在河坝旁边，达尔文在电话里没说清楚，但他说是迪克发现的。"

"迪克？"我心里的鼓打得更响了。

沙耶加一路开到河坝，已经是下午了。远远地，我就看到迪克向我们招手。

在黑人大叔乔的汽车修理店里。

"乔，你再说一遍，你看到 M 的时候，她是怎么跟你说的？"达尔文见我们来了，就转头向乔说。

"孩子，你们的朋友死了我也很难过，但我该说的都说过了，我们的对话基本上就是这样了。"乔拿着扳手从汽车底下探出头来，"我问她：'孩子，你在那儿干什么呢？'她转过来对我说：'谢谢您的关心，能让我一个人待一会儿吗？我一会儿就走。'我还是不放心，又劝了她几句，让她回家别太晚了。她很礼貌地说，想一个人待一会儿。她很平静,我也不好再说什么,就转身走了。我再回去的时候,她就不见了。"乔无奈地摊了摊手。

"你觉得她说话的时候和普通小姑娘有什么不同吗?"达尔文不厌其烦地问。

"得了吧!"乔笑得露出一口白牙,"天下所有小姑娘都一样,要是硬说的话,也许她有点中部口音吧!"

"谢谢你。"达尔文转头看着我和沙耶加,"出去再说。"

告别了乔,我们沿着河坝走了没几步,沙耶加就开始哆嗦。

"乔那天晚上看到的 M,没有结巴……"沙耶加惶恐地看着我。

"离开你们之后,我和达尔文又去了一次案发现场。"迪克一边走,一边撕开一包薯片,"我想起乔当天说的话,要知道 M 的口吃在陌生人面前会加倍严重,要不是认识她这么久我都听不懂她说什么,可当时乔和她至少隔着二十米,竟然能清晰无障碍地交流……"

我怎么没想到呢!第一次在礼堂遇到 M 的时候,她带着牙套,说话都透风,我得用好几十秒来反应她的每句话是什么意思。这也是 M 整天被别人嘲笑的最大原因。

但是,乔从头到尾都没有提到过 M 的语言问题。

"可是……如果乔看到的那个人不是 M,又会是谁呢?"沙耶加已经吓得站都站不稳了,"这个世界上怎么可能会有两个这么像的人……"

"也许它根本不是人。"达尔文冷冷地说。

我知道他在说什么,他说的是那个假扮成吉米的八爪鱼人。

"不是人?!"沙耶加和迪克瞪大了眼睛,一脸难以置信,"不是人又会是什么?！难道是充气娃娃?！"

"是不是人,今天晚上把棺材挖出来看看就知道了。"

"你,你是认真的吗……"要不是被我搀着,沙耶加早就坐到地上了。

达尔文看了看表:"现在去买铲子还来得及。"

"迪克!你怎么了?"我被沙耶加一声始料不及的尖叫吓得一个趔趄,只见迪克"扑通"一声倒在地上。

"上校!上校!"我也吓了一跳。

迪克出了一身冷汗,脸上也是汗珠,无法控制地在地上抽搐着,两只手紧紧地攥着大腿外侧的裤子。

"我……我……动不了了……"他几乎是拼尽了力气,才发出蚊子一样小的声音,似乎连舌头都麻痹了,口水和鼻涕顺着嘴巴往下流。

"快叫救护车……"我话音未落,达尔文已经掏出电话。

"没……没用……"迪克连头都动不了了,他使劲眨了眨眼睛,"电话……妈……"

迪克被救护车送到医院的时候,脸已经黑得和死人没什么区别了。

"病人多处器官正在快速衰竭,舌根萎缩,心搏骤停……需要立刻抢救,准备电击机!"

我们跟着推车往抢救室一路小跑,主刀医生一边交代手术事宜,一边转头对我们说:"病人肺部功能已丧失,建议立刻开喉插气管。你们谁是家属?需要签字……"

"他妈妈正在来的路上……"沙耶加一边说,一边焦急地东张西望。

"您能不能先抢救,等他妈妈来了立刻签字?"我恳求道。

"不行,重大手术必须有患者本人或家属的同意书才行……"医生还没说完,就看到迪克的妈妈凯特阿姨从急诊区的入口冲进来。

"阿姨!"达尔文失声叫着,"迪克马上就要手术了,你快点签……"

凯特阿姨没有搭理达尔文,而是一把拽住主治医生的白大褂。

"我的孩子呢?!"

"已经往手术室推了,这位女士,您不用担心……"

"不要推他进去,不抢救!我儿子不用抢救!"凯特阿姨一把推开医生,往手术室跑。

她像松鼠一样尖锐的声音回荡在急诊室走廊里。

不用抢救?凯特阿姨难道就这么让迪克去死吗?我一下被她搞糊涂了。

平常她可是一个连下楼梯都要担心儿子摔倒的人哪!

"你们走开,走开!我儿子不用抢救!"凯特阿姨冲上去推开正准备给迪克注射强心剂的护士,把病床在手术室门口拦了下来。

"这位女士……你……"两个护士同我们一样震惊。

"我儿子不用抢救……不用抢救……他会好的……"凯特阿姨一边说,一边从书包里摸出一瓶药。

她的手在剧烈地颤抖,导致药瓶里的药撒得满地都是。

"这位女士,病人现在的状态是不可能吞下胶囊的。"一个黑人护士企图阻止她。

"把你的脏手从我儿子身上移开!"凯特阿姨瞪大眼睛,像发了疯一样吼出来,"我是爱德华·庞德少将的妻子!我自己负责我儿子的生死!"

黑人护士吓得一愣，凯特趁机把一颗药丸塞进了迪克的嘴里。

"你们都让开，让开！"凯特吼道，"让他出去呼吸新鲜空气！"

凯特像老鹰护小鸡一样死死保护着病床，把迪克往外推。

"病人会死的！你疯了吗？这是你儿子！"还有几个护士在极力阻止凯特从手术室门口离开。

"放开我！你这个笨蛋！"凯特像一头疯狂的母狮子一样嘶吼着，双眼通红。

"现在……现在怎么办？"我小声问达尔文，拦在她面前的，就剩下我们三个人了。

让她过去，迪克放弃抢救，必死无疑。

不让她过去，凯特是会跟我们拼命的，我们的下场应该不会比黑人护士好。

就在这时，躺在床上重度休克的迪克，突然缓缓地呼出了一口气："呃……"

随即，他僵硬的四肢慢慢软下来。

这突如其来的变化，使得几个护士都呆住了。

"还不快给我儿子让开?！"凯特阿姨草草收拾了一下掉在地上的药，推着病床往外走。

不到半小时，迪克就醒了过来。

"我的宝贝，我的小天使啊。"凯特抱着迪克，在他额头上亲了又亲，"没事了，没事了……妈妈在这儿……"

迪克眨了眨惺忪的眼睛："我在哪儿……"

"宝贝，你吓死妈妈了……"话音未落，凯特阿姨已经一脸眼泪，"以后你再也不要吓妈妈了，妈妈没你就活不下去……不然妈妈就不让你上学了，你要天天在妈妈的视线范围之内，我才安心……"

凯特紧紧地抱着迪克,好像只要一撒手她的宝贝儿子就会碎掉一样。

"我没事!"迪克一听到要被软禁在家,差点从床上跳下来,"我真的没事!你看!我快跟豪猪一样强壮啦!我就是这两天忘了吃药而已……"

"你当初怎么答应我的?我们说好的,对吗?你会非常自觉地天天吃药的,不需要我的监督……"凯特一脸哀怨。

"妈,肠瘘和荨麻疹不会死人的。"迪克拍了拍胸脯,"而且我也好多年没犯过病了。"

"什么病都会死人!你听到我说的了吗?"凯特正脸说道,"不行,我还是不让你上学了。"

"拜托!老妈!我什么都听你的好吗?我在家哪怕待上一天都会憋死的,你不想让我不开心,对不对?"迪克换了一副撒娇的嘴脸,"我以后什么都听你的,坚决服从上级命令,好不好?"

看着迪克和凯特阿姨,我、达尔文和沙耶加交换了一个眼神。

迪克刚才的症状,根本不是什么肠瘘和荨麻疹,他的临床表现,就像是喝了敌敌畏之类的剧毒之物,得了一秒钟就能要人命的病。

"你们干吗一脸要死要活的?"迪克冷不丁地问达尔文。

"没有,只是刚才被吓坏了。原来你有肠瘘啊,以后就不要吃垃圾食品了。"达尔文漫不经心地回答道。

凯特看到我们的反应,似乎松了口气,又变成了平常那个热情好客、对人温柔的好阿姨。

"妈,你先回家好吗?我想吃你做的炖牛肉了。"迪克挤挤眼,就用三寸不烂之舌把凯特打发回家了。

"我以为这几年我都好得差不多了,就偷偷把药停了。"凯特前脚走,迪克后脚就从床上爬起来,"幸好也不是什么要命的病。"

我装得像没事人一样跟迪克插科打诨,却眼尖地发现床褥上有一颗淡蓝色的胶囊。

凯特阿姨药瓶里的漏网之鱼。

我迅速把胶囊装进了口袋里。

眼看天还没黑,我们去住院部看了看骆川。他还没醒,脖子上打了一圈石膏。

没想到这货好不容易来一趟,就因为我的事而无辜躺枪了。

医生说他脖子软骨骨折,中度脑震荡,虽然没生命危险,但一时半会儿出不了院。

"受伤这么严重,他太太都不来看他吗?"旁边棕色头发的小护士从我进来开始就一直在旁敲侧击地试探。

估计是没见过长这么好看的男病人,按照韩剧的套路,骆川会因为脑震荡而彻底失忆,在小护士废寝忘食的照顾中坠入爱河,最终抛弃原配,开始一段新的"狗生"。

呵呵,最好脑震荡导致这货的语言功能也一齐丧失,你们才有可能白头偕老,否则你就会见识到能从嘴里喷出粪的人是种怎样的存在了。

其实他下半辈子这样静静地躺在床上当个美男子挺好的,要不然我再给他补两锤吧。我的内心突然浮现出这个邪恶的念头。

"我叔叔现在还是单身。"临走的时候,我有意无意跟小护士说了一句。

看着小护士洋溢着雌性荷尔蒙的笑脸，我觉得骆川出院之前我都不用来照顾他了。

在去买铲子的路上，迪克还是和平常一样没心没肺地嘻嘻哈哈，我们三个都各怀心事。

如果迪克真的是隐形人，他没必要锲而不舍地去乔那里寻找真相，毕竟隐形人做的一切就是让 M 的自杀成为定局，并把关于 M 特殊能力的一切痕迹都抹干净。

可如果不是迪克，会是谁呢？我和沙耶加疑惑地对视了一眼。

"上校，你妈妈给你吃的是什么药啊？"沙耶加犹犹豫豫地问，"好像效果还挺好的，我……我有个亲戚也得了肠瘘……"

"是不是很神奇？"迪克一脸神秘地说，"我偷偷告诉你，这可是新药，还没通过 FDA（美国食品药品监督管理局）的审批呢，是军方发给前线士兵的内部药，我爸才能拿到。"

"哇……好厉害……"沙耶加明显不会撒谎，结结巴巴地回复道。

"那当然！军队还会害自己的士兵不成？"迪克自信满满地拍了拍胸脯，"现在美国制药学可发达了！我听我爸爸说，再过几年，任何绝症都能治好。"

不，不是再过几年，而是现在就能治好了。

你就是最好的例子。我在心里默默地想。

"这么好的药，为什么不赶紧普及起来？"达尔文有意无意地插了一句，他心里的疑惑似乎跟我们一样多。

"这你就不懂了吧？"迪克一点都没听出来达尔文话里有话，"在任何一个国家，所有最先进的技术都是军方最早研制的，很多年之后才会下放民用。比如 GPS 卫星导航，1958 年的时候美国军方就开始使用了，可是你看，民用卫星导航直到这两年才开放。还有汽车啦、计算机啦，都是军方使用几十年后才下放了民用使用权。药品也是呀，估计这种新药下放到民用还要好几年呢！"

"你真幸运，可并不是每个得了重病的孩子，都有一个像你这么厉害的爸爸。"说完这句话我就后悔了，迪克一脸尴尬地挠着头。

"呃，我没别的意思，只是觉得……"我想解释，但一时间又找不到什么合适的词。

"我想我明白你的意思，中尉……"迪克艰难地咧开嘴笑了下，"我确实挺幸运的，几年前我病得很重，我知道那种感觉，很绝望——你别看我现在这样，那时候我每天都觉得我快死了，我必须每天插着尿袋，严重的时候还要插胃管……每天晚上睡觉之前，我都担心第二天醒不来了……"

"嘿，兄弟，总之你现在康复了，这不是好事嘛。"达尔文岔开了话题，"医生有没有说，你还要吃多久才能停药？"

"这我倒没有在意，我妈说或许等我再长大一点。"迪克自嘲地说，"反正现在看来，断了药还是会出事的。"

我摸了摸口袋里的胶囊，大家都十分默契地没有再说下去。

来到墓地的时候，天已经完全黑了。

在我们大中国，有80%以上的恐怖故事都跟墓地有关。女鬼僵尸招魂怪婴血尸巫术蛊毒之类的，听见"墓地"两个字就和鬼逃脱不了干系。

相比之下，老外对墓地的态度还挺积极向上的。在他们的价值观里，出生和死亡都是生命中必不可少的一部分。因此，许多公墓都会和教堂连在一起——通常会在教堂后面。

而公墓附近，也都是正常的民宅。

我曾经问过达尔文，墓地旁边的房子会不会便宜一点。

"你该去看看纽约和曼哈顿最好的富人区。"达尔文有点鄙视地看了我一眼，"墓地周围的房子不但不会便宜，还会贵一点呢，毕竟做礼拜方便，还能隔三岔五去跟死去的亲戚聊聊天。"

好吧，你们资本主义有钱人的世界我不懂。

作为"精怪横行"的东亚代表，我和沙耶加还是被公墓里的阴森吓得一阵哆嗦。

看着我俩又是挂洋葱又是拿十字架的，达尔文翻了一个大白眼："就算有吸血鬼，它也只是住在这儿，吃饭的时候会去别的地方。"

"那……那要是它刚睡醒觉得饿了怎么办？"沙耶加胆战心惊地问，"我早上醒来的时候就会肚子饿……"

"有完没完？你们要相信科学……"

我们就是没觉悟，咋的了！我就是看香港的僵尸片长大的，我就是封建迷信。

"我觉得，我们一直以来遇到的事都不科学……"

我的话音未落，就被走在前面的迪克吓了一跳。

"糟糕！"

皎洁的月光下，M的墓碑倒在草地上，棺材已经被挖了出来。

棺材里面根本没人，只有一张薄薄的类似人皮的硅胶皮囊，上面还套着M下葬时穿着的那条连衣裙。

达尔文紧锁眉头："我见过这种东西。"

我想我知道他在说什么。

"这到底是个什么鬼？"迪克伸手就要摸，被达尔文一下拽住了。

"我们得快点离开这里！棺材还没被埋回去，它不可能把现场弄成这样走掉……估计它还在附近……"

"沙沙……"就在我们打算转身逃跑的时候，突然听到不远处的松树林里传来了某种奇怪的声音。

借着月光，我看到一个黑色的影子站在一棵树旁边。

"他"一动不动，似乎在饶有兴致地观察我们，一双眼睛发着淡黄色的光。

"他"比我们矮一点，手臂奇长，似乎没有头发，腹腔上有一道很长的缝隙，就像手术后愈合的伤口一样，周围长满了肉芽。

然后"他"张嘴了，发出一种类似青少年的、带着南部口音的男声。

"小——毅——弟弟——好久不见了，我是吉米。"

达尔文整个人一下怔住了，他直勾勾地盯着那个影子，眼里的惊讶在几秒后变成了仇恨："是你……"

话音未落，达尔文就像疯了一样捡起铁铲朝那个影子跑去。

我们也赶紧跟进了树林，但那东西行动十分敏捷，我们根本追不上，没跑几步影子就不见了。

"你……你们看……"迪克气喘吁吁地朝我们跑来的方向指了指。

我们回头看向墓地那边，几个穿着黑色西装的人从教堂后面走出来，迅速走到了 M 的墓碑旁边，没两分钟就把墓地恢复了原样，一看就是受过训练的雇佣军之类的人。

他们四下查看，确保无人后迅速撤离。我甚至能看到他们中的几个人在腰间别了枪。

他们来的方向，同我们刚开始准备逃走的方向一样，如果刚才往那边跑，没几步就会被他们撞个正着。

我不敢想等待我们的会是什么。但从目前看，和这件事扯上干系的每一个人都不会有好结局。

这算怎么回事？刚才那个"人"把我们引进树林，难道是为了救我们？

达尔文不是说八爪鱼人是坏人吗？难道八爪鱼人跟这帮雇佣军不是一伙的？

"嘻。"

我正想到脑袋打结的时候，突然听见我们前方三四米的地方，传来了一声诡异的笑声。

一棵粗壮的杉树后面，伸出了一颗脑袋。

第 21 章　　　　　　　　　　　　　贤者之石

这次的距离非常近，我算是看清楚了。

这颗脑袋以极其不自然的姿势从树后面伸出来，它的脖子相当长，软绵绵的像没有骨头一样。

它没有头发，但头顶似乎是半透明的，能看见血管和脑组织。和达尔文说的一样，它的眼睛和鼻子还能勉强被称为人类，但没有嘴——它的声音似乎是从鼻腔里发出来的。

"想找到我吗？"这一次，从它鼻腔里发出来的是一个女孩的声音，带着一点中部口音——如无意外，这就是乔当天晚上听到的声音。

"M 是不是还活着？！"我几乎是叫出来。

它狡黠地看着我，点了点头。

"你们把她怎么样了？她在哪儿？你究竟要干什么？"

这次八爪鱼人并没有回答，而是迅速一闪，又朝远处跑去。

"跟上它！"听到 M 没死的消息，我已经忘了恐惧，想都不想拔腿就去追。

一路上，这个半人半章鱼的怪物有意识地跟我们保持着固定距离——其实按照它的速度，甩掉我们易如反掌。

它似乎故意让我们跟上它——又不能接近它。

就这样跑了一会儿,眼看就要跑出树林了,我们突然看见不远处有车灯在闪烁。

我推测着我们所在的方位,这里应该靠近镇郊的怀尔特河了。怀尔特河是连通水库和河坝的人工水道,但是小孩子都称它为河。

果然,一辆黑色的越野车停在河边,似乎在等着八爪鱼人。

我们蹲在树林里面屏住呼吸,车子距离我们大概二三十米,我们看见车里下来了一个人。

竟然是那个自称佩奇的,所谓特殊儿童教育机构的医生。

"该死的!我就知道这女人有古怪!什么评估报告能一天之内就出来?"迪克压低了声音,愤愤地说。

"我想起来了……想起来了……我为什么之前没想到……"达尔文的手抓着树干,我几乎从来没见过他像现在这样失控。

"别发出声音……"我按住他的肩膀。

"我说过她很眼熟……我见过她,我和吉米都见过她……"达尔文的声音竟颤抖起来,"亚特兰大……生物监测局……"

我想起来了,就是在吉米出事之前,几个自称来自生物监测局的政府人员到学校找过吉米。

他们详细地问了吉米目击八爪鱼人的经过,却连笔记都没做。

怪不得他们关注的是有没有其他目击者,而不是八爪鱼人本身——他们都是一伙的。

"你的任务已经完成了,回去吧。"佩奇医生边说边拿出一个瓶子,从里面倒出了什么东西递给那个怪物,但因为光线太暗,我们看不清。

怪物接过那个东西,把它按在腹腔上——腹腔上的裂缝扑哧一下张开了,里面似乎有许多小触手和锯齿在向外伸展,让有密集恐惧症的我看得头皮一麻。

原来,这条缝才是它真正的"嘴"。

八爪鱼把那东西吞下去之后,反身一跃投进了怀尔特河里。

就在它跳水之前,它用它长满吸盘的"手",从只有我们能看得见的角度,指了指吉普车的车牌。

就这么半秒钟,我感觉它看着我们,虽然没有嘴,但它在笑。

"记……记下车牌……"达尔文拽了拽旁边已经被吓傻的沙耶加。

直到汽车消失了好一会儿,我们才从震惊中回过神来。

"那……那玩意儿是什么……"不知道是沙耶加,还是迪克打破了宁静,他俩都是第一次接触这种东西。我比他们好一点,至少听达尔文讲过,所以还会有那么点心理预期。

"我记得你说过……你哥也叫吉米……"迪克已经下意识地离达尔文越来越远了。

"它不是我哥,这件事之后我再告诉你,现在我们需要立刻回家!"

达尔文很容易就从车牌号查到了从属地,意料之中是亚特兰大的车牌。

亚特兰大的警察局有一套完备的汽车跟踪系统,就是通过城市里的五千多个摄像头检测在各个路口出现的车辆,达尔文几乎毫不费力地就黑进了系统里。

"我已经不是两年前的那个我了。"他自言自语,"这次就算你开到月球去,我也能定位到你。"

四个小时之后,我们从达尔文调出的监控录像里看到汽车驶进了一座后现代建筑的地下停车库。

贤者之石脑神经科学研究中心。

我告诉他们,那就是我妈妈住的那家脑科医院。

又过了四个小时,迪克带着我们驱车驶入亚特兰大。

我从来没有像现在这样,审视着这座据说是全美国乃至全世界最顶尖的大脑研究中心。

医院建筑呈完美切割的半球形,在蓝天白云之下,就如雨后草地上的一颗露珠。

建筑的外壳由四千多块高反光玻璃和氧化铝板组成,不但能在白天有效地提供室内采光,铝板还会以吸收太阳能的形式为建筑供电——就像永动机一样,仅仅靠外壳就能维持整个研究中心的电力系统。即使全城的供电系统瘫痪,这里也能维持日常运转。

"贤者之石,"达尔文在我身后漫不经心地说,"中世纪无数炼金术士追逐的魔法石。不但能够点石成金,还能让拥有者完成永生不死的转化。"

永生吗?我想起舒月口中这家医院的拥有者,那个在阴影中操纵着这个世界上大部分财富的低调富豪,那具坐在黑色进口车里的衰老的身体。

舒月称他为罗德先生。他带走了43。

他是否已经得到他所追求的永生了呢?

他和M又有什么关系?

难道他不但想获得永生,还想拥有预测未来的能力?

他已经拥有了世界上绝大多数的财富,现在竟然还想成为神一样的存在吗?

人是不是真的像 43 说的那样，总是贪得无厌？

"汪桑的妈妈到底得了什么病？为什么会住在这里？"沙耶加的声音把我拉回了现实。

"我的妈妈……"一时间，我竟然不知道该从哪里讲起，它太长了，跨越将近一个世纪，几代人的爱恨情仇，又怎么能用三言两语说清楚呢？

"我的妈妈不是病了，是受伤了。她和爸爸为了保护我做出了很大牺牲，现在换我保护她了。"

贤者之石的医院部虽然名义上对普通民众开放，但只是徒有虚名而已。在这里看病的花销必须用现金支付，不接受任何形式的医保卡，这就相当于拒绝了 90% 以上的普通病患。

要知道，在美国看病贵得令人发指，哪怕是普通的公立医院，不算药品和治疗费用，单是一次门诊开销，换算成人民币都至少 2000 元起步——更别说这种设备精良的高端医院了。因此，大多数美国人不到快死掉是不会去医院的，去也一定会用医疗保险。

支付现金是只有少数富人才能承受的支付方式，因此贤者之石实际上相当于这部分人的私家医院。

球形建筑总共有七层，三层以上是住院部。住院部和酒店一样，按照多人病房、单人病房和特殊病房从下到上划分，越往上的楼层越贵。

妈妈就住在七层。我不知道妈妈从入院到现在的治疗费算下来要多少钱，但一定会是一大笔开销。

罗德先生承诺给妈妈最好的治疗，他做到了。从病房里的医疗设施到主治医师，都是这里顶级的，但这不是没有代价的，他带走了舒月。

"汪桑的妈妈……和汪桑长得好像。"沙耶加看着妈妈熟睡的脸,温柔地说。

"我觉得不像。"迪克趴在床边仔细地看来看去,"中尉的妈妈是个很漂亮的女人,中尉就……"

"不想死就滚远点。"我使劲拍了一下迪克的后脑勺,"会说人话吗?"

"阿姨这是得了什么病啊?"达尔文看着输液瓶,"维生素、氨基酸、脂肪……"

"目前我们给她使用的都是维持营养的药物,手术已经过去了大半年,从生命体征看,她已经痊愈了,脑电波图也十分正常。"护士一边换药,一边说。

"阿姨醒来过吗?"达尔文转身问我。

我摇了摇头。

"那这和植物人有什么区别啊……"迪克说到一半便赶紧捂住嘴,不好意思地看了我一眼。

"她可不是植物人。"一个医生在门口朝我们笑了笑,扬手和我打招呼,"好久不见了,旺旺。"

马丁博士是这栋楼里唯一的黑人医生。要知道,一个有色人种能在白人权威的医疗体系里混到金字塔的顶尖,可不是随便拿两个医学奖、救活过几个人就能做到的。

我妈出事那天,就是他带着一个十人医疗分队,在机场贵宾区给我妈妈进行了紧急抢救。妈妈来到亚特兰大后又进行了两次开颅手术,都由他全权负责。

单论技术的话,马丁博士在全球五千多名神经外科医生中能排前十,每年平均实施手术多于 250 宗,平均每周就要做 5 宗手术。

但从个人来说,马丁博士是个接近狂热的有神论者——也许不符合大多数人对"医生"的认知。可在国外,有50%以上的医疗从业人员有宗教信仰。马丁博士对神的推崇已经到了尽人皆知的程度,他的言论比他在医学领域的成就更出名。

就连在Google搜索他的名字,首栏都是他在宗教研讨会上的过激言论。

"作为一名脑科医生,我深感大脑的复杂程度,即使是宇宙中的星系也无法与之相比。大脑皮质所含的神经细胞有1000亿个,甚至超过了一个星系中恒星的数量,它们之间的关系极为复杂,每立方毫米神经细胞突触的数量至少有164兆个。除了神,谁能设计出这么完美的组织结构?作为科学家,我认为科学的终极目的是了解神!"

这段他最著名的演讲,YouTube点击率达到三百多万,连沙耶加和达尔文都立刻认出了他。

即使技术再好,发布这种言论的医生也会被公立医疗体系打压,于是他就顺理成章地被罗德先生聘用了。

尽管每次马丁博士都对我十分友好,但我本能地和他保持着距离——我总能想起他在视频里狂热的,激动得唾沫横飞的脸。

"这位女士和植物人可不一样,植物人在医学中的定义为脑皮质功能丧失,是不可逆的深昏迷状态——可手术至今,这位女士所有的神经中枢都已经修复,她的大脑功能目前看是完美的——和正常人无异。我更倾向于解释为,她只是在睡觉。"

"她在睡觉?"沙耶加有点不可思议地重复着。

"嗯,她不但在睡觉,还在做梦呢。"马丁博士在身旁的仪器触摸屏上调试了几下,"从脑波的监测记录来看,她的情绪一直有不间断的波动,有时候心跳和血压都会上升。她很开心,偶尔还会笑——我很确定她做的是个美梦。"

我握着妈妈的手。

43说过,妈妈被他的意识侵入得太久了,想要恢复自我意识已经很难。

会不会是他为了补偿妈妈所遭受的痛苦,在脱离控制之前,留下了一个只有快乐和美好的梦?

妈妈,你在梦里见到爸爸了吗?

你见到我了吗?

"那她还会醒来吗?"我拉着妈妈的手,轻轻地问。

"这取决于她自己——只有她自己愿意醒来才行,没人能强迫她。"

马丁博士离开后,达尔文让我把门反锁,随即打开手提电脑。

"太有意思了。"他边敲键盘边说,"我没想到一个看起来这么高科技的现代企业,网络防火墙竟然如此简陋。"

"那太好了,你快找找有没有M的资料。他们是不是把M抓起来了,关在哪里了……"

达尔文示意我和沙耶加先别吵,时间一分一秒地过去了。他在电脑边上捣鼓来捣鼓去,眉头却越皱越紧。

"奇怪。"憋了半天,达尔文嘴里蹦出两个字。

"我已经侵入了贤者之石的主服务器,可这里面的有效信息少得可怜……连一家小型商店的资料存档都不如,这就像……就像……"达尔文想了半分钟,才找到一个精准的形容,"就像银行的金库敞开大门欢迎劫匪,里面却空空如也。"

"难道一点有用的资料都没有吗?"

"往好的方面想,我们至少找到了这个建筑的工程平面图。"达尔文回答,"从平面图看,地上的半球只是建筑的一部分——另一个半球埋在地下。"

"所以,我们看见那辆车开进了地下车库!"

"对,从现在的情况看,他们的有效信息很可能都存在地下半球的电脑里,而那些电脑显然有自己的内部局域网,我们是无法从外部进行连接的。"

"那我们怎样才能黑进他们的内部局域网?"

"我们其中一个人要进入地下,然后把我编的木马程序植入连接局域网的电脑里。"

"呵呵,听起来好简单。"我翻了个白眼。

"从技术上来说并不难——如果我们能拥有一张到达地下的ID。"达尔文耸耸肩。

"那我们就像上次斯坦福实验室那样,找到他们的员工表,锁定一个能去到下层的员工,再用他的信息伪造一张ID不就好了吗?"迪克优哉游哉地说,显然这档子事他和达尔文已经做过很多次了。

"我觉得没这么简单。"达尔文盯着电脑屏幕,"他们的主服务器里,连一个员工资料都没有!"

我凑过去看了一眼,虽然不太懂,但我也能看出每个子菜单下空空如也。

"我已经搜索了整个服务器,没有找到ID的任何模板——没有参照物是不可能仿造的。有意思的是,它们的资料里提到,进入'贤者之石'下半部分的ID是用'一种古老的技艺'制造的……我不知道这句话是什么意思。"

"那我们怎么才能搞到 ID 呢？"

达尔文沉默了好一会儿，叹了口气："办法倒是有一个，但不到万不得已，我本不想走这一步。"

达尔文所说的"办法"第一次浮出水面，是在 1997 年。

一名警察敲开了一个叫奥黛丽的老太太的家的大门。

他们通知她，她的儿子杀了人，他们在他的个人资料中发现了奥黛丽的地址，所以请她去劝劝被收押的儿子，以供出同谋。

当奥黛丽到达收押室的时候，彻底震惊了——虽然儿子已经十几年没有回过家，但眼前这个绝对不是她的儿子。

可是，对方的个人 ID、驾照、银行卡……甚至包括指纹，都和警察局数据库里的一模一样——他的个人信息毫无破绽。可以说，这世界上除了他爸妈，没人能知道他是冒名顶替的。

在反复的审讯中，这个男人终于承认，自己的身份都是从某个"说出来会死掉"的地方买来的。除了人之外，一切身份证明都货真价实。

这个男人以奥黛丽儿子的名义生活了十几年，甚至享受了本来应该是他儿子的房屋、医疗福利和保险金。

至于身份的原主人，也许早在多年前就死在乱葬岗了。

那个"说出来会死掉"的地方，叫作荒原客栈。一个在偷渡客、黑帮和罪犯中广泛流传的黑市。

理论上，任何人都找不到荒原客栈——只有他们找你。

当你有一批军火需要销赃的时候，当你急需一个身份躲避移民局的时候，当你仓库中的大麻成熟的时候，当你欠下一大笔债需要卖血的时候。

荒原客栈会找到你。

达尔文是和父母住在华人区合租房的时候，听一个偷渡来美国的"骨妹"说的。

那个女孩最初只想换一张居留证，荒原客栈却大方地给了她一张绿卡。

那是她来美国之后最开心的一天。随即等待她的却是长达十几年的控制和日复一日地出卖身体。

因为客栈牢牢掌握着她的秘密，抓住她的把柄越来越多。这就像是一个局，一旦陷进去，只会越陷越深。

对那些走投无路的人来说，荒原客栈就像是格林童话里女巫的"糖果屋"，它能满足你的一切需求：全新的身份，发往伊拉克的军火，世界各地的美女，血型匹配的人体器官，新型的毒品，一级保护动物的尸体，甚至是总统的社交账号和密码……

一旦你和它交易，它就会把你变成它永远的顾客。

"荒原客栈也会在网络上发布信息，我想我找到他们并不难。"达尔文抿着嘴唇，"但我不知道我们进去之后，还能不能出来。"

"问题是，我们需要多少钱才能买到一张进入贤者之石下层的ID？"我掰了掰手指，我所有的钱加起来都未必能买到一张碧昂丝的演唱会门票，更别说买ID了。

"我的个人账户里还有两千元……"沙耶加翻着钱包，"加上信用卡的现金额度，大概能有三千元。"

"我的车买回来的时候四万，现在怎么也应该值两万。"迪克挠了挠头，"当然我会被我爸敲死。"

"你的车在你老爸名下，你如果把零件拆开来卖只能卖四五千。"达尔文叹了口气，"我不觉得这点钱能换来贤者之石地下七层的ID，虽然我们都不知道那下面是什么地方，但绝对不简单。"

"那我们怎么办?"

"荒原客栈也支持以物换物……"

"你不会要出卖我们俩吧!"我和沙耶加紧紧抱在一起。

"你俩加一起,估计还没有我的车拆开卖值钱呢哈哈哈……中尉你还真当自己是块宝了!平常不要看这么多电视剧,没好处的……"

"我把你拆开来卖!!!"

"等等,我觉得迪克说得有道理。"达尔文突然想到了什么。

"你告诉我哪个标点符号有道理?!"

"你等等,不要激动——"看我张牙舞爪地扑过来,达尔文瞬间后退了三米,"我是说,有可能我们觉得不值钱的东西,对方却觉得是无价之宝——"

"你说明白,你到底什么意思?"

"我指的是……你和沙耶加在迷失之海底下拍的那些照片,还有关于那个祭坛的信息。"

我想起来了,我和沙耶加当时拍了几百张照片。虽然手机拍得都很模糊,可沙耶加的相机拍得还是很清晰的。湖里的鮟鱇鱼和祭坛四周的巨人骷髅,我们都拍了清晰的特写。这些资料,我们按照和达尔文的约定并没有对外公布,只是保存在电脑里。

"你们不是说里面就是个溶洞,什么都没有吗?"迪克从地上爬起来,莫名其妙地摸了摸后脑勺。

眼看事情瞒不下去了,我们现在是绑在同一根绳子上的蚂蚱,只能把迷失之海的事向迪克和盘托出。

信息量太大,迪克一时半会儿都没反应过来,愣了半天才说:"为什么不早告诉我啊!"

"如果一开始就传出去,保不准 M 早就出事了。"达尔文一边说，一边打开电脑，把图片文档调出来。

"这……这不会是真的吧？"迪克盯着那几张巨人骷髅看了半天，"这会不会是在环球影城搭的拍摄基地里拍的啊？"

"你说，这些人活着的时候该有多高啊……不知道他们和'金刚'站在一起，谁能打得过谁……"

明明知道他在说烂梗，但我现在已经没有抬杠的心情。

"达尔文，你打算通过什么方式和荒原客栈接上头？"我转头看了一眼一直在敲键盘的达尔文。

"Deep Web（暗网）……"达尔文没有停下敲击的动作，答道。

第 22 章　　　　　　　　　　　　荒原客栈

如果你现在打开浏览器，在谷歌检索"Deep Web"，就会找到很多又刺激又恐怖的所谓经验之谈。我可以很负责任地说，这些人大部分并没上过暗网。

2011 年，暗网中的一个黑市交易市场"丝绸之路"，因为"比特币"洗钱事件一夜而红，Deep Web 才走入了大众的视野。但真正的 Deep Web，从 20 世纪 70 年代的 ARPANET 网络时代就存在了。最初，Deep Web 是对那些只能用特殊软件或特殊电脑设置才能连上的网络的统称，用一般浏览器和搜索引擎找不到的东西统称为暗网的内容。后来，暗网逐渐成为黑市交易的平台，但暗网的核心，绝对不是那些以为只要装了"洋葱浏览器"就能买到"可卡因"的人可以找到的。

我们从贤者之石出来，在华人区找了一家汽车旅馆——三十美金一天是我们能承受的极限了。

达尔文从书包里拿出一台经过改装的电脑。这台电脑看起来其貌不扬、旧了吧唧，却能打开形形色色的暗网链接。在绕过一堆收购军火和贩卖绿卡的网站之后，我们锁定了一个叫"博物馆"的域名。

"博物馆"的页面看起来简陋得就像小学教室里 586 电脑的 Dos

系统,要不是达尔文肯定地告诉我这就是暗网,我都要以为我穿越回20世纪90年代了。

更奇怪的是,相较其他暗网的网页,"博物馆"连页面聊天窗口都没有。

"怎么跟对方讨价还价啊?"我嘟囔了一句。

"这是暗网交易的规则。"达尔文指了指页面置顶的一行字,"这里能发言的只有买家。卖家只能提供一张图片说明,不能对出售商品做出任何文字上的解释。"

"这都是什么破规矩啊……"我们都没见过这么卖东西的,"那买家怎么联系卖家?"

"这个网站上的买家可不是泛泛之辈——无论你是谁,他们都能找到。"达尔文突然意味深长地哼了一声。

我们观察了一会儿,果然网站里的卖家都是一人发一张图片,没有任何说明文字和介绍,整个网站的气氛就像没有了文字的微博一样。

这里的图片各式各样:从新闻里失窃多时的名画,到有某个公众人物打了马赛克的床照……

我还没看两分钟,就差点把中午吃的比萨吐了一地。

达尔文从我们的照片里挑了一张清晰的原始照片,把图像裁切了一半,传到"博物馆"上。

"你确定这样有用吗?"我有点惴惴不安,"网上买家这么多,你怎么知道最后就会被荒原客栈看上呢?"

达尔文抿着嘴唇道:"直觉。"

我差点一头栽在凳子上。

当我爬起来的时候,突然发现我们刚才在网上发的图消失了。

"呃？我们的图呢？去哪里了？"我抢过鼠标来回翻动着，"难道刚才没发出去？"

"鱼要上钩了。"

电话那头，传来了有着奇怪口音的女声："向窗外看。"

我小心地撩开了窗帘的一角，一辆看起来毫不起眼、黄白相间的的士停在汽车旅馆外面。

"你们有十分钟，商量好，到底是谁来见我。"说完，电话那头传来了一阵忙音。

我们几个互相对视着。

"上校，你不能去。"达尔文开口了，"你爸爸的身份很特殊，如果你被他们盯上了，后果不堪设想。"

"我……"迪克还想逞强，却不知道该怎么继续说下去。再傻再天真，他也知道去这种地下黑市意味着什么，对方随时都会对他的家庭了如指掌。

"要不你们都留在这里吧，我自己去。"达尔文想了想。

"不行！你不能去，让我去吧！"我拉住达尔文，"我不会有事的，你相信我。要是你出了什么事，我们这辈子都不可能救出 M 了，我们三个的脑子加在一起都没你好用。"

"但你一个女人……"

"你相信我，我真的不会有事的。"我打断他的话，坚定地说。

M 说过，我要死也是半年之后死，就算现在去也不会立刻挂掉，我去是最保险的。

"沙耶加也要去！"一直没说话的沙耶加开口了，"刚才那个打电话过来的人，有京都的口音……沙耶加也许能帮上忙。"

"你乖乖地待在这里好不好？这种事又不是人多力量大……"我企图说服沙耶加。

"既然汪桑不会有事，我也不会有事的。"

"为什么你们俩都这么确定自己不会出事？你以为那种地方只是普通商场，买完东西就能轻轻松松离开？荒原客栈连飞过去的苍蝇都要留下两条腿！你们了解它的可怕吗？"达尔文认真地看着我们俩。

"我……"我差点就把自己只剩下半年命的事给交代了，憋了半天才咽回去，"你就别问了。"

"沙耶加会为自己的安全负责，请你也别问了。"沙耶加向达尔文欠了欠身。

"也许一开始选择荒原客栈就是错误的。"达尔文沉默了一会儿，最终还是让开了几步，他把手机递给我，"不要用真名，跟他们谈妥了，就给我打电话，你们平安回来之后我才会把照片传给他。"

"达尔文，我能问你一个问题吗？"沙耶加突然脸一红，"如果沙耶加这次平安回来了，你能不能考虑和沙耶加交往呢？"

达尔文愣了一下，突然用很复杂的眼神朝我看了一眼。

我心里一阵狂跳，差点直接撞到墙上去。

气氛瞬间有点尴尬，迪克突然从床上坐起来："如果达尔文告诉你他是同性恋，你会切腹吗？"

我的三观瞬间碎成了渣渣！没想到达尔文还好这一口，难道这就是他跟迪克住在一起的原因？就算是也不能这样告诉沙耶加啊！太伤人了吧！还有，切腹不是因为失恋才会切的！

我还没出手，达尔文就一巴掌把迪克拍回了床上："老子才不是！"

"我只想缓解一下尴尬……这不是怕你拒绝人家嘛……"迪克在床上痛苦地揉着脸，转头对沙耶加说，"听说世界上的每一个胖子都是身中魔法的王子，一个真爱之吻就能让他们变回原形……要不要试一试？"

"啊……好厉害啊……"沙耶加被迪克这么一打趣，比刚才尴尬十倍。

"你……注意安全，回来再说。"达尔文挠了挠头，我赶紧趁沙耶加还没反应过来就把她拖了出去。

的士开了将近半小时后，我们被带下了车。

摘下眼罩之后，我赫然发现我们在一家老旧的寄售店里。

门外已经下了闸，窗户上贴着"旧货出售"，里面将近两百平方米的店面堆着各式各样的二手家具、成千上万的旧衣服，还有各种陶罐、水晶灯、机械座钟和玻璃花瓶等装饰物。

这种寄售店很受老派的美国家庭推崇，几乎每个中产阶级家庭都会把家里淘汰的东西以半捐赠半售卖的形式放到这种店里。商店会收一小笔佣金作为卖东西的酬劳，每样东西都会有一个拍卖周期，如果在拍卖周期内没有售出，商品则会自动半价。

我刚来美国那会儿，舒月也曾经带我来这种店扫货。家里的家具都是在寄售店里买的，幸运的时候能够淘到很多物美价廉的东西。

这种店多为夫妻店，妻子负责进货，丈夫负责安保工作——寄售店的客户通常都不会是中产以上，以黑人和华人居多，所以一般开店的地方也不太安全。

店里的点唱机还在哼哼唧唧地播放着某张乡村摇滚的胶片。我和沙耶加环顾了一下四周，虽然这里一眼看去和普通的寄售店没什么不同，但我总觉得空气里有一丝腥甜的气息。

衣架上的衬衫、鞋架上的高跟鞋、地上的玩具熊，似乎都沾着不同色泽的血迹。

"随便看看。"一个口音奇怪的女声从柜台后面传来。我顺着声音看去，只见一个亚裔女人坐在收音机后面，慢条斯理地削着一个苹果。

这个女人大概四五十岁，颧骨高耸，没有眉毛，脸上抹了厚厚的白粉，头发松松地绾在脑后梳了个发髻。

她的打扮和这家美国老式寄售店格格不入——她竟然穿了一身纯黑色的日本和服。

要不是她一口英语，我真以为她是从五六十年前的日本穿越过来的。

"丧服……"沙耶加轻轻拉了拉我的衣角，小声说。

我不确定那个穿和服的女人是否听到了我们的议论，但她并没有做出什么反应，而是把削完的苹果递到了柜台底下。

我刚想再走近点看看柜台下面有什么，沙耶加紧张地拉住我，不让我再往前走了。

"日本人？"她看了一眼沙耶加。

"嗯……"

"叫什么？"

我赶紧捏了一下沙耶加，暗示她不要说真名。

"节……节子。"沙耶加犹犹豫豫地说了一句。

"节子……吗？"和服女人突然意味深长地笑了。

"吃吧。"她拿起一个苹果，向沙耶加递过去。

"你搞错了，我们不是来吃……"

我刚想帮沙耶加挡掉，和服女人的脸突然扭在一起，变得无比狰狞——我根本没看清怎么回事，那把削皮的刀已经刺向我的手掌，顿时一阵剧痛从手心传来，我干号了一声。

"太没礼貌了，和长辈说话要用敬语。"

"汪桑！"沙耶加慌忙掐住我的手掌，但刀已经把手掌穿透了，血从指缝里渗出来。幸好刀刃很窄，要是再宽个几厘米，我该成ET了。

"吃吗？"和服女人瞬间恢复了之前的样子，把苹果递给沙耶加。

"对不起，我不饿……"沙耶加一边捂住我的伤口，一边小心翼翼地说。

"不饿吗？实在是太可惜了。"和服女人做出一个夸张的欠身，"不饿的人，是不能成为荒原客栈的客人的。每个人都来这里找能喂饱欲望的东西，对权力的欲望呀，对金钱的欲望呀……节子，你见识过什么样的欲望呢？"

沙耶加浑身一震，有一瞬间的失神。

"我……我们不要钱，我们想换一样东西，去救一个朋友。"过了几秒，沙耶加艰难地开口。

"看到这个商店里的物品了吗？这里的每一样东西，都来自我们的客人。荒原客栈会把每一个和它交易的人变成永远的顾客。饥饿的人会为了欲望付出越来越多的代价，当代价大到无法支付的时候，他就会变成我们的物品。我们可以出售他的一切，包括生命。"

和服女人不紧不慢地说着，她的脸在白炽灯下显得越发冰冷：

"真烦恼啊，二手商品总不如新的好卖，连灵魂都千疮百孔了。"她叹了口气，突然直勾勾地看着沙耶加，"所以说，人哪，总会为了欲望搭上性命，节子做好这样的觉悟了吗？"

"你到底在说什么啊？沙……节子怎么就变成你店里的东西了？你搞清楚，我们是用照片来换贤者之石的ID，不是用节子来换！这买卖你爱做做，不做拉倒！"我莫名其妙被削了一刀本来就上火，龇牙咧嘴地拉着沙耶加就想往外走。

"你知道贤者之石是什么地方吗？"和服女人还是一样的语速和表情。

我顿时语塞。

"如果你知道，那你就应该明白，除了荒原客栈，没有其他人能给你你想要的东西。"她嘲讽地勾起嘴角，随即低下头对柜台下面说，"礼拜二到的货，那个白人。"

柜台底下钻出来一个侏儒，手里还拿着吃了一半的苹果。

他的头发都掉完了，半张脸被烧得不成样子，一只眼睛里镶着玻璃眼球。我被他吓了一跳。

侏儒翻起那只没瞎的眼睛扫了我们一眼，迅速走到一边的衣架上，拿下来一件脏兮兮的工作服，领口还沾着干涸的血渍。

"右手边的口袋。"侏儒把衣服递给了我们。

我忍着疼，从里面摸出来一块方方正正的东西，在灯光下一看，竟然是一枚印章。

"这个……就是ID？"

"印章是一种最古老的防伪技术，手工刻章的独特纹理，没有精巧的技艺是无法伪造的，和高科技电子垃圾不同。"和服女人怜惜地把侏儒抱起来放在腿上，慢悠悠地说，"那个地方的创立者明白,这种原始的工艺比电子芯片在仿冒上复杂得多。为了把风险降到最低,他们还选择了一种罕有的材料制作印章——陨石。检验口会有专门的生物电子技术,检验印章材质的真伪。"

"只要有这个,任何人都能进去吗?"我看着手里的印章,问道。

"杜克·纳什维尔——印章的主人。记住这个名字,回去告诉你的同伴,他会知道该怎么做。"

和服女人又和侏儒耳语了几句,侏儒跳下她的膝盖走进里屋,没过一会儿,就拖着一只箱子递给了我。

"里面有一支内含针孔摄像头的钢笔,还有一套蓝牙耳机。"

"送……送的?"我一时间迷糊了,这种黑店还能买一送一吗?

"我能送你进去,就要保证你能出来。"和服女人掩着嘴笑了一声,"我可不愿意因为你们被抓而牵连进去呢。要不是有人开大价格买这些照片,我可不愿意冒这个险。"

眼看东西都到手了,我拉着沙耶加就想走。刚转身,那个和服女人突然在背后冷冷地问:"节子,你还没回答我呢,你做好觉悟了吗?"

沙耶加的脚步突然一滞,我回头拽她,却看见她垂下眼睛,一脸悲伤。

"节子有这个觉悟。"沙耶加突然回头,对和服女人坚定地说。

"实在是太好了。那么这件东西,就还给你保管了。"和服女人从柜台走出来,十分有礼貌地鞠了一躬,随即把一个金色的东西塞在沙耶加手里。

那是一枚戒指,上面似乎有一朵盛开的花。

"这东西在我这里,只是个不值钱的首饰。当它代表的价值大于它本身的时候,我会来找你的。"

沙耶加接过戒指，一言不发地拉着我向外走去，走到门口的时候，我还听到那个和服女人隐隐约约传来的自言自语：

"节子吗……真是个好名字啊……"

我们在药房门口下了车，沙耶加买了简易急救包，处理起了我被扎穿的手掌。

酒精棉碰到伤口的一瞬间，我疼得一个趔趄。

"你……你认识刚才那个疯疯癫癫的老女人吗？"我装作很无意地问了一句。

"我很小的时候……见过她一面。"沙耶加从走出寄售店开始就闷闷不乐，"我只知道她姓清水。"

"清水？"我挠挠头，"这个姓听起来应该挺穷的。"

"才不是，清水是日本的贵族姓氏之一，她是公家人，她的祖辈是天皇右大臣。清水家在战后受挫，为了重新获得其他家族的支持，在政界有一席之地，他们……可能跟美国的一些势力合作，在荒原客栈做一些见不得光的买卖吧，其他的我就不清楚了。"

"既然她家这么有钱，怎么还会舍得把家里人往黑市里扔啊？我现在光听到荒原客栈的名字就心颤。"我摸了摸心口。

"我想她应该是清水家作为交换品，留在荒原客栈的一颗弃子吧。荒原客栈的交易很离奇，有时候它要的是钱，有时候要的是你的手，或者你的老婆孩子。"

"她不是老板吗？"

沙耶加摇了摇头："没人知道荒原客栈的老板是谁。"

我看了看肿成粽子的手掌，又看了看若有所思的沙耶加，终于忍不住问："沙耶加，为什么你会知道这么多……你是什么人？"

"汪桑，你又是什么人？"沙耶加突然反问我，"为什么你在迷失之海时看到祭坛上的图案如此吃惊？为什么你妈妈会住在那么昂贵的医院，接受着世界顶级富豪才能享有的医疗？"

我又是什么人呢？

我叫汪旺旺，我的真名是徒傲晴，可抛开这个名字，我又是谁？

一切和我过去有关的人，要么像爸爸一样死了，要么像舒月一样消失了，要么像妈妈一样躺在床上昏迷着。

没有谁能够证明我是谁，我也不知道自己到底是谁，这一路走来，又变成了谁。

"每个人都有不能说的秘密吧。"沙耶加的目光突然变得温柔起来，"但认识你们，是我最最开心的事。"

"怎么回事？！"一回到汽车旅馆，达尔文看见我被包成粽子一样的手就炸了。

"你小声点，我耳膜快穿了……"我赶紧关上门，"我又不是言情小说里的女主角，受点伤就要了半条命。Take it easy, man（放松，伙计）。"

"你保证了会没事，我才同意让你去的！"

"都是因为我，汪桑才会受伤的……我已经给伤口做了处理……"沙耶加就像个做错事的孩子。

也许是沙耶加的声音太小，所以达尔文没听到，他抄起我的手三两下拆掉了纱布，翻来覆去地看了一会儿才说："韧带和骨头没伤到，但这疤是要留一辈子了。"

"我不是说了我没事吗？"我几乎是不耐烦地吼出来。

他不说这句话还好,一说我的眼泪就差点流下来了。看着手掌上的伤口,我心想,哪儿还有什么一辈子,我过一阵子就死了。

我只想在我活着的时候把 M 救回来。

我抽回手,从口袋里掏出那枚印章扔给达尔文:"杜克·纳什维尔,荒原客栈的人让我告诉你这个印章主人的名字,她说你会知道该怎么办。"

第 23 章　　　　　　　　　　　　　　　　　　蜂巢

达尔文没用多少时间，就在网上找到了这个人的个人资料。

杜克·纳什维尔，白人男性，高中学历，目前居住在奥兰治城，1998 年起被海蓝清洁公司雇用，登记身份为保洁人员，逢周四和周六晚上上班。名下拥有奥兰治城三套房产、两辆车。

"海蓝清洁公司……他不是贤者之石的员工？"我立刻怀疑荒原客栈给我的这块破石头是假的。

"像贤者之石这种公司，绝对不会公开雇员身份的，这里面有猫腻——"达尔文指了指他的履历，"一个保洁员，怎么可能在奥兰治城这种富人区买下三套房？那里是亚特兰大房价最贵的地区之一。任何一家公司都不会花钱请一个月薪过万的保洁员，只有贤者之石出得起这个价格，这叫收买人心。"

"荒原客栈的人说他的 ID 是周二到的，我怀疑杜克本人已经……"沙耶加若有所思地看了看手里沾着血渍的工作服。

"很有可能，但美国的人口失踪最快 48 小时才能立案，我们要利用这个时间差——在他的 ID 无效之前混进去，我们现在只剩下 5 个小时。"

"白人，男性……"

沙耶加没说下去，我们三个不由自主地转头看着一脸坏笑的迪克。

我突然想起社团成立的第一天,他在礼堂舞台上假装自己可以摆脱地球引力,结果钢丝滑脱当众出丑的样子。

"你们放心,我绝对没问题,我参演的《罗密欧与朱丽叶》,可是在年度话剧竞赛拿过银奖的!"

"你在里面演什么?"

"演一棵树!"迪克自豪地说。

周二晚上7点50分,一辆印着"海蓝清洁公司"的货车驶入了贤者之石的地下车库。

开车的人留着一副络腮胡,鸭舌帽下面有一头乱糟糟的棕色头发,穿着一套不算干净的蓝色工作服——如果仔细看,他的工作服的领口上还有没洗干净的血渍。

"我去,这个车库,有点深……"迪克调整了一下左耳的蓝牙耳机,货车遵照着指示牌驶入地下四层。

"镇定一点,我们不知道监控录像头在哪儿。"另一头的汽车旅馆里,达尔文对着麦克风小声说。

四小时之前,达尔文顺着名字找到了 ID 主人杜克·纳什维尔的"脸书"照片——一个 30 岁左右、身高 5 尺 7 寸、体重 170 磅左右的大胡子。

我们甚至顺藤摸瓜,定位了他的清洁车——那辆车从周二杜克"出事"之后,就一直停在工业堆填区的路边。

万圣节快到了,各大超市百货都在卖变装道具,我们几乎毫不费力就买到了假胡子和染发水。感谢世界上所有的大胡子,他们看起来就像一家人。

变装之后的迪克和杜克的相似度接近70%，但达尔文还是忧心忡忡。

"记住，进去后千万不要跟任何人说话……一说话就露馅了。"毕竟17岁少年的声音，和得克萨斯抽了半辈子烟的红脖子还是区别很大的。

我把蓝牙耳机塞进迪克的耳朵，另一支带针孔摄像头的笔则别在了他胸前的口袋里。

"如果我在里面遇见了认识杜克的人，发现我是假的，怎么办？"

"你的造型只要骗过门卫就行，进去后，你可以是任何一个新来的清洁工。"我拍了拍他的肩膀，"上校，你明白你进去要干什么吗？"

"行了行了。"迪克不耐烦地重复了一遍，"我哪里都不用去，也不用去救M。我只要找到里面的任何一台电脑，把带木马程序的U盘插进去就行了嘛，说了50遍了。"

"对，我们的目的是黑进贤者之石地下的局域网，获得他们的数据，找到M所在的具体位置之后，再想怎么救人。"达尔文说，"你别进去逞英雄——你要有什么三长两短，你妈会杀了我的。只办好这一件事，行吗？"

"我觉得你们现在都成我妈了。"迪克翻了个大白眼。

可不是嘛，我在心里想，就这家伙的德性，还总想当超级英雄，要不多嘱咐他两句，指不定捅出什么娄子来。

况且，这家伙上次病发真把我们都吓住了。

想到这里，我赶紧问："你今天出门吃药没？"

"吃——了——"迪克故意拖长了声音说。

那个和服女人说，为了不把荒原客栈卷进这件事里来，会保证迪克能全身而退。希望她说的是真话。

"距离 ID 失效至少还有两小时，"达尔文看了看表，"足够了。"

"喂。"迪克爬上驾驶座之前，我叫住他。

"怎么了，中尉？"

"我想说……其实你如果不想去，不要去。"我吸了一口气，"布朗教授死了，骆川也差点死掉，警察局爆炸了，这件事到目前为止，每个牵连其中的人都会深陷危险。背后的人不是善茬——他们的背景很厉害、手段狠毒……如果你不想去，没有人会怪你。我们可以再想办法……"

"中尉。"迪克板起一张脸，"你这么看不起我吗？"

"不是……我只是……"

"逗你的！"迪克嘻嘻哈哈地给了我一个拥抱，"M 也是我的好朋友啊——"

我用力抱了下他，不自觉得眼角有些湿润。我想起在手术室门口，凯特阿姨那张疯狂又绝望的脸。

"如果——我连这种新手任务都刷不了，怎么拯救世界呢？晚点见啦，中尉！"

我怔怔地站在路边，看着清洁车消失在黑夜中。

事实证明我们的疑虑是多余的，安检门口甚至没有安保人员，也不需要核实相貌，唯一的检验标准就是印章。

迪克推着清洁车穿过一条很长的走廊，面前出现了四部金属电梯。

"我现在该去哪儿？"迪克在蓝牙耳机里轻声问。

"负 1 层到 4 层都是停车场，"达尔文在电脑里翻找着施工图，"剩下三层都没有标明用途，你随便选一层吧。"

"我的幸运数字是6，我选6层。"迪克舔了舔干燥的嘴唇，"呃……等等，这里没有6层呀……"

他扭开胸前的针孔摄像机，我看到四部金属电梯都只有一个按钮，通往同一个地方——HIVE（蜂巢）。

"管他是什么，反正进去之后，找到最近的一台电脑把带木马程序的U盘插上去，不就行了嘛！"

迪克进了电梯之后，针孔摄像头信号丢失，电脑屏幕一度进入黑暗。

"迪克，你怎么样了？找到电脑没？"过了一会儿，达尔文耐不住性子问。

"伙计……这、这里没电脑啊……"电话另一头传来迪克颤抖的声音。

"什么意思？"我们几个人的心都提了起来。

几秒钟之后，针孔摄像头的画面再次出现，我们终于明白了迪克的意思。

呈现在迪克面前的，是一个几百年之前的"档案馆"。

没有电脑，没有电话，没有互联网，没有任何现代电子设备。只有数以亿万计、堆积如山的资料和档案。

整个档案馆就是一个把地下三层打通，再借鉴蜂巢的方式连接起来，一格一格的六边形"蜂巢"里面堆积着从羊皮卷到纸质的档案。

越靠近蜂巢的底部，档案年份越新。从上往下看，这就是一个活生生的"纸张发展史"。

蜂巢的底部是密密麻麻的六边形房间，因为没有天花板，从上看下去可以说是一览无遗。有的房间里面有桌子，但大部分都是档案柜。一些穿着制服的人在里面走来走去,把各种文档分门别类。

这里甚至连一台电动升降机都没有,当底下的人想从上层的蜂巢拿资料的时候,只能靠最原始的旋梯攀爬。

"这里……实在太宏伟了……"迪克忍不住感叹道。

蜂巢除了格局比较特殊,这里的每一砖一瓦,都来自历史中那些璀璨的文化古迹,尤其是那些我们认为早已被战争摧毁的文明。

它的顶部是完美的古罗马穹顶,上面画着古希腊传说中的海王波塞冬。新古典主义的科林斯立柱将蜂房与廊道分开,地板由某个中亚神庙里雕刻精美的大理石板拼凑而成,每个细节都保留了对第一次工业革命之前人类文明的最高敬意。

谁能想到,在这座高科技的大脑研究中心之下,竟然有一座古老的档案馆。贤者之石的上半部分和下半部分之间,至少差了三百年。

我突然意识到这种设计的用意了。

因为为贤者之石工作的,恰恰都是走在世界科技最前沿的人。

试想一下,如果让比尔·盖茨来选择一个最安全的地点保管某份文件,那么电脑和云端硬盘是他一开始就会否决的方案。

一个靠写程序致富的人,比谁都明白数字化科技看似安全、实则危机四伏的事实——互联网上没有任何东西是绝对"安全"的。

即使是用了目前最高级算法加密的文件,也有可能在几个月之后被轻而易举地解密。

科技与时俱进,在我们埋怨社交账号被盗的同时,号称全世界最安全的五角大楼数据库,也在被数以千计的维基解密的黑客攻击着。

对他们来说，只有把原始手抄本锁在机械保险库里才最明智。

就像贤者之石的陨石印章一样，这些看似过时的古老技艺，在某种程度上兴许比数字技术可靠得多。

蜂巢就是这些走在时代尖端的人得出的最安全的加密方式，他们切断一切信息化技术，把秘密通过最笨拙的纸和笔保存下来。

"我……我现在该往哪里走？"迪克好不容易回过神来。

"照这样看，M不可能在这里……"达尔文紧锁着眉头，"你先回来，现在的情况超出了我们的预期。"

"回来？"迪克努力压住自己的声音，"就这么回来？！我们费了那么大力气才搞到这个ID，现在什么都没找到，就这么两手空空地回来？"

还没等达尔文说话，迪克就自顾自地把清洁车往旁边一扔，从侧边的旋梯往蜂巢底层爬去。

"不要！"达尔文急得一头大汗，"回来啊！"

但我们都知道，就算叫破喉咙都没用，迪克不听你的就是不听你的。

唉，好莱坞毒鸡汤害死人，怀有个人英雄主义的人在实际操作中是最容易被打成筛子的炮灰。

有时候真想把迪克扔到中国来，让他好好学习一下什么叫作"服从组织命令""集体大于个人"。

迪克三下五除二就爬到了蜂巢底部，连通底部的是围绕在外的六边形回廊。迪克溜进其中一个没人的房间，里面的档案看起来有点年头了，上面蒙着一层灰。

迪克从架子上随便抽出一沓文件，歪着头看了半天："……德文的，看不懂。"

透过针孔摄像头,我看到那是一沓老式打字机打出来的档案。虽然看不明白字,但下面的一张手绘地图似曾相识。

"上校,你凑近点,让我看看那张地图。"

这是一张路线图,虽然是手绘的,但整张图绘制工整、比例精确,体现了德国人做事严谨的优良传统。

幸好我还没把初中地理忘干净,凭着模糊的记忆,我辨认出这张地图画的是一条从不丹国进入纳木托的路线。

文件的后面几页似乎都是这样的地图,分别标注了从印尼、孟加拉和印度出发的不同路线,但它们的终点都是深入纳木托腹地。

再往后翻,就是一堆黑白照片,包括几个晒得黑不溜秋的德国军人和一些突阙人的合影。

其中有一张照片吸引了我。

照片里有两个披着大衣的德国军人,其中一个戴着金丝眼镜,腰间还别了一把枪。他们俩皱着眉头,盯着一名蹲在地上的突阙青年。青年手拿树枝在雪地上仔细地画着什么。

虽然粗糙得不成样子,但我还是能看出,那是时轮曼荼罗的图案。因为照片里的那个突阙族青年,正在用树枝吃力地勾画着坛城中间的莲花形状。

"这个图案看着有点眼熟。"达尔文皱着眉头,"我们是不是在迷失之海的祭坛上看到过?"

达尔文一边说一边看向我,似乎在征询我的意见:"你当时说,你见过这个图案,对吧?你是在纳木托见到的吗?"

我沉思了一下,摇了摇头:"我是在我爸爸家族传下来的一件丝织品上见到的。"

"这是什么？跟纳粹有什么关系？"

我郁闷地摇了摇头，舒月只跟我说过回乡祭祖的事，我还想知道这玩意儿的来头呢！

"让我看看……"沙耶加凑过来，仔细地盯着电脑屏幕看了半天，"A……gharta……Eingang……"

沙耶加一周七天的课后补习班总算没白上，她老爸老妈给她出钱读的德语课程终于派上了用场。

"这是啥意思啊？"

"一个入口，通往叫作Agartha（阿格哈塔）的地方。"沙耶加对照着照片旁边的描述说，"这应该是一份行军日记，这里记载了1938年一队德军队伍在纳木托发生的事。"

"写日记的人自称为恩斯特·谢弗，是个动物学家，在这支部队里的权力很高……"沙耶加也一脸不解，"为什么行军还要带动物学家啊？"

我想起我爸留下来的那本日记，阿道夫曾经让希姆莱去东方寻找"我们民族的祖先"，最后从纳木托带回来了"神的血液"。

至于他们在纳木托发现了什么，发生了什么事，"神的血液"从哪里来的，日记里并没有描述，只提到过希姆莱不可能把终极秘密告诉门格勒这种等级的人。

"沙耶加你赶紧看看，这里有没有说他们在纳木托找到了什么？"

"他说……说他们在Agartha（阿格哈塔）找到了'神迹'。"

"神迹？是《圣经》里那种把水变成酒的戏法吗？哈哈——阿嚏——"不知道是不是档案室的灰尘太大还是地下太冷，迪克打了一个超级大的喷嚏，于是所有文件都散落在地上。

"你小声点！"我一脸恨铁不成钢。

"喂,你说二战的时候有 PS 技术吗?"迪克突然问我们。

"那时候连电脑都没有,怎么可能有 PS?你的历史是体育老师教的?"

"那这个照片是真的?"迪克弯下腰捡起一张从文件中掉出来的照片,放在针孔摄像头的前面。

照片是从一个高角度向下拍的,没有任何室外光,似乎是在洞穴中——四周漆黑一片,只有照片中央有一些勉强成相的影子。

似乎是几个纳粹士兵正在高瓦数照明灯下劳作,他们爬上一个脚手架,将滚轴接到杠杆车上——杠杆车要拖动的"东西"十分庞大,只有一小部分暴露在光源下方,绝大部分都隐没在黑暗里。

我倒吸了一口凉气。

那是一颗巨大的人头,体积同在迷失之海溶洞里看到的巨人的一样。

但这个明显是"新鲜"的。

它的一双巨眼半阖,头形和锥子一样上尖下圆,面部皮肤粗糙,布满褶皱和沟壑,颧骨高耸,两颊凹陷,其中一侧有被冲锋枪等热兵器击中的痕迹。最致命的伤口来自下腭三个直径约为 40 厘米的窟窿,应该被高射炮击穿了。

之前照片中的那两个纳粹军官,站在巨人的头上,面无表情地盯着地上堆积如山的士兵的尸体。

"这是什么……啊!有人过来了!"迪克压低声音急切地说。

整个"蜂房"只有 15 平方米左右,周围的墙上都是档案,中间毫无遮挡。

即使像我这种的小身板勉强钻到书柜里面,可能都会漏出半个屁股,更别说迪克这种 90 多公斤、一身肥膘的壮汉了。

我清晰地听到一串高跟鞋声,在"蜂房"外面空旷的走廊里响起。

距离不超过 10 米。

"关门啊!"

"这里没有门!"

"隐……你快隐身啊!"

"我不知道怎么隐啊!"

高跟鞋的声音越来越近。

"你上次怎么隐身的?"

"我……我不知道啊……"迪克的呼吸越来越急,"上次你不也在场吗,就是在你快要撞车的时候……"

"你当时做了什么?"

"我……我扔掉汽水,跑出马路……"

"还有呢?你还做了什么?"我急得一头大汗。

"我……没了,我不知道,我想不到……"

"想!你当时在想什么?!"沙耶加突然灵机一动,"你救汪桑的时候,你在想什么?!"

"我在想……我不想死!!!"

一个穿着黑色制服的人出现在门口,是那个自称为佩奇医生的中年女人。

她手里捧着一沓资料,狐疑地往蜂房里看了一眼。

这一瞬间,空气凝固了,我听见自己的心脏猛烈跳动的声音。

她看向迪克的方向,一秒、两秒,她的眼神穿过迪克,朝后面看去。

几秒后，她扫了眼手上的文件，朝其他的蜂房走去。

迪克在她面前"消失"了。

"呼——"迪克长长吐了一口气，"差一点……差一点我就要去见上帝他老人家了。"

"我可能找到让迪克隐身的窍门了。"沙耶加擦了擦头上的汗，"不是取决于他的肾上腺素，也和集中精力无关——而是当他遇到危险时，求生欲望才会激发他的能力……就像生物学中的拟态一样，变色龙和枯叶蝶在遇到危险的时候，都会条件反射地伪装自己以逃避天敌。"

"沙耶加，你简直太聪明啦！"迪克兴奋地说，"那我就可以明目张胆地跟着这个女人了，看看她到底把M藏哪儿去了！"

"等等，这只是推测……"达尔文还没说完，迪克就扭着一身胖肉，左闪右避地跟了出去。

"你镇定点，你现在不是迅猛龙！不需要拉风出场，OK？你现在是伪装成清洁工的铁血战士，悄无声息地潜伏在敌人身后，凭着冷静和忍耐干掉猎物……"我抢过手机和迪克说。

显然我这一招还比较有用，迪克终于没那么张扬了。

佩奇医生一个转弯，进入了其中一个房间。

迪克躲在一边往里面看了一眼，很可惜，那个房间里除了文件之外并没有其他东西。佩奇把手里的文件归档在档案柜的其中一格，就迅速离去了。

佩奇前脚走，迪克后脚就从档案柜里把文件抽出来了。

那是一个有点年份的牛皮纸袋，上面写着：

回形针行动 绝密 卷271

"离 ID 失效还有不到 15 分钟了,拿回来再看。"

迪克刚想伸手去解卷宗,达尔文就喝止住他。

迪克翻了翻白眼,虽然心痒难耐,但最终还是忍住没拆,把纸袋塞进牛仔裤里。

离开贤者之石的过程格外顺利,就像开了挂一样。迪克从门口出来时,我和沙耶加都松了一口气。

相比之下,达尔文显得心事重重。

第 24 章　　　　　　　　　　阿什利镇

"我们现在立刻离开亚特兰大。"

这是迪克回来之后,达尔文说的第一句话。

"为什么啊?现在都快晚上 10 点了,我们要连夜开 5 个小时才能回去,为什么不住一晚汽车旅馆呢?"迪克对这个决定很不理解。

"我觉得事情有点不对头。"达尔文沉吟了半晌。

"怎么就不对头了?我们不是很顺利吗?贤者之石也进去了,资料也偷出来了……"迪克一头栽在床上,"反正我今晚就睡在这儿,我不走了。"

"就是因为太顺利了,才不对劲!你觉得这些资料是你这种人随随便便就能偷出来的吗?"达尔文气急败坏地吼道,"你觉得那种地方像你家一样随便出入的吗?"

"你是不是想说,我是个废物?"

迪克躺在床上,我看不见他的表情,但气氛一下就凝固了。

"如果今天换成是沙耶加或者中尉进去的话,你也会这么说吗?"

"迪克,你别这样……达尔文一定有他的理由,他一向都……"沙耶加刚想劝迪克,就被他打断了。

"一向都是最聪明的、最有领导能力的,对吗?所以大家都喜欢他,你也喜欢他,不是吗?"

沙耶加才抬起来的手僵在半空,眼圈一下红了。

"对不起……我无心这样说的。我只是觉得我是个可笑的存在。"迪克也感觉到自己说得有点过分,尤其是对一个日本女生来说,在任何情况下都不应该说这么过分的话。可是他的道歉完全起到了反效果。

"对……对不起。"沙耶加呆站着像傻子一样鞠躬,一低头,眼泪就掉了下来。

达尔文腾地站起来,转身就往门外走。

"喂!你又要去哪里啊——"我赶紧追了出去。

达尔文一言不发地在前面走,我在后面追了九条街,叫破了喉咙,他也不停下来。

"你——要——去——哪——里——啊啊啊啊啊啊——"

原来女追男,真的好难。

"我刚才查过贤者之石的地下车库,里面的监控录像被关掉了,安保也临时被调走了。"一直走到某条街的拐角,达尔文才停下来。

"我怀疑是某人刻意安排我们进去的,这里面有诈,但为什么对方要这么做,我还没想到。"

"那,那你为什么刚才不告诉迪克?"我喘着粗气说。

"我说了,他会听进去吗?"达尔文一拳敲在墙上。

"其实吧,就算换作我,好不容易在鬼门关转了一圈回来,被你这么说,我也会生气的。"说完我赶紧弹开两步,以防被打。

"我说的是事实。"

"你有没有想过,迪克为什么喜欢超级英雄?"

"爱出风头,逞英雄,出场酷炫,有超能力。"达尔文不假思索地说。

"如果你真的这样想,那我觉得你从来没了解过迪克。"我轻轻地说。

"哼,你跟他认识多久?我九年级的时候就认识他了。"

"我认识他的时间是没你长,但是我觉得我很理解他,因为他和我很像。"我不好意思地挠了挠头,"我小时候是看《美少女战士》长大的。一个日漫,可能在美国不流行,但和超级英雄差不多。"

"哦。"达尔文心不在焉地应付了一句。

"以前我觉得我和美少女战士并没有什么交集,充其量就是幻想一下夜礼服假面是我长大后的男朋友,直到有一天……

"有一天,我平凡的人生被打乱了。我的爸爸莫名其妙地死了,妈妈变成了你在医院看到的那样,我还被奇奇怪怪的人追杀。我知道了家族的秘密,卷进一个存在了几百年的阴谋。"

达尔文抬起头难以置信地看着我。

"当时我有两种选择,我可以继续平凡的生活——那是我爸爸和妈妈用他们的生命为我换来的;另一种选择就是找出真相。我唯一的阿姨,劝我不要选后者,因为我是一个资质平庸的普通人,不应该去做自己力所不能及的事。"

"那你后来选择了什么?"

"那条没人看好的路。"我苦笑了一声,"很难走,但是我也要为我的一时之勇买单,不是吗?"

"我啊,虽然不认识九年级时候的迪克,但是我能看到,有一个坐在轮椅上、哪怕动一下都气喘吁吁的男孩子,抱着药瓶看着电视里的《美国队长》的样子。那些超级英雄,让他相信他可以更勇敢、更有力量，让他相信他能做到自己做不到的事，让他忘掉他的平凡和自卑。"

"所以呢？"

"所以我和他都不愿意承认自己的无能，并且无能地活着，因为自卑而接受自卑的命运。偶尔你就让他逗逗英雄呗，他也就是在有你做后援的时候，才敢这么肆无忌惮。"

"哼。"

我敏锐地感觉到达尔文虽然还板着一张脸，但是心里的火气已经消了大半。

这招我还是从舒月那里学来的——先说自己惨，再说别人惨，最后把对方抬到一个不可撼动的高度。

眼神要恳切，态度要真诚，语言要自然。果然是对付终极直男的好法宝啊！

"咱们回去吧？"我试探性地问。

"你刚才说你自己的经历，是真的吗？"达尔文一脸狐疑地看着我，"怎么听起来这么夸张？"

"当然是……假的啦！不然怎么把你骗回去！"

你信不信有什么关系呢？我又不差你的那一滴眼泪。

"对不起。"

一进房门，迪克、达尔文和沙耶加几乎同时说道。

和好了就好嘛，要吵架等逃出去再吵。

"别废话了，赶紧逃命吧。"我一边说，一边把车钥匙递给迪克，"达尔文说得没错，我也越想越不对头。一个保洁员两手空空在蜂巢里面逛了一个多小时都没引起怀疑，而且那个佩奇早不来晚不来,就这么巧刚好被你撞见了,这不科学啊。"

"但是……"沙耶加一边背书包,一边说,"对方为什么要故意引我们进去拿资料又把我们放走呢?"

"搞不好他们想顺藤摸瓜,把我们一锅端。"

"那就更要趁他们没追上来,看看这份档案是什么了。"迪克从后腰的衣服里抽出档案袋,"回形针行动是什么行动啊?"

"是二战后,美国吸收德国纳粹科学家的一项计划——据说是为了把当时最先进的德国技术引入美国。这个计划还支持了许多德国没完成的后续实验。"达尔文解释道。

这个计划从冷战时期就陆陆续续地传播开,但具体的内容 CIA(美国中央情报局)从来没公布过,久而久之就被媒体遗忘了。

迪克解开卷宗,里面竟然是一堆体检报告。

报告有五六十份,每份有四五页,从外观看就是一些 20 世纪 80 年代很普通的体检报告。每份报告都贴了体检人的照片,下面记录了年龄、性别、器官功能和服用药物等。

"这是 M 的!"沙耶加从中间抽出一份。我们赶紧凑了过去。

体检表上写着 M 的全名,年份是 1989,当时 M 才 3 岁。

"这个……好像是 M 的妈妈。"沙耶加又抽出一份。

M 的妈妈穿着一条碎花裙子,就是一个普通的小镇妇女,和现在疯疯癫癫的样子大相径庭。

"这是什么药?"沙耶加指着其中一行,"这个药物记录上写着,M 的妈妈一直都在服用这种药物。"

MK-50,这是代号还是药名?我摇摇头,表示没听过。

"恐怕不止她一个人,这袋卷宗里的所有人都在吃同一种药物。"达尔文皱着眉头,翻看着体检报告,"这些档案的排序是按照服药年份来的，M 的妈妈只有几周的历史，但排在前面的这一沓——"

达尔文从桌子上抓起来将近三分之二的报告："这些服用时间长的，全都被登记死亡了。"

"咚"的一声，我看到迪克一屁股坐在凳子上。

"你没事吧？"

他没理我，而是盯着 M 体检报告的最后一页、最下面那行的一个签名。

我发现，达尔文的脸色瞬间变了。

"这是我爸爸的签名。"迪克突然说话了，"他是这个项目的负责人。"

一个让我毛骨悚然的想法从脑海里冒了出来。

八爪鱼人跳进怀尔特河之前，指着吉普车车牌的时候，有一瞬间我觉得它在笑。

它的眼神充满了挑衅，意味深长。

从那一刻开始，它所做的一切，会不会就是为了让我们能看到这个名字？

它故意把我们引到贤者之石，让迪克亲手摧毁自己的信仰。

爱德华是一个好父亲，他风趣幽默，善解人意，毫无私心地为小镇的建设出钱出力，连像蒂姆那样的警察都发自内心地尊重他。

迪克无数次在我们面前自豪地说："我长大就想成为像我爸爸一样的人。"

如果一个好人做了不能被原谅的坏事，怎么办？

"你杀过人吗？"

我想起 M 对爱德华的质问。

你有没有杀死过无辜的人？

你有没有为了你的信仰，牺牲过无辜的生命？

迪克的爸爸，到底对这些人做了什么？

"这些体检报告好像都出自同一个诊所……"沙耶加翻到体检表的最后。

纸张抬头标注的是一家中心医院，后面印了一长串地址：

阿什利中心诊所，阿什利镇公羊路6号，堪萨斯州。

"堪萨斯州是美国中部的一个州，和犹他州以及新墨西哥州相邻，算是个比较闭塞落后的地方。"达尔文又翻了翻其他资料，"这些体检报告，最早的一份是从1952年开始的。"

"阿什利镇？"我从来没听过这么一个地方。

"中部有很多荒凉的地方，也许这个镇子只是其中之一。从这些体检表看，这些人应该都是镇子上的居民——包括M。这里应该是她的老家了。"

我和沙耶加交换了一下眼神，我知道她跟我想到了同一件事。

在警察局里见到M的妈妈的时候，她不肯认领M的尸体，却一直向我们重复着一句话——

"她回家了，他们把她带回去了。"

难道，M是被带回了阿什利镇？

"这个镇子在堪萨斯州的什么位置？我觉得我们需要去一趟。"

达尔文掏出手机，在电子地图里面检索了好一会儿，我都等得有点不耐烦了。

"查到没有啊？"我翻了个白眼。

"地图上……没有这个地方啊？"达尔文抬起头，莫名其妙地看了我们一眼。

"什……什么意思？"

"意思就是这个地址无法定位，阿什利小镇不存在，无论在堪萨斯州，还是在整个美国。"

"汪桑，"靠窗站着的沙耶加突然叫了我一声，"外面好像有奇怪的人……"

达尔文迅速走到窗前，撩开了窗帘的一角朝外看去。

两辆军用吉普车停在了接待处外面，车牌被迷彩帆布罩住了，几个穿着西装的人正朝里面走来。

"关灯！"达尔文一猫腰，低声跟我说，"再不走就来不及了！"

"那些是，是军人吗？"沙耶加一脸迷茫。

"别纠结这件事了，跑路要紧。"我把体检表胡乱塞在背包里，就去拽迪克。

拽了几下，他像丢了魂一样毫无反应。

"上校，你有什么事想不开能不能逃出去再想……你这么重，我抬不动你。"

"我不走。"

完了，迪克又开始犯倔了，我顿时万念俱灰。

你不走？什么叫你不走？留在这里是想被清蒸还是红烧啊？

"我要听他们亲口告诉我，这是怎么回事。"迪克握紧了手。

"我爸爸喜欢收集硬币，他说这个爱好不需要花很多钱……他是越战英雄，是美国陆军战队的少将，战后他把国家给他的所有奖金都捐给了社会。我爸爸忠于这个国家，他会牺牲自己保护美利坚……我爸爸不会害人。"

迪克眼圈一红，呜呜地哭了。

这是我第一次见一向没心没肺、乐观向上的迪克，哭得这么伤心。

"没有人说过你爸爸害了这些人，没人知道这中间有什么隐情。"达尔文叹了口气，"如果我们现在不走，这些隐情我们可能这辈子都没机会知道了。"

"迪克，"沙耶加蹲下来，拉着迪克的手，"如果你想知道缘由，为什么不回到镇子上去亲自问问你爸爸呢？我相信他不会骗你的。"

沙耶加温柔地哄着迪克，总算是把他说服了，他擦了一把眼泪点了点头。

"嘭嘭。"

已经来不及了，门外响起了一阵冰冷无情的敲门声。

我顿时手脚一凉，就像被人从头到脚泼了一盆凉水一样。

这人有八只脚吗……刚才明明还在门口的，为什么两分钟不到就瞬移到走廊了？

我贴着门侧身从猫眼里看出去，看见一个穿着黑色西装的高加索人站在外面。

幸好这种事已经不是第一回遇见了，王叔叔的教训还在，我一边快速后退了两步，叫了一声"谁啊——"，一边从口袋里摸出防狼喷雾，扔给躲在门另一侧的达尔文。

对方并没有说话，隔着门，我听到了枪栓的声音。

"给我一分钟——"说这句话的同时，达尔文示意我他已经准备好了。

下一秒我猛地拉开了门把手，达尔义在对方还没反应过来的时候就对着他的脸喷了下去。

"该死！"

伴随着黑西装的尖叫，我们四个连滚带爬地冲了出去。

"电梯……电梯不在这边……"迪克一边跑,一边往反方向指。

"你看了这么多《蝙蝠侠》都白看了,这时候坐电梯不是送死嘛!"我上气不接下气往楼梯跑,"都什么时候了还想偷懒!"

"别走旅馆的楼梯!"达尔文一把拽住我,反手把楼梯外面的安全门锁死了,"窗户外面,消防梯。"

我们住在汽车旅馆三楼,在美国南部老一点的公寓楼外面都有防火梯。

我们全速冲到走廊尽头的窗户,达尔文拿着防狼喷雾把保险栓砸开,我们一个接一个地往外爬。

防火楼梯很窄,只能单人通行,因此队形真的很重要。

我们做的最大失误就是,让迪克走在前面。

"我的天,老大,逃命啊!你敢不敢走快点!"我排第二,一边使劲推着迪克,一边翻白眼。

"你没看到我已经在飞奔了吗?"迪克小心翼翼地跨到下一级楼梯。

"不如你用滚的吧?疼点没事,骨折能治……"

我还没说完,迪克就停住了。

我们还差一半就到地面了,但那里等着我们的是一个黑洞洞的枪口。

"不要动,举起手。"

另一个黑西装站在夜色里,如果不是他的枪有红外线瞄准器,我都没发现那里有个人。

我突然觉得口袋一沉,达尔文在举手的那一刻迅速把防狼喷雾放了进去。

"下来,一个接一个。"

迪克走在最前面，幸好他肉厚，我在转角的时候被他完全遮住了，我赶紧把防狼喷雾握在手里。

10米，只要我跟他的距离不超过10米就能喷到他。

但是这玩意儿能快得过枪吗？

眼看跟黑西装离得越来越近，我的心脏狂跳起来。

我哆哆嗦嗦地走下台阶，他晃了一下手里的枪，示意我过去。

就是现在！我迅速将握着防狼喷雾的手伸到他面前，按了下去。

防狼喷雾毫无反应。

再按一下，什么都没发生。

不会吧！老美的东西这么不靠谱！在窗子上砸了两下就坏了？！

我的大脑顿时一片空白，看来我今天要交待在这儿了。

漆黑的小巷里闪过两道枪火。

远处的霓虹灯还在安静地闪烁着，大城市的夜晚总是灯火通明。加了消音器的枪是无声的，也许除了喝多了的醉汉，没人会留意到这条深不见底的巷子。

我眼前一黑，感觉自己中枪了，还没来得及呼叫，就直挺挺地倒了下去。

（未完待续）